鲁迅文学奖新疆作家文丛

丰收

——自选集

丰收 著

新疆人民出版社
（新疆少数民族出版基地）

图书在版编目（CIP）数据

丰收自选集 / 丰收著. -- 乌鲁木齐：新疆人民出版社（新疆少数民族出版基地），2025. 6. --（鲁迅文学奖新疆作家文丛）. -- ISBN 978-7-228-21666-6

I. I25

中国国家版本馆CIP数据核字第2025GV0620号

丰收自选集

FENG SHOU ZIXUANJI

出 版 人	李翠玲	**策　　划**	罗卫华
出版统筹	陈　漠	**责任编辑**	王　慧
装帧设计	姚亚龙	**责任校对**	赵　燕
责任技术编辑	杨　爽		

出版发行	新疆人民出版社（新疆少数民族出版基地）
地　　址	乌鲁木齐市解放南路348号
邮　　编	830001
电　　话	0991-2825887（总编室）　0991-2837939（营销发行部）
制　　作	乌鲁木齐市向好文化传媒有限公司
印　　刷	河南瑞之光印刷股份有限公司

开　　本	787mm × 1092mm　1/16
印　　张	18.25
字　　数	260千字
版　　次	2025年6月第1版
印　　次	2025年6月第1次印刷
定　　价	78.00元

前　言

鲁迅文学奖是中国具有最高荣誉的文学奖之一，其设立旨在奖励优秀中篇小说、短篇小说、报告文学、诗歌、散文杂文、文学理论评论等的创作，推动中国文学事业繁荣发展。

1997年，首届鲁迅文学奖评奖，有两位新疆作家的作品获奖：周涛的《中华散文珍藏本·周涛卷》和沈苇的《在瞬间逗留》。新疆广袤的大地赋予作家丰富的创作灵感，如雨后春笋般，陆续有新疆作家（或在新疆工作、生活过的作家）获鲁迅文学奖：韩子勇（第二届）、刘亮程（第六届）、丰收（第七届）、李娟（第七届）、张者（第八届）、董夏青青（第八届）。他们犹如一颗颗璀璨明星，印证着这片土地蕴藏的无限创作潜能。

为了让广大读者感受新疆文学作品的蓬勃活力和多元魅力，我们推出"鲁迅文学奖新疆作家文丛"，精选荣获鲁迅文学奖的新疆作家的代表作品。首批出版七部作品：《周涛自选集》《沈苇自选集·沙之书（1989～2024）》《韩子勇自选集》《刘亮程选本》《丰收自选集》《张者自选集·老风口》《董夏青青自选集》。

推出这套文丛是对优秀文学成果的致敬，更是对文化的传承与创新，我们坚信：经典的文学作品具有穿越时空的力量，能为读者提供深层的精神慰藉与思想启迪。

出版不是终点，而是新的起点——它是对未来的期许。愿这套文丛成为一颗种子，在读者心中播下对新疆的热爱；愿它成为一条纽带，将各民族的情感与心灵联结得更为紧密；愿它成为一支火炬，为更多人照亮文学前行之路。新疆是文学的风土，新疆题材的文学天地向所有热爱这片土地、怀揣创作热忱的人敞开怀抱。我们期待更多作家与文学爱好者，以多元视角、多样笔触讲述新疆故事，创作出更多思想精深、艺术精湛的优秀文学作品，在广阔的文学天地中绽放出璀璨光芒。

目　录

南国捎回的花信　001

绿　叶　017

走过昆仑　041

还是那轮天山月　061

三生三世，一路格桑梅朵　085

大地有记忆　101

春天的思想　118

追梦“白银王国”　132

大地的呼吸——塔尔巴哈台速写　151

大漠的精灵　167

长　子　179

100棵白杨的记忆　190

雪夜光明路　198

胡杨花儿开　207

石头河子　222

可克达拉之约　245

湖南，新疆……　264

神栖之地　274

幸福城　277

南国捎回的花信

一

1993年9月，国际养蜂大会在秋高气爽的中国北京召开。参加会议的广东农垦湛江疗养院著名穴位蜂针疗法专家王孟筠自1963年以来，用活蜂螫刺疗法先后治疗风湿性肌肉痛、风湿和类风湿关节炎、坐骨神经痛、神经性头痛、轻度扭伤性关节痛、感冒、哮喘、硬皮病等疾病患者达万人次。

不久，《日本养蜂新闻》月刊第527期也介绍了王孟筠和她的穴位蜂针疗法。

这是那个王孟筠——“刘海英”吗？

长篇小说《军队的女儿》、电影《生命的火花》的主人公刘海英影响了一代诞生在共和国红色甲板上的青年。

1951年，西上天山的湖南女兵中就有从洞庭湖边来的王孟筠——“刘海英”的原型。13岁的小不点儿王孟筠虚报年龄，套上拖地的军装，上了西行列车。

13岁的小不点儿没有经历过西北荒原寒冬的朔风。严重的类风湿关节炎致使她双腿瘫痪，双耳失聪。不起眼的湖南妹子不向死神低头且敢与命运抗争，竟两度战胜死神。身经百战的老兵们被小姑娘的顽强打动了，部队一传十十传百流传着“小聋子”的故事。于是有了邓普所著的长篇小说《军队的女儿》,有了“刘海英”,有了“中国的保尔”——王孟筠。她病中的日记被中国青年出版社结集为《病床上的歌》出版发行,在全国引起强烈共鸣。

1960年,经组织安排,王孟筠到四季温暖的湛江农垦局,以“受供养人员”身份疗养。

30多年后,蜜蜂终于从南方捎回了花信。

王孟筠相识陈斯遇并与他结伴人生,是上苍对她良善真诚的最好回报。

她着实感谢张大姐。她去湛江农垦局组织处报到时,向接待她的张大姐提出了自己的愿望:想去养蜜蜂。

为拒绝“受供养”,她做了不少努力:双拐丢在了甘肃酒泉,助听器掩在衣服底下,耳机线埋在头发里。甚至在南下前就央求人事股的小姐妹把档案中的身体状况由“丁”改为“丙”,坚决谢绝部队派人送她南下的好意。

也许是她朗朗的笑声感染了张大姐,也许是张大姐听了她想养蜜蜂的愿望立即就有了美丽的联想,张大姐望着她灵秀的大眼睛说:“真巧,你想养蜂,我们机关也有个小伙子一心要去养蜂。”

巧合就是缘分。

张大姐就同意她去了和平农场。一心要养蜜蜂的小伙子名叫陈斯遇,已经先她一步到了和平农场。大姐爱抚地说:“孟筠呀,你要以疗养为主,受不住就回来。”

面对生活,王孟筠的愿望太天真了。粤西可不比新疆一马平川的大荒原,蜂场出门就是山。僵直的双腿抬步上山时如刀绞锥刺般痛,走不了两步双腿一软就直直地摔倒在山路上。师傅陈斯遇最不忍面对她一双噙泪的大眼睛。他不让她操心蜂场的事,怕她累着摔着。他四处寻医问药,潜心研习中医,爱不知何时已在心中悄悄萌芽。他在《济阴纲目》扉页上写下心迹："学中医是为了我一位心爱的姑娘？"

王孟筠不愿安心于爱的给予，总想试一试学到的本领。荔枝花开时节，趁师傅外出，她撑着双拐走到一溜儿排列在山坡上的蜂箱旁，揭开蜂箱盖提起一方爬满蜜蜂的巢坯，幻想着能像师傅那样灵巧地抖动它。但肿胀的双手却执行不了幻想的浪漫，巢坯和美丽的幻想一起从颤抖无力的双手中重重地跌落。受到惊吓的小蜜蜂腾空飞起，云一样围追，她撑着双拐跑得满身是汗。

当天夜里，王孟筠高烧不退。她听说过群蜂蜇死人的事，天旋地转中，她感觉死神第三次向她走来。陈斯遇赶回来了，看见心爱的姑娘肿得面目全非的脸上密密麻麻的蜇眼儿，心痛到落泪："都怪我，都怪我……"

3天后，王孟筠高烧渐退。7天后，肿胀渐消，王孟筠感觉浑身有一种多年没有过的轻松：折磨她多年的风湿性头痛好了！患中耳炎的双耳不再流脓！抬了抬双腿，竟没有揪心的痛感了。

为心爱的姑娘潜心学医的小伙子明白，他心爱的姑娘被动地接受了一次超大剂量的"蜂疗"。

姑娘这时才感悟到新疆农学家的那句话对她一生有多么重要。南下之前，八一农学院一位军人出身的农学家对她说："小姑娘，我知道你对未来有许多梦想，但是如果有可能，你最好去养蜂，蜜蜂或许能帮助你恢复健康。"她要养蜂的念头源起于农学家的忠告。

小伙子帮助姑娘开始有计划的蜂疗：膝盖、肩周、足三里、风池……由每天螫刺两次增加到每天螫刺20次。两个月后，僵直的双腿能够弯曲了。半年后，双耳复聪——当她第一次听见师傅在叫"孟筠！"时，她盯着师傅两眼放光，急急地说："斯遇，你再叫我一声！再叫我一声！"她确认这不是幻觉后，热泪长流:“我能听见了! 我不是‘小聋子’了!”

花是情缘蜂为媒。在迎来第三个荔枝花流蜜的时节,有情人终结秦晋之好。从此,蜜蜂王国相伴人生,朝朝暮暮。

二

可不要小瞧了养蜂。养蜂人上知天文下知地理。

几本虽破旧却十分宝贵的笔记本,记录了万余条从民间搜集、根据自己多年实践总结的“天谚”——

天若鱼鳞,不雨也风颠。

风起月夜必毒。

云从东南涨,下雨不过晌。

大雾不过三,过三地不干。

春东风,雨祖宗。

他们熟知每年变化着的列车时刻和每个货运编组站。他们自己绘制水运图、公路交通图,只有他们能看懂的“联络图”标注有地名、里程、运价、换乘时间,甚至还有养蜂朋友的姓名、联系地址。

他们的园艺学知识你不能不叹服——

小果冬青:生长迅速,栽植4~5年开花。湖南多有栽植。5月中旬开花,一朵花能开2~3天,群体花期10~15天。先开雄花,蜂群进粉,花粉白色。继开雌花,大量进蜜。泌蜜适温25~30℃,泌蜜一般自7时至14时。强群好天日进蜜3升以上。新蜜浅琥珀色半透明，结晶乳白细腻，味醇正。湖南、湖北、四川、云南、贵州、广东、广西高海拔密林中分布有大量野生小果冬青蜜源。

枇杷：……枇杷15℃就泌蜜，20℃泌蜜增多，特别在夜凉昼热、南风回暖、空气湿润的条件下泌蜜最多。泌蜜量有大小年之分。新蜜琥珀色，结晶暗黄、颗粒较粗，有浓郁的枇杷香气，枇杷蜜有治疗呼吸道疾病的药理作用。福建有2.2万亩，分布在莆田、福清。浙江余杭素有“枇杷之乡”美称。江苏吴县约2万亩，广西柳江、湖南沅江广有分布。

洋槐：……河南开封、洛阳广有，尤其是中牟、杞县、灵宝多。河北邢台、邯郸、保定有几十万亩。江苏盐城、射阳、徐州很多……

赤杨、五加皮、木荷、枸杞、白术、扇叶葵、紫花苜蓿……中国南北蜜源种类几乎都在他们的掌握中。

他们不懈地探求蜜蜂王国的无穷奥秘——

花蜜逐渐稀少的时候，雄蜂几乎总是被正常蜂群消灭，但是那些无王群或是只有处女王的群，还是继续容忍雄蜂的存在，还饲喂它们……由此推测：是否凡有雄蜂的蜂场中一定有处女王？即使没有处女王的群或无王群，是否也可以断定这些蜂群中尚有一些老王虽然暂时还可以产卵，但终究要换掉呢？这是养蜂场目前还没有仔细研究的，是一个尚待探讨的谜。

种蜂场应该保留和生产多少雄蜂，才能达到蜂王成功交尾的目的并得以维持长时期的产卵量？

蜂王有时忽然半途产雄蜂，忽然又产正常的工蜂，以往总理解成由于阴雨天交配不足，但是蜂王的精子是由管道的泵控制的，是否由于某种原因，使泵发生一时性的不灵活（开闭不灵）而致使蜂王产卵异常呢？否则它有时换了个环境（换到别的箱）或就在本群只是隔一段时间，又正常产卵，这又是为什么？

蜂王的泵作用，在什么支配下才能正常工作？营养？环境？药物？

如果盲目地一下杀掉这种王，是否有点可惜？现在蜂场常常这样做。

…………

一本又一本，一页又一页，不能不为每一页、每一本认真严谨智慧的心血而感动而敬仰而一次次想着王孟筠娓娓的讲述："一只勤劳的工蜂，要采集1500朵、1600朵花才有1克蜜呀！"

人们常说，养蜂人是铁脚——追花夺蜜日夜兼程长年奔波；是马眼——手扛肩挑装船卸车连轴转，火车上打盹儿，牛车上摇晃睁眼睡；是神仙肚——宿荒野，垒石灶，饥一顿饱一餐，这些个事撑不住就甭养蜂。

在大兴安岭，陈斯遇点燃火堆整夜不睡驱赶偷蜜的黑熊；"文革"年月，长沙武斗，王孟筠抢过浓烟蔽日的硫酸车罐舍命保护她的蜜蜂；在洪湖，夜遇大雨，王孟筠差一点被卷入浩浩江涛……摘录王孟筠1984年的几则日记，多少感受点养蜂人的酸甜苦辣。

1984年5月25日

据老人说，甲子年多灾难，不涝就旱。今年办蜂场可算是难而又难，住处难，养蜂难，总之，百样事都难。自开春以来，至今已喂了近千斤糖了，箱里还是所剩无几……这里虽有许多红花，满山丘陵水田，开得也实在令人喜爱，可惜进场第二天就下雨了。当地老乡以瑶族为主，由于缺少耕牛，就抢雨天犁田。往年都是这样，旱天上山打青(砍草)作肥，雨天就快犁。正是红花盛花期，10来天中已全部被泥浆淹没了。青春与鲜艳去完成它们最后的使命——沤作肥料了。

蜜蜂被迫飞往深山，搜集一些不知名的野花的花蜜充饥。就这，也是可怜地在雨停的几十分钟、几个钟头里去摄取。中蜂则更可怜，每天要守在它们的箱前，为它们驱赶盗蜂。老天爷啊，你为什么一点也不顾惜我们呢？

1984年5月28日

今天总算进入了当地养蜂人描述得有点神秘的花竹山。花竹山因生长一种好看的花竹而得名，它海拔1400米，夏季凉快，和八十里大南山相连，海拔1000多米的八十里大南山是湖南省著名的也是全国小有名气的牧场，饲养奶牛。而我们来到的高山之巅是新宁县的一个养鹿场，除了梅花鹿，还有羊。种有大面积红、白三叶草，我们也正是因三叶草是一种优良的蜜源植物而来的。这虽是试探性的采集，一下进入这么多蜂也算大胆之举。山中有一种名叫糠头木（实为中药通草）的灌木植物，开喇叭状红白相间的花，往年排蜜很好。还有野芥菜、刺梅、毛栗、布沙河（很像东北的胡枝子）……这些令人神往的花朵就这样“牵”着我们进了山。

当地的居住条件差极了，给养蜂员的房子又暗又潮，还有一股霉草味，楼上（说是楼上还不如说是屋顶下的一个小空间）也是堆满烂草，只靠一个用竹棍做的梯子上下，手扶着一尺多宽的竹梯上下，发出一种难听的吱吱欲倒的声音。而且这里还有个怪风俗，不准外姓的夫妇同住一房，女儿女婿回来了也同样。

1984年6月2日

三车蜂都进来几天了，但是神秘的花竹山并没有显示它们的神秘，蜜蜂带回的只是少量的粉和极少量淡得如水的蜜珠，而且只是早晚有点蜜进。蜂场还有盗蜂现象，中蜂仍得守巢。

论湿度，早晚都有雾，论光照，中午晒得要穿单衣，又是无风日，不排蜜却是为何？

今日和小张、陈姨、华海一起上山去鹿场看三叶草，从小路爬上公路时，见蜜蜂沿着环山公路几乎是贴地而往上飞，很明显地呈现一条蜂路，这使我想起革命导师列宁跟踪蜂路而找到养蜂人。这样的飞翔路线确实是令人感动的。它们迎着风，贴着地勇往直前寻找蜜源，为群体开辟一条路，小小的躯体，单薄的翅膀，这需要多大的毅力啊！

登上山顶，迎面走来一群鹿和放鹿的姑娘，我赶紧拍下两个镜头。只见三叶草已开成一片白，也有少数开红花。白花有蜂采，粉呈黄褐色，有的呈黄色，有极少量蜜。红花蜂极少光临，是不排蜜吗？我摘下一朵开得大而艳的红花。拨开花托，吸出了一股甜汁，又拨开一朵白的尝了尝，白的反不如红花三叶草蜜汁多。为什么蜂只喜欢采白花而不采红花？仔细查看比较才发现，红花三叶草花管比白花三叶草花管要深，已超过了蜂吻的长度，蜜汁排得虽浓但不涌，蜂吻伸不到甜汁部位，就不想光临了。真可惜，要是东北黑蜂如苏联高加索蜂就好了，看来意蜂也难以胜任采三叶草的花蜜，据说盛花期在七八月间，不知那时排蜜如何？

1984年6月5日

连天来只能靠喂糖度日。粉也越采越少，我们只能眼望花竹山，对花兴叹。是养蜂人吹了牛？还是我们运气不好呢？又喂了几百斤糖，这样下去，万贯家财也能空。听说××在房东面前流泪了，她是新养蜂的，当然受不了这种遭遇，也难怪。一旦满屋甜香，她又要乐得合不拢嘴了。唉，蜜源，老天，难忘的甲子年，你是多么会捉弄养蜂人啊！

大家都有点沉不住气了，只好派华海、小张前往祁东荆条场地去落实放蜂的地方，以作提前进场的打算。花竹山啊花竹山，高山的泉水虽好但不甜，山花烂漫但不香，这不像是我们的蜜蜂要来的地方啊！你再不显示你的吸引力，我们养蜂人可要走了。

1984年6月8日

外面阳光很强，但又飘着细雨，雨丝在阳光下像银色的织锦，十分好看。山上野芥菜、粉刺梅、山蓼子，还有不知名的小花都相继开放，蜜蜂略略安静些，令人惆怅的花竹山开始给我们一点安慰了。

…………

庆幸的是，我在麻林一直没好过的脊椎痛开始减轻了，人也没有那么疲劳了。也许是房前那条像小瀑布一样跳跃而下的山泉产生的负氧离子缓解了我的沉疴，给了我精力吧。这样的空气是城市人难以享受到的，这是我们养蜂人得天独厚的享受。我们游的是这种山，玩的是这样的水，虽然生活条件差一点，只要我的小蜜蜂不闹情绪就行了。

王孟筠上花竹山这一年，当年参加全国农垦养蜂学习班的10位姑娘，只剩她一人还奔波在花山林海间。

三

在王孟筠热泪长流地喊出“我听见了！我不是‘小聋子’了！”的那一刻，就能预见这个奇女子将要把全部热情投入钻研能解除人间病痛的蜂疗中，生活在王孟筠面前打开了奥秘无穷的一页，她进入的领域至今仍令医学界头痛。

蜂疗法中外早已有之。中国“以毒攻毒”医学理论阐述高明。西欧查理曼帝国查理大帝、沙皇俄国伊凡雷帝都是用蜂螫治好了痛风性关节炎。1935年，美国出版了贝克博士的《蜂毒疗法》。1941年，苏联出版了阿尔捷莫夫教授的《蜂毒生物学作用和医疗应用》。“蜂针是最安全的注射器”。

但是蜜蜂王国的奥秘远没被人类认识，它实在是学无止境的一片天地。

带着实践中的一系列问题，王孟筠从零起步。见到中医药书就买，放蜂途中遍访民间中医游方郎中，想方设法取得养蜂、蜂疗资料。久病床头，她养成了学而思的学风。蜂毒中多肽类、酶、生物胺对神经传导和微循环的药理机制，蜂毒随蜜蜂月龄增长，质、量的渐次变化……国内外蜂疗最新研究成果，还有一个为了心爱的姑娘一年年苦修深研中医药学的郎中夫君，孟筠的蜂疗技术、医药学理论修养跳跃式提高。水到渠成地萌发了对蜂疗科研极有价值的联想：蜜蜂的螫针直接螫刺在针灸穴位上，是否能收到药理和针灸的双重效果？在陈斯遇的帮助下，她在自己身上的经络穴位螫刺，一次次体验蜂螫的位置、时长、感觉，观察反应。国内外蜂疗界认为极有创见的论文《经络穴位在蜂疗上的应用》，疗效显著的“科学取穴，由少到多，循经治疗”临床经验，是王孟筠千百次自我试验的总结。

北京的傅老伯是王孟筠妙手回春最早的病人。他们来到北京香山放蜂，老伯因多年不治的支气管哮喘求医王孟筠。她隔天一次从香山赶往王府井傅家治疗。蜂疗5次之后，傅老伯呕吐出半盆肥皂泡一样的黏沫后，长长吐出一口气说：“这一下舒服多了。”继续治疗半月后，老伯多年老病痊愈，此后没再复发。这是20世纪60年代初的事了。当年王孟筠在小本上记下了这个病例：“治疗哮喘，有‘内收’‘外吐’。吐出为好，但很难收到如此疗效，傅大伯的疗效属上乘。”

王孟筠治愈的病例中，安德烈的病情最重。1989年3月，安德烈从桑塔纳轿车上被抬下来时，脚、手、腿、肘、臂、腰都肿得变了形，人缩成了一团。陪同他的人告诉王孟筠，安德烈是澳大利亚墨尔本的大学生，14岁得了关节炎，在本国许多医院求治过，去菲律宾和我国台湾地区等地治疗过。近日来关节痛肿扩展全身，无法行走，全靠服止痛片维持。安德烈的叔叔在香港听说了王孟筠的医术，送侄儿远渡重洋来中国找“贝娜丽”(养蜂女士)。

行医近30年，王孟筠还没见过这么严重的风湿病人。安德烈是全身风湿性瘫痪，入院当天王孟筠在他病床边观察到深夜。第二天，在病人关节肿胀部位试蜇两次，无痛感，第五天加到了10次，仍无反应！加到15次，安德烈终于抽搐了一下。王孟筠疲惫的眼神中有了笑意：有痛感我就有办法。先螫肿胀部位，然后螫经络穴位，调动自身循环代谢，螫刺蜂量逐渐增加。

4月5日，安德烈双腿红肿消退。5月15日，经1200只蜜蜂螫刺经络穴位治疗，安德烈恢复良好，要回澳大利亚了。异国青年泪光晶莹地紧握着“贝娜丽”的手说：“不管您在哪里，我都要来看您！我永远怀念您！”

王孟筠1989年调到湛江农垦疗养院蜂疗科工作之前的近30年时间里，花开在哪里，蜂追到哪里，她的“天地诊所”就在哪里——

我的“天地诊所”
它可能在浩瀚的林海
也可能在茫茫的草原
或在潺潺流水的小溪旁
没有洁白的病房和病床
祖国的锦绣河山是它的屏障
没有刺鼻的药味
只有花香蜜香空气的清香

它在蓝天下游动

在大地上扎根

小蜜蜂是治病的医生

医德多么高尚

…………

“天地诊所”的功德口碑流传开了，万千患者纷纷来信追赶奔走天涯的“蜜蜂夫妻”。“我们世代铭记你们的救命之恩”“你们挽救了我这个想自杀的人”“遇上你们是我的幸运”……

“天地诊所”行医不收费。“害风湿病的人已经为治病花钱花得山穷水尽了，我还怎么开口要钱呀！”湖光岩的许阿婆迈开被治好了关节炎的双腿，10多里路扛来一捆从自己田里砍的甘蔗，感谢“蜜蜂医生”。后来，农田喷药，蜜蜂死了一层，王孟筠痛哭不止。许阿婆听说后，又是10多里路匆匆赶了来，流着泪做佛事请菩萨，在每个蜂箱上细心地贴上自己剪的“佛”字，六小碗细白米饭中间放一个鸡蛋。倒也奇怪，许阿婆做过佛事后，王孟筠的蜜蜂再没有中过毒。

安德烈回国之前，来接他的叔叔递给王孟筠一个装着厚厚钞票的信封说：“贝娜丽，我们说不完对您的感谢！”

王孟筠轻轻推开他的手，望着来去匆匆的蜜蜂说：“我行医多年，从没有接受过病人的钱物谢礼。你们不理解我。我小时候两次踏进死亡的门槛，把健康寄托在医生身上。我现在能解除病人的痛苦，就很高兴了。”

时代不断地变幻，在人世间涂抹着自己喜欢的色彩，越来越现实。王孟筠却还以自己对生活的理解，习惯成自然地思考、行事。这种类似“童子功”的东西，成不容易丢也难。

她的言行似乎不那么合时宜，但是你不能不为她的行为动机而感动。她做每一件事，都有一种下意识的真诚，一种浑然天成的质朴，不经意之间洋溢着善良崇高。

她和丈夫30年奔波山林，酿造了多少甜蜜的财富！即使在火车常停运、祸乱不断的1966—1975年，他们仍然上交农场3.72万余斤蜂蜜和王浆。王孟筠1989年调到湛江农垦疗养院蜂疗科后，住院病人上百。在安德烈接受精心治疗，得到擦澡、洗脚——只有母亲才能做到的照料时，他的叔叔真诚的答谢遭到拒绝时，他们都不会知道，中国的“贝娜丽”和她的丈夫已经数月没有领到工资——只因一句“单位困难”。

近40年的心血和智慧，结晶出蜂疗界公认的极有价值的论文《经络穴位在蜂疗上的应用》《用中蜂螫刺治病小结》（《蜜蜂》杂志1990年第1期），《用活蜂直接螫刺治疗风湿和类风湿关节炎的方法》（《蜜蜂》杂志1992年第5期）……又有“治疗风湿和类风湿关节炎、坐骨神经痛、神经性头痛等疾病患者近万人次，患者最小的4岁，最大的70岁，病程最长的20年，最短的2个月，治疗时间最短3～5天，最长3个月，治愈率80%以上，愈后良好，无副作用……”的临床实践和医疗成果，却就是得不到官方认可的“职称”——没有医疗系列中级职称，就不能挂牌行医。

四

王孟筠有喜悦有成功，也有不快有烦恼。

好在养蜂人有天高地阔的好去处，什么样的烦恼和不快瞬间就被大自然消融，就被通人性的小精灵冲撞得无影无踪。

只要落脚山林，只要置身于飞翔的蜂群中，王孟筠就充满了激情。一管铜笛，迎大山的黎明，送草原的落霞。几本厚厚的速写，汇聚了长白山的椴树林，香山的红叶，高原丹桂，长空雁阵……一架心爱的相机捕捉养蜂人收蜜时的笑脸，轮渡码头抢卸抢运，傣家少女，雨中农人……王孟筠写了许多诗，写山写水写野菊花写向日葵写雨后的草蘑——

小蘑菇，你为什么撑起那么多蒙古包
是为了和养蜂人的帐篷
一起装点缤纷的春天
木耳，你为什么竖起透明的耳朵
是为了倾听流浪者的铜笛
吹出大自然的微笑

微笑的大自然真是明净的清泉！生活经它过滤只剩下太阳无比灿烂。

王孟筠珍藏着1956年12月27日从乌鲁木齐至酒泉的飞机票。岁月洗白了纸张，却难褪色真情。还有那个助听器，也珍藏在一只小匣子里。

她念念不忘地打问新疆温泉县的乌孜别克族老妈妈布比尼莎汗。在温泉县治病的年月，老妈妈的奶茶、抓饭滋养过她，老爸爸的光板羊皮袄温暖过她。那时候，温泉疗养院还没有时钟，布比尼莎汗妈妈用瓶子装满黄澄澄的沙粒，漏沙计时，把握治疗时间。她深情地给妈妈吹笛、画像。

她还是那么热爱生活，是的，她知道自己老了："我的面前摆着一面镜子，还有两张青少年时代最美的照片，还有给我的题词'聪明活泼的小姑娘，愿你像智慧的骏马在祖国美丽的疆土上奔驰吧！'镜子中却是一个多么衰老的容貌，头发稀疏，面黄憔悴，眉毛和睫毛也已脱落，左眼、左下巴开过刀的地方凹陷，半个脸变形，嘴角下垂，一副多么丑陋的样子。腹部即使用劲收缩也改变不了它的尊容，四肢关节也不灵活了。和同龄人比起来相差太远。虽然有人顺口说句'你不老'，但那是假的。真遗憾，岁月的艰苦造就了我年轻的心灵，却吝啬地不给我留下一点青年时代的美好影子。"

她从镜子前站起来对陈斯遇说："我们要抓紧时间好好生活！"他们有许多计划：退休后上中医学院，边学习边总结30多年的蜂疗经验。他们盼望能到天山深处去放蜂，去伊犁草原办"天地诊所"……能去她新疆的家——梧桐窝子住几天。

他们相濡以沫走过了30多年，爱恋依旧热烈如初。他对她说："我还要带你去飞，像蜜蜂一样！"她对他说："你要是没有我呀，就成不了不挂牌的好郎中！"

他们没有儿女。蜜蜂是他们众多的孩子。她为孩子的每一次献身落泪致哀：

"小蜜蜂呀，是我害你们牺牲了，你蜇一次就会死。一年要牺牲几万只！

"你的蜜给了人，命又给了人……

"你给了许多人生存的希望，扬起了他们生活的风帆，但是我的心不安呀！我伤害了多少高贵的小生灵啊！

"你们是我最爱的小生灵，为了你们我流过泪，受过多少委屈，赋予你们太多的爱，风雨中差点丢了命。

"我期望你们给予我健康，也给予更多人健康，可是我太愚蠢，太穷，我怎样才能更聪明一点，既不伤害你们，又能为人类的健康服务呢？怎样才能让你们如愿地度过勤劳短促的一生呢？"

我曾认真地观察过蜜蜂酿蜜的过程：从远山深林满载而归的小天使急急挤进蜂箱，头朝巢房里伸着，后足撑着六角形的巢壁，尾部向上撅起，身子因用力而颤抖，采集的花蜜就从细长的食管汩汩流出。

蜜蜂吸进食囊里的蜜汁属于整个蜂群。

大千世界，物理相通。

人类社会要生存和发展，就需要奉献。

人不可能都伟大，但可以崇高。

绿　叶

果实的事业是尊贵的，花的事业是甜美的；但是让我做叶的事业吧，叶是谦逊地专心地垂着绿荫的。

——泰戈尔《飞鸟集》

他成了新闻人物。登了报纸，上了广播。

为了什么？

他引进提纯复壮的油葵良种，为5个兄弟省区、19个科研单位以及自治区47个县、国营农场，提供良种累计达25万斤。

经过近10年殚精竭虑的努力，他终于引进繁育出了“北交5801-26号”等适于自治区高纬度、无霜期短等自然条件下生长的特早熟大豆良种。在自治区首创麦后复播大豆高产栽培技术……

随着金色种子源源外流，他为越来越多的人所知。

我不爱凑热闹。但我有自己的价值观念——物以稀为贵。越难得到的，我越想得到。从第一次见到他，至今已有一年了。

还是那扇柴扉，还是那间小屋，我来过多少次了？盛夏烈日，严冬飞雪，就像酒越酿越醇浓，它在我情感天平上的分量也越来越重。

“小丰，我可真服你了，你呀！”迎进门，斟好茶。

“怎么,不欢迎?”与其说是采访对象,不如说已成为朋友,好熟好熟了……是已经神交多年的挚友。

…………

“你要真不怕浪费时间,就写她吧……”

“桂荣?”

“嗯,”他抬起头,眸子里充溢着的是爱的湖水,深深的……“如果没有她,我罗赓彤什么也不会有……”

水,感情的水啊,积存多久了?

哗,哗……

七股八岔……

父 子

微风飒飒。朝阳把白杨树的婀娜身姿投影在雪白的墙壁上。光影摇曳,正是早饭时候。

“桂荣,这有鸡蛋,你再吃点。”

“不了。刚吃过食堂的饭。”

“他王姨,你吃点这吧,孩子爸刚送的鸡蛋面条。”

“谢您了,大妹子。”

产妇们都关心——说准确点是同情这个叫王桂荣的年轻母亲。一住进妇产科,谁的丈夫一天不跑几趟啊!可是,就她,头生儿子出世4天了,孩子的爸爸还没来看她。

叫桂荣的年轻母亲将身子侧向墙壁。她怕看那些满是疑问、怜悯的眼神。心里酸溜溜的。

“王桂荣,睡了?”一个小护士轻轻走到她床边。

“没,”她紧忙侧过身,“他……人找到没?”

“找到了,好不容易叫通电话。”

“啥时来接俺,说没?”

“叫你再住几天……还有这样当爸爸的,头生儿子,告诉他了。你猜他怎么说?‘哎呀,我正忙呢,地里正收100号,我实在分不开身……就叫她娘俩在你们医院再住几天吧,哎,就谢谢您了!儿子胖吗?胖,好……’”

她想哭。但忍住了。

他的举动是不可原谅的,尽管他有充足的理由。他做得太绝情,再忙也该腾出身子,接母子俩出院回家。

病房慢慢静了。

墙壁上斑驳的白杨树影渐渐变成了槐花,洁白的槐花……

正是槐花飘香的季节。村口高大的槐树繁花如云。一串串洁白的槐花,衬着嫩绿的新叶,晶莹剔透,在霏霏细雨下,犹如玉雕珍品。空气里也透出一股甜丝丝的清香。

送行的四老双亲早已停步了。老人家的心思都一样,该给他俩多留点时间。

“槐花真香啊……你……你有话就说吧。”

怎能没话呢?整整两年,在家的时间可只有3天啊。两年前槐花飘香的季节,锣鼓喧,唢呐响,盖着红盖头的她来到了这个村。

在这块古老的土地上,受过高、中等教育的青年,还是按照古老的风俗,办了终身大事,锣鼓喧,唢呐响……

夜深人静。不知等了多久，他终于揭开了那块红绸。

虽然是父母之命，媒妁之言，又是只见了两面，可是，她从心里感谢月老牵了这条红线。凭什么？她也说不清。只是凭直觉。那强壮的男子汉体魄，那忠厚的眼神……她爱他。她脉脉含情地看着条桌上燃烧着的红蜡烛，感到幸福。

可是，新婚第三天他就走了，他要去继续学习。这一走整整两年……夫妻不相见，动如参与商。她苦熬着沉沉长夜。

这次，又是三天，又要走。这一走要穿山越岭，到遥远的新疆去。这又要多久才见面呢？

“你……”携手相看泪眼，无语处情无限。

“你走吧，老人有俺，要出息……顾惜自己的身子……俺，等你……”她知道这一等要等多久吗？

已经走过柳丝拂面的十里长堤。

“你别送了。”他背上是她给他操持的行装。有家织布做的内衣，有亲手纳的千层底布鞋……他一步一回头。

“回——去——吧”她忘不掉他的声音。

雨雾中，他变成了一个小点，小点……

谁想到，这一别就是4年啊！

直到1968年，她才推开了她自个儿家的门——这就是千回想万回盼的家吗？

这是她的家。

她呆了：还是4年前她给他准备的被子。还是那个盆。还是那件袄——不，露出来的棉絮已改变了它原来的样子，不仔细看就不认识了。在4根棍支起一块板的“桌子”上，一抱刚拔来的豆棵上开着紫莹莹的小花，倒引人注目。

“这就是咱的家？”

他看着她，苦笑了下。

她再不说什么了。爱情就是理解，它不需要语言。

久别胜新婚。6年了，他们在一起的时间只有两个3天。这一别整4年啊！

她心里的爱已经积攒得太多了。关山隔不断。

“你呢，你想俺吗？想俺吗？4年，4年4次探亲假……你一次也没回……你心里有俺？”

“扒开心你看看。”

还用扒开吗？那含着火的眼神告诉了她一切。

“春播时，正赶上探亲假，能走吗？第二年……”

学理的，学文的……就数学农的最苦，风霜雨雪结伴，泥水尘沙为伍。春播秋收，环环紧扣。啥季节闲呢？就在这一天赶一天的紧张状态中，4年一晃过去了。

一位主管生产的营领导，开春时热心为他张罗。

“小罗，你把媳妇接来吧。牛郎织女还一年一次鹊桥会呢，你这……”

“难哪，家里4个老人都快60了。靠她一人。再说，她教师还没转正呢……”

“这好办，工作包在我身上，来了就安排在学校。老人嘛，以后也都接来吧，最近有趟出差任务，你就顺路把媳妇带来。”

就这样，结婚6年以后，王桂荣才在这临时借用的小泥屋里度她拆洗缝补的蜜月。忙了一星期，她的家才能勉强让人生活下去。思家恋亲的心绪也暂时被心疼丈夫的感情代替了。

可不久，她又双眉愁锁——没有工作。在短短的半年中，那位许过愿的领导已是泥菩萨过河，自身难保了。他说话没人听。要知道，在“文革”那个年月，“臭老九”能被看作“老实的牛”就不错了。

就像一只自由翱翔的小鸟突然失去了蓝天，那小屋就像一只笼子。她急得发疯……

她这个倔强的独生女儿算是幸运的。在中原大地还很落后的农村，普遍不让女孩读书的旧习俗里，父母省吃俭用，供她读完了初中。1958年，她考上了河南平顶山市第二师范学校。在她再有一年就要中师毕业时，国家困难，学校停课了。王桂荣和所有的同学一样“返乡生产”。

回到家乡鲁山不久，她就被聘请为民办教师。她热爱纯朴、勤劳、和自己一样的农家子弟。她把所有的热情和精力都用在孩子的身上。她生性好胜，一人带4门课两个班，前街后巷整寨子跑。白天上班，夜里辅导。她带的班总评时总是第一。一个月只有30元的收入，她还经常为交不起学费的孩子垫钱。有时要用掉一半还多。孩子们喜欢她，大家尊敬她，每年她都是县里的模范教师。那时她感到一切都那么顺。可是，天有不测风云，她正要转正时，史无前例的“风暴”搅乱了一切正常秩序，也吹散了她眼前的彩虹。

一别4年后，他突然回到故乡，要接她到新疆。桂荣是愁大于喜。她一走，就只剩下两家4个60多岁的老人。关山重重，千里迢迢，谁知道多久才能回来一趟。真难啊！他没回来时，她想他，可说走，她真愁，一颗心被撕作两半。

自从他回到家，那天夜里爹娘小声从天黑唠到天明。临上火车那天夜里，月亮已西沉，窗外的景物越来越暗，村落显得很静。娘和爹已唠了一阵子。

“她娘，荣妮子走是正理，你可再别哭哭啼啼。”

"俺知道。她说不走,能中?俺送她走……独养闺女,俺的独养闺女,她一走,俺心里……"

…………

一张高粱箔隔成的两间屋,声音再低也听得真,荣妮子的泪流呀流,流湿了枕巾,流痛了心。想必是感动了老天爷,外面不知什么时候也滴答开了雨点子。

一颗心留下了一半……

她病了。急火攻心,高烧不退。她神思恍惚,仿佛踏着轻柔的白云又走回家乡了。多美啊!粉红的是桃花,雪白的是槐花……一只只蝴蝶翩翩起舞,勤劳的蜜蜂在花间劳作……啊!那是谁?噢,是铁蛋、栓柱,还有小凤……那是谁呢?娘,是娘啊。娘的头发咋白完了?才几天嘛。"荣妮子,你可想坏娘了!""娘,我也想你。""妮,你想吃啥?""娘,咱蒸槐花吧,拌上那蒜泥,娘,可香呢……"

"娘!"

他呢?他到哪去了……

"赓彤,你真狠心!"

咋没答应呢?唉,这又是梦……

盼了一个黄昏又一个黄昏,等了一个清晨又一个清晨,头生子的妈妈和头生子才终于盼来了他的爸爸。

当她看着他瘦尖的下巴和满身泥水、汗渍时,她满肚子怨气全消了,一句责怪的话也没说。

破天荒,他给妻子做了顿饭。在她床头坐了两小时。可能是要将功补过吧，他给妻子讲了个故事：过去，有个烧瓷器的，瓷器快烧成时没柴了。他先拆了房梁，又扒了门窗，还不够，后来他就把家具、被子都当柴烧了。最后，一窑薄如纸、洁如玉、声如磬、晶莹透亮的瓷器终于烧成了。

给妻子讲完故事，当爸爸的又走到儿子身边俯下身喃喃地说："儿子啊，你不会怪爸爸吧？你长大就明白了，一个人生命的价值就在于有颗赤诚的心……"

这时，年轻的妈妈用眼神示意不够格的爸爸坐下。还用多说吗？她预感到，实际上已经体会到了做一个和泥土打交道的"臭老九"的妻子所要承受的全部甘苦。

"哎，那时他不学农就好了，"她心里想着，"他也到不了这里。"

是啊，当初他为什么非要学农呢？

民以食为天。农家子弟体会最深。

1958年，他投奔舅舅到郑州读高一。放暑假了，他空着手回家。肚子饿啊，头晕目眩。看着路边的青玉米都直咽唾沫。实在走不动了，他在一块红薯地边坐了下来。他想扒个红薯。可终于又忍住了，没经人允许，口袋里又没一分钱。等了不知有多久，过来了位老伯。老伯看了看他，没吭声，走到垄沟里扒出几个红薯。

"小，吃了快赶路吧！"

至今，他仍忘不掉那个老伯。

一个高中一年级的学生，他从实际生活中感到，河南人多地少，他向往投身绿色的事业，让一季变成两季，让一亩地打两亩地的粮食。

高中毕业填报高考志愿时，他毫不犹豫地选择了农学院。

也是为这同一理由，1964年毕业后他坚决要求到新疆。填分配志愿表时，同学们都没填新疆。那地方，老远啊！他却一连填了3个“新疆”。班主任老师找到他，说他的毕业实习鉴定不错，又是独子，有希望留在郑州农科院。可他……

那个年代的年轻人都想些啥呢？

那是“好儿女志在四方”的年代。祖国的新疆充满了神奇，光是它辽阔的面积就够吸引人了。搞农业的人，对土地有着特殊的感情。那富有魅力的土地在他年轻的心中早就无数次地被描绘过……他想象着，绿洲要在他们这一代手中，变得更加绚丽多彩、明珠闪烁。

丈夫一天比一天回来得晚。妻子的奶水一天比一天少。一天下午，丈夫出人意料地带回家几个猪蹄子。

“催奶，兴许管用。”

看着丈夫烫蹄子时笨手笨脚的样子，妻子的笑靥里夹着更多的凄然。一个月子里，她就吃了4个蹄子和30个鸡蛋。偶尔，她也在心里抱怨过自己的命苦。她女性的柔情还没在爱的蜜河里激起浪花，就已经被东方式的家庭责任淹没了，丈夫忙他的事业，妻子当她的贤妻良母。

港　湾

1980年夏收前，罗赓彤又开始东奔西颠。找业务部门，找主管领导，要求给他提供进行麦茬复播大豆大面积试验的条件——麦茬地。他急得像热锅上的蚂蚁。

地勉强给了。

但是7月7日麦子就收割完了，7月26日才通知他。整整拖了19天，损失积温475摄氏度。而麦茬黄豆整个生长期积温也只有1700摄氏度啊！只要是搞农业的人都明白，麦茬复播大豆抢的就是个早。

事蹊跷。是蹊跷。

明明早就近乎乞求地告诉了当事者，麦子收完就马上通知，为什么拖了19天才通知？

事还没完。

罗赓彤不同意播种。因为播期晚得太多，难以成熟，会影响试验结果。

但是，这时候却硬要叫播。同一个人，原来是坚决不支持搞麦茬复播大豆，说新疆这么大块地，还不够种？现在是非要违背客观规律强制播种，权力大于科学。这又是为了什么？

“为了什么？这明摆着的事嘛，设绊子，下套子。你不播，说你出尔反尔。你播了成熟不了，试验不成功更有话说。”

人世无情苍天有情。这一年，直到10月7日才下霜。如果好好管理，这块豆子也会有较高的收成。但是，9月中旬，不知从哪里刮出一阵风，说7号地的麦茬黄豆要犁掉。

有天一大早，有人急匆匆地告诉罗赓彤，拖拉机进7号地了。他飞奔到地里，只听机声隆隆，三分之一的大豆已被犁掉，只见大人割小孩拔、牛吃羊啃……他的腿一下子软了，无话无泪，只是呆呆地看着，看着这被洗劫了的心血……

暮色苍茫。牛羊归圈。他拖着沉重的步子，踉踉跄跄地走到家门口，砰地撞开了那扇用柳树枝扎的柴门。

妻子正等他，他发直的眼神把妻子吓呆了。

“老罗，你怎么了？你说话呀！”

他说啥呢？直到这时，这个男子汉才泪流满面，站在妻子的面前。

慢慢地他平复了。在妻子那深情、信任的目光的爱抚下。值得庆幸啊，他有这么一间温暖的小屋。

几乎每次都是如此，当他一望见那扇柴扉，他的心里马上就升起一片暖意。就好像一个在漆黑的冰封雪裹的戈壁上走了很久很久的人，终于跨进灯火明亮、炉火融融的房间里所感受到的，不能用语言描绘的、全身心的松弛；就好像一艘刚刚从风急浪骤的大海驰进风和日丽的港湾里的船。

那双眼流溢着沉沉的爱，那双眼燃烧着熊熊的火。

那双眼最理解他，那双眼知道他……

罗赓彤搞油料作物种植和研究，是从1973年开始的。

那年开春，良种站讨论技术分工。有人要搞棉花，有人想搞甜菜，有人抢着搞小麦。轮着他了，他说："我搞油料作物。"

"啥？搞油料？"闹嚷嚷的办公室霎时静场了。转向他的那一双双眼睛仿佛在说，这人莫非神经了，谁不知道，石河子垦区四大作物是小麦、玉米、棉花、甜菜。玉米、小麦他都搞过。放着轻车熟路不走，非要去搞没沾过边又不显眼的小作物，就算搞成了又能咋的？

可是，有谁知道，他在出差返疆途中碰到的一件事给他的刺激有多大。

车过兰州。一位老太太在车厢里哭开了。原来，她带的两瓶子油打碎了，包袱皮油透了。老人家伤心地说："这是带回新疆给孙子过年的油啊！"

听着老人家的话，他脑海里浮现出了许多画面——

一个油瓶子就能装回来一个五口之家的供应油。

火车上，那大包小罐的肉、油，有时行李架都被压翻了。铁路部门知道新疆食用油供应紧张，不得不睁只眼闭只眼……

"不伤心吗？我们搞农业的，人民哺育了我们，我们却看着他们一年有半年没有油吃。供应标准有时降低到每人每月一两油。能不伤心吗?”

他选择了大豆和油葵。大豆不仅含油率高,还是受欢迎的副食原料,大豆的蛋白质含量高,还含有人体所需的多种氨基酸。新疆每年要从外地调入四五百万斤大豆。油葵是国际市场上主要的油用植物。这两种作物种植各有优势。大豆固氮养地,油葵耐旱耐瘠抗盐碱。而新疆的土质大都含盐碱。光是石河子总场就有四五万亩不能种植粮食作物的中度盐碱地可利用。

他是个认准了道就走到底的人,不管有多少坎坷。

他搞油葵大面积种植时,“求神拜佛”,最后才在有关领导的支持下要了点水库地。

从他住的良种连到水库地,一个来回就是20多公里。播种他得去,田管他得去,秋收他更得去。要按他的技术措施搞对比试验,他不去能行?早晨鱼肚白的时候,他就上路了。裤兜里装块咸菜塞个馍就是中午饭。夜幕低垂时,他才踏着那辆破得吱扭吱扭响的自行车往家赶。到地里还得站播种机,浇水……哪样活他都得亲自干。自春到秋,他跑了多少路啊……

她知道。船儿在她心中。

那双眼仿佛在对他说:“你干的是崇高的事业。”

“如果是为了自己,你早就不干了——这么多年来,你求的人太多。要一遍一遍看别人的脸色。把本来可以给儿子添学习用具的钱买了八九毛一包的好烟。扔下一家四口到处奔走。出趟差就是几百块钱的债……这都不算,为了事业,你这个独子顾不上年逾七旬的二老双亲……你两袖清风,一文不名……你以这样的代价换取的仅仅是一块试验地,两个劳动力,价值不多的试验用具;换取起码的,在地球上有了猿就有了的权利——劳动。何况用这种权利得到的全部财富都属于全民所有。

“子规夜半犹啼血，不信东风唤不回。赓彤啊，你干吧！你的赤子之心一定会换来成功！一定会的……”

那双亮晶晶的丹凤眼，是船儿停泊、休息、养精蓄锐的港湾……

礼 物

隆冬时节的哈尔滨是迷人的。冰封雪裹，琼楼玉宇。连行道树也穿上了白色的绒袍，整个城市给人的印象是静谧、典雅。它让人想起格林童话中那动人的意境。

一个身穿旧皮大衣的不速之客推开了黑龙江省委会议厅的大门。他头上的破皮帽子和脚上的旧长皮靴在水仙盛开、春意盎然的会议厅里显得那样扎眼。倏地，他成为所有目光的焦点。

“你找谁？”

“我找王金陵教授。”

“你从哪来？”

“新疆，我想要些大豆良种……”

为调大豆良种，他从沈阳到长春，从四平到白城，找省里，求县里，磨破了嘴皮跑断了腿。无意间打听到黑龙江省种子工作会议正在哈尔滨市召开，他就不顾一切地闯了进来。

他带着浓重豫西腔的叙述感动了在场的专家、教授。大家都支持他在新疆搞麦后复播大豆试验，给他提供了50多种早熟品系的大豆良种。黑龙江省副省长、大豆专家王金陵教授感慨于他强烈的事业心，激动地拉着他结满老茧的双手，递茶让座。从理论上给他指导，还送给他《大豆的生态型》一书让他阅读。又上下疏通，调集良种，联系车皮。

4个月后，他返疆了。

一进门，妻子愣住了：原来的长方脸变成了个窄条条。黑得多了的脸上一下子添了那么多长长短短的皱纹。一头乱发蓬着。那个脏劲呀，左裤腿撕叉的口子足有一尺长。这就是她男人？

“你……”

“我，好着呢。快给弄点饭吃，还饿着呢。”他把两个沉重的提包放下，疲惫地坐在小板凳上。

“爸爸，爸爸好。”从铺上传来儿子的问候声。他们高兴，4个多月没见爸爸了。

“这几天，老大、老二都发烧了。”桂荣和着面，对他说。

他打开了那两个包，拿出两支6角3分一支的自来水笔和一本《中学生优秀作文选》。剩下的一个个小袋子全是种子。

“恒恒、奋奋，这是爸爸给你们的礼物。病好了把功课补上。”他用裂满口子的手抚摸着儿子的头。

四月春夜，月辉清冷。罗家的炕头却暖融融的。

“你这个当爹的呀，再紧也该给孩子带点吃的。”

“出门手头紧……就这，还拉下380多块钱的账呢。”他带回家的除了前面提到的给孩子的最多价值1块5的礼物，就是欠账单和一身虱子。

“……种子俺可搞够了。27万斤，全自治区都够用了。”

“你呀，心里除了种子，啥也没有。”

…………

“明天我就得下连队。再晚就不行了。误了农时，种子就瞎了。”

“你去吧！”

"孩子正病着,你又……"

"啥时离了你不都过来了,你呀!"

…………

他紧紧地拥抱着她。又听到她的声音了!他心头涌起一股欣慰,甜甜的。这声音可以抵消所有的辛酸苦涩。

财　富

尖溜溜的西北风掠过光秃秃的杨树梢,扬起阵阵雪雾,如流云飞渡,遮蔽了大地、天空,打得人睁不开眼。太阳像得了大病似的,昏黄无力,懒洋洋地从地平线往上爬着。

行人稀落的路上,迈动着一双女人的脚。风不时掀动她单薄的衣襟。她走得很急。胳膊上挎着的小篮子不时倒换着手,那里面是整整50个鸡蛋。

马上就要开学了。3个学生的学费对这个家庭来说可是一笔不小的支出。这些事,桂荣很少对他讲。讲了又有什么用,只能叫他作难发愁。她总是默默地担着这副沉重的担子,再重也不觉得委屈。

在绿洲菜市场向阳的一个角,她放下那看上去小小的篮子。她没叫卖,只是用亮晶晶的眼睛看着来来往往的行人。

"咦,桂荣,你在这弄啥?"

"鸡下了几个蛋,现吃不着,卖了……"她不难为情。但邻居都知道她撒谎。家里4只下蛋母鸡,攒了快两个月。

经济窘迫。一个大学生的收入,要养活五口之家,还要接济4位老人。大儿子小时候还吃过几回蛋糕,小儿子尽管是个老疙瘩,长到七八岁了还不知道蛋糕是啥滋味。

她已精打细算、节衣缩食，还是入不敷出，账摆在那儿：一个月不到80块的收入，扣除石河子总场保留的10%，面粉、油、房电费得扣40多块，给两家老人平均每月寄10块不能再少了。剩下10来块钱，对一个五口之家来说，的确是太紧了。一斤肉就是两块多。

一到月底，两口子就把所有的口袋翻个底朝天。

“咱的肉还没割呢！”

“算了，青菜维生素多。”她笑了，带着一丝不易觉察的苦味。

每年，桂荣都要把“用不着”的布票送人。用不着吗？小儿子长到8岁了，还没穿过一件新衣服，全是拣哥哥、姐姐的。

桂荣也想过生财的法子。

人们都在八仙过海中各显其能，发家致富。在农场，养羊喂猪的多。一年4头大肥猪，少说也能卖七八百块钱。可是，罗赓彤一点门道也不找，他白天地里跑，晚上桌边熬，柴米油盐的事他很少问询。

从东北出差回来那次，桂荣试着对他说：“背着债的日子难熬，咱能不能也像人家那样，想个法把债还了？”

“想啥法？”他不解地问。

“咱也喂俩猪中不中？”

“喂猪？”他神色茫然地抬起头。

还用再问吗？最了解他的妻子记起了去年生病时的一件事。

她是累病的。在油葵开花的季节……

发了一天烧，下午醒来，灶是冷的，屋是冰的……

“你爸呢？”

“在办公室。”

“你们吃过饭了？”

“爸爸炒的黄豆。”

“叫你爸回来。”她有点火。

他回来了，左手拿着一本书，站在屋子中间。

“你烧退了？想吃点啥？”

“吃啥？吃黄豆……”桂荣眼泪汪汪。她这样的时候可不多。

哎，人都顾不上吃，还能喂活猪？

为了家计，她参加了家属排劳动。早晨6点起床，7点多摘好菜装上车，回家做饭烧水。等把几个上学的，一个上班的打发走，她才拿起块干馍夹上辣子赶着牛车到菜市场去……

下午，她挎着显然是轻了许多的篮子推开了那扇柴扉，脸冻得青紫，带着一身薄薄的雪花，走进了她那只有十几平方米的小屋。

这是怎样的一间屋哟，床占去了整间屋的三分之一。几乎是紧贴着床头的铁皮火墙，烟囱斜跨房间上空插入西墙烟道，使房子的空间显得更狭小。发黄的顶棚纸大洞连着小洞，一张漆皮剥落的小圆桌上摊着孩子们的本子、书……

这就是她的全部财富。然而，她并不感到寒酸。她心里清楚得很，老罗和他的事业，还有3个聪慧好学的孩子，才是无价之宝。

冬夜静悄悄。炉膛里红红的火苗那样温暖。她睡熟了，她太累了……

曾听人说，电影《人到中年》里，对知识分子的物质生活条件的描写是“歪曲”。可是，就是那个“歪曲”了的条件，对这个小家来说也是天堂般的可望而不可即啊！

父 女

等了整整14年，盼了整整14年。王桂荣才乘上了东去的列车，可她没感到一丝高兴。

54次特别快车风驰电掣般的铿锵声也不能安慰她一颗焦虑的心。她是接到父亲病危的电报往回赶的。

1982年农历十一月初九，她到家了。可是，等待她的只有憔悴年迈的母亲和一座青冢。

“爹啊！您咋不等等不孝的女儿啊！爹啊爹，女儿对不住您啊……对不住您……”

柔肠寸断。一声声撕裂心肺的哭声诉不尽女儿的衷肠。她哭哑了嗓子，流干了泪……

老人是初七安葬的。娘告诉她，爹临终时，一遍又一遍地催娘：“你不要老在我跟前站着。你到街门口迎迎荣妮子，她再不来，我就等不及了……”

10多年来，她没有一天不思念爹娘，她是个独养闺女啊！只是沉重的生活担子压得她喘不过气来。这次，初四收到电报，她心急如焚。可手里只有6块钱。借吧，找谁呢？旧账还没还完。第二天，老罗的一位同学听到这个消息，才赶忙送来了200块。她急急忙忙到市里买了一身衣裳——她真是没有一件出门穿的衣裳。十几年不见爹娘，总不能伤老人的心。第三天她就上路了。

天阴着。一块一块铅灰色的云，重重地垂在天上。寒鸦缩在落光了叶子的枯树枝上。天气很冷，但她不觉得。她要给爹圆坟，圆啊圆……

“14年前，是爹送我到槐花飘香的村口……14年后……爹啊，你为啥不早发电报呢？娘说发，你不让。你说，信已打走了，荣妮子要没难处，早就回来了，她孝心重着呢，再等等。爹啊，都到啥时候了，你还只想着女儿呀……爹，当初我听了你的话，咱村多少婶子、大娘给娘说，这个主不中，家里穷，又在学堂里正念书，谁知以后分到哪，一个独养闺女还让飞了不中？你说啥？你说‘咱不图他吃，不图他喝，咱就图他个人品好’。爹啊，这10来年，女儿可透心透骨地体味到了当这个人品好的人的妻子的全部甘苦了……爹啊，不就是为个穷，生时女儿不能尽孝心，没法子把您接到我身边……就为这个穷，临终也没能最后见您一面啊……”

“爹啊，我的亲爹……”泪，心泉的结晶，洒落在湿漉漉的新土中，一滴、两滴……

两个月后，王桂荣又推开了那扇用柳树枝编的柴门。

看着妻子又添了不少的皱纹和一下出来的那么多的银丝，看着那个黑底白字的“孝”字，罗赓彤心中涌起一阵深深的歉疚和难言的苦涩。他想说“是我拖累了你”，他想说“我对不起你”，他想说“我和孩子、咱家全亏了你”……可是，他什么也没说，只是那样动情地握住了妻子那双老榆树皮一样的手，眼眶中珠泪盈盈……

她呢？她没泪了。人说，太悲痛了就没泪了。那双眼仿佛在告诉他：“咱爹庄稼人一辈子，他知道那大豆里，那黑油油的葵花子里有你的心血，他就不怪俺了，不怪了……”

他们这时真正体味到了赫尔岑所说的，“在这个只有两个人有份的特殊恩赐之中，相互间有一种特别甜蜜的爱，是不能用笔墨言语来表现的”。

爱融化着悲。

磁　力

一四五团生产科女技术员毛菊芳下班回到家，火不生，饭没做，湖南乡音很重地嘟哝着："拼命干活的得不到支持，狗屁不通的胡乱指挥，粉碎'四人帮'三四年了，还……"

丈夫问她出什么事了。

"出什么事了？你早该知道。你懂不懂，搞宣传要支持正义，要为'四化'鼓劲！你懂不懂，老罗干出了那么大的成绩，可是……"她一顿无名火烧得一四五团宣教科科长丈二和尚摸不着头脑。

毛菊芳不仅在自己的业务权限范围内最高限度地给罗赓彤提供方便，还仗义执言，常常替他打抱不平。

没几天，一四五团有线广播报道了罗赓彤的事迹。事后，宣教科科长挨了一些人的骂，也得到了更多人的夸。其中就有毛菊芳。

不过，不要对宣教科科长的形象产生误解，他不是怕老婆的软耳朵。他了解罗赓彤，知道罗赓彤从事的工作的意义——妻子长期潜移默化的影响早使他成为半个农学家了。更重要的是，罗赓彤是共产党员。

俗话说，只要心诚，石头也能开花。罗赓彤的经历和他所从事的关系着每一个人切身利益的事业就像磁石一样，把很多并非从事农业科学却有着钢铁品格的人吸引到了他身边。

上海支边青年，原石河子总场副场长杨永青，1979年已经调到自治区工作。但她怀着一颗炽热的心，东奔西走，向有关部门推荐、介绍罗赓彤的试验成果。有人说她"出风头，临走还想捞一把"。

她说："不，我不仅仅是为了罗赓彤一个人。是他从事的关系着国计民生的事业吸引了我，是他和他的妻子忘我的精神感动了我。”

1979年12月13日，《新疆日报》头版位置刊登了杨永青给编辑部的推荐信，并加了编者按，呼吁有关部门及各级领导把技术推广工作认真抓好。

搞农业的，要知天观地。石河子气象站是罗赓彤最可靠的情报站，气象预报员陈作方不仅给罗赓彤查找了石河子地区1953年以来的气象资料，还按照他苛刻的要求，及时、准确地预报天气变化情况。他开展试验以来，从没有因为气象预报不准耽误过工作。

还有一位年轻热情的姑娘，1981年大学中文系毕业后被分配到一四五团一中任教。她从小喜爱文学，准备进一步深造。可是，就因为她是罗赓彤大儿子罗恒的班主任，到罗家家访了几次，就从自己安排得满满的日程表中挤出时间给罗赓彤的孩子们辅导功课，解除关心儿子学业进展的父亲的后顾之忧。关心她的同学逗她说：“罗赓彤的大豆真有魅力，竟然超过了‘研究生’这块牌牌对你的吸引……”

姑娘深沉地说：“不全是这样……可能因为我也是个女性吧，如果你了解老罗的妻子，你感受到了她那女性的坚毅和深深的爱，你也会这样做……”

干　杯

1983年春节。大年初三，冬日里少有的艳阳晒得人暖融融的，向阳面的冰雪已经开始融化——颇有些早春的味道了。

下午，一辆黑色的“上海”牌小轿车缓缓拐上石河子总场良种连一幢低矮小屋旁边的土路。

“刘书记来了！”有人一眼就认出了那位和蔼的老人就是新疆生产建设兵团副政委、石河子农工商联合企业党委书记刘丙正。

刘丙正推开了这排矮房第二家用柳树枝扎成的院门。

书记来给老罗一家拜年。他在小屋里环顾了一周，沉默了许久。

“老罗，对不起你啊……”书记的眼睛里包含着多少肺腑之言啊！

“刘书记，您喝水。”

刘丙正将那碗女主人为他冲的糖水一饮而尽。他渴吗？

足足有一小时，人们才看到主人一家五口出来送客。

车已经开动了。刘书记挥手告别，3个孩子喊着“刘爷爷，再见……”

下午6点多时，那辆黑色的“上海”牌小轿车又缓缓地停在刚才停过的那个地方。一位中年男子从车上提下来一个鼓鼓囊囊的提包，推开了下午来过的那扇门。

“老罗，这是刘书记送给孩子们的礼物，还有一封信。”

3双小手争着剪开了信封。大儿子罗恒念着：

小朋友：

你们的爸爸一心扑在“四化”上，任劳任怨。为科研做出了贡献，是你们全家的光荣。

送给你们一点节日礼物。望你们好好学习，天天向上，健康成长。

刘爷爷

2月15日

静极了。小屋里没有一点声响……

女主人的脸颊上滚动着串串泪珠。这泪，酸中有甜。

15年前，别了迤逦邙山岭、滚滚黄河水，别了紫槐银花、小路田埂，别了父母爹娘……15年中含辛茹苦，在艰难的几乎过不去的生活小道上硬挺了过来……

为了啥呢？

……为了追求创造的愉快，爱的甜蜜，做人的尊严！

酸中有甜的泪水啊，为的是终于看见了一片心——暖人的心！

夜幕降临了，年夜的灯火格外明亮。连续不断的爆竹声增添欢乐，焰火和天幕上缀满的星斗争辉。那一扇扇射出长剑似的光柱的小窗里，都充满了喜庆、幸福。

罗赓彤家那间小屋热气腾腾。油漆斑驳的圆桌上摆得满满当当。他把琥珀色的白葡萄酒斟满了5小杯。

"爸爸，我来敬酒。"大儿子罗恒举起了酒杯。

"好！"

"让——我——们——为——妈——妈——的——健——康——干——杯！"

"干杯！"5只酒杯碰得那样响。

"儿子啊儿子，你真聪明呀！你稚嫩的心和爸爸的心贴得这样近！你们难道早已懂得，没有妈妈，也就没有我们这个温暖如春的小家？！"

最小的老疙瘩又给爸爸斟满了酒。可是，当爸爸的还站着。他不声不响地看着他们的妈妈，看着……

"爸爸，你在想什么……"

他在想："母亲啊妻子，我们早该给你献上一首最崇高的赞美诗！是的，你没有著作。在闪光的论文前面不会写上你的名字，你也不会得到夺目的成果奖。像无数个默默无闻的人一样，你已度过了大半辈子。你的生命就像春雨无声无息渗入大地……你就像一片绿色的叶子……人们往往只看见金灿灿的果实,而忽略了你的存在。可是,没有绿叶哪会有果实呢?

“……你泯灭了吗?你消失了吗?不!我们从种子萌发的芽尖,从油葵发绿的躯干,都看到了你生命的光环!你一颗充满爱的心已留在了永恒的事业里……”

“恒恒,奋奋,来,把酒斟满,咱们为妈妈的健康再干一杯!”爸爸笑着大声说。可孩子们看到,爸爸的眼泪大滴大滴落在了酒杯里。

“干杯!”5只酒杯碰得真响。

这个家从来没有像今天这么热闹过。

小院里,爆竹响了。噼里啪啦,这是刘爷爷给孩子们的礼物。

“妈妈,你看,这是只蝴蝶。”女儿高兴地直跳。

“妈,这是火箭,你快看,我要点火了。”

霎时,五彩缤纷……五彩缤纷……

那洁白的多像槐花,紫的像豆花……大片大片散开着的绿色,像是叶子,绿色的叶子……

走过昆仑

老姜坚持送我到车站。

车离站，他还伫立站台。挥手间，已是暮色沉沉。

他的踽踽背影显得那样难以融入街灯下的匆匆人流。

他可是喝黄浦江水长大的……

灯火深处的人流看上去像是黄浦江涌动的潮，那个细细的小小的背影很快寻不见了。

灯火装点下，上海时尚漂亮。眼望黄浦江光波辉映的外滩，真有"天上人间"的喟叹。难怪上海人有上海情结。时代进步到20世纪90年代，从浦西到一河之隔的浦东，于上海人也是一次天大的选择，"宁要浦西一张床，不要浦东一间房"，更别说离开上海了。

这时，突然就想着老姜的感慨："在上海长到了17岁，再回来好像啥都不认识了。"老姜这句话让我又想，他们当年离开上海时会是个啥境况呢？

昆仑山离黄浦江有多远

1966年夏天，姜万富离开黄浦江。一路向西，向西，一直走到了昆仑山——一下子走了这么远哟！

中学地理课，他在中国地图上见过"昆仑山"。地图上，标有"上海"的圆点和标有“昆仑山”的那架山,用手比画一下,有一拃多长。

他和他的同乡——1000多个上海青年男女坐了四天四夜火车,又坐了六天六夜汽车,终于看见了几棵杨树,又看见了一坑水。直到汽车在水坑前站住,司机大哥说:“到了!”他才明白地图上的一拃长有多么远。

之后,他知道了这坑叫“涝坝”,这里的人吃涝坝水活命。那天,知青都不愿下车。迎接他们的人群中走出一位头发花白的汉子,对他们说:“孩子们,下车吧,到家了。我是二牧场一连连长许连荣,我代表全连的同志欢迎你们。这个一连刚成立,地无一亩,房无一间,住地窝子,喝涝坝水,条件很艰苦,委屈你们了。但是,通过辛勤的劳动,我们一定能在戈壁滩开出良田,一定能住上砖房,点上电灯,喝上自来水。孩子们,下车吧。”姜万富提起行李,第一个跳下车。至今,许连长很重的东北口音还在耳边。

当年,“姜万富”们启程就是迢迢万里。如果用一句话概括他们的激情,烙印有时代色彩的“鼓满风帆”蛮恰当。虽说投身时代的知青们还难知轰轰烈烈深处的社会动因。

之后,姜万富又知道了他们落脚的地方叫“阿克其”,是新疆生产建设兵团农三师在叶城县境内、昆仑山深处的二牧场。其实,二牧场一连只是有了个名,他们住的几间地窝子,还有做饭的伙房,刚建好没几天,墙上的草泥还没干呢!许多和许连长一样的老兵还睡在牧民的马棚里,就连吃水的涝坝也是当地牧民的。吃饭时,大家都蹲在伙房门前的空地上,因为地窝子里会往下掉土。

知道了这些,姜万富很高兴自己带头下了车。

当然,从大上海一下子走了这么远,那是报效祖国、建设边疆的时代召唤。他哪里想得到,这一召唤,他就在昆仑山冬日冰雪覆盖、夏天烈日炙烤的山道上走过了人生四季。这一年,他还不满17岁。

风雪昆仑。17岁的南国少年领略了昆仑山童话一样的冰雪世界,也领教了昆仑山风雪的严酷。一夜呼啸的山风,昆仑山冰封雪裹,皑皑雪野天地一色。一米深的积雪阻断了牧业点与连队的联系。水,可以化雪得到,没盐了,坚持。他们坚持到断粮,不得不冒险回连队求救。

“那一天,副连长赵卜怀带着我,还有一个牧工,一起回连队。羊肠小道被大雪盖住了。山上有很多坑,是夏天羊子喝水的地方。冬天大雪埋住了大坑,掉到大坑里你可就没命了。我们3个人一人一根放羊棍,紧紧绑在腰后,怕掉到大坑里呀！走了不到两公里吧,我脚下一滑掉进了两米多深的雪沟里,雪一下子就埋住了我。费了好大的劲,我才从雪里伸出脑袋,他们用放羊棍把我拉出雪沟。不敢再走了,你搞不清哪里有坑,只好又返回了牧业点。

“没有粮食,只能吃冻死的羊,羊子饿得舔雪,咩咩叫个不停。体膘差的,卧倒就起不来了。死羊肉煮着吃,烤着吃,没有盐,真是难吃。我又得了雪盲症,没经验,看雪看的。昆仑山的冬天真是美。北国风光,千里冰封,万里雪飘,被昆仑山的雪迷住了,看得两只眼睛通红,不停地流泪。维吾尔族牧工用羊奶给我一遍一遍洗,眼睛才好受些。

“在这个冰雪世界里,人是很无奈的。只有坚持着等,等到第六天深夜,才等来了救援的驼队。来新疆的第一个冬天,我就差点命丧昆仑山……”

一年一度产春羔时节,牧场最忙。姜万富在昆仑山里的克里克冬牧点。每天一早7点是一定要起床了,清点母羊和羊羔,给奶水不够吃的羊羔配奶,做完这一切匆匆吃早饭。然后一壶水一个苞米馕,顺着冰雪依稀的羊肠小道,赶着羊群爬上山的阳坡,仁慈的太阳已在这里催生出了羊子的草粮。太阳一步步往山里走时,和所有的牧人一样,姜万富顺着羊肠小道,和羊子一起下山,给羊子饮水。日暮，清点羊群，收圈，给母羊补饲，接羔……忙完这一切，一身疲惫回到羊圈边的窝棚倒头睡下时，往往已是第二天的凌晨。24小时一个轮回，直到产完春羔。

困乏难耐，羊子散落在春意融融的阳坡，享受太阳和山神的恩赐时，姜万富也在太阳的温暖里惬意地打个盹儿眯会儿眼。有时，他敞开羊皮大衣，清除不知什么时候来，也不知怎么繁殖这么快的“革命虫”(指虱子)。接完春羔回到家第一件事，就是在开水锅里煮衣服，洗衣服。

比起饥饿，虱子给的瘙痒就不算什么了。身高一米八的姜万富饭量大，一个月的定量不到半个月就没了，全是老连长关照着。连队开荒，谁也没想到上海知青姜万富完成了3个人的定额！体力消耗大，饥饿也来得快，饿得头晕眼花时，老连长许连荣端着一碗香喷喷的鸡蛋面条来了，说：“吃吧，能吃才能干。年轻人可不能饿坏了身子……”要知道，那时候只有孩子才有定量的白面呀！姜万富至今难忘许连长看着自己时的笑容。

南国男儿求知的眼睛和年轻的心，逐渐认识、感悟着这支不戴帽徽、没有领章的队伍。

二牧场的资历比兵团还要老。新疆生产建设兵团1954年成立，二牧场1953年就挂牌了。王震将军率领的中国人民解放军第一野战军第一兵团第二军于1953年成立了南疆军区生产管理处叶城二牧场，这是兵团农三师叶城二牧场的前身。这些战争年代冒着枪林弹雨的老前辈，出生入死打江山，打下江山没进城，不还乡，在西北边陲屯垦守边，建设家园。“他们一年一年老了，最后魂归昆仑……与他们比，我们怎样努力都值得。”

来到昆仑山的第二年，二牧场送努力向上的上海知青姜万富去学医，山高水寒的草原太缺救死扶伤的天使。

老父亲在信中语重心长:“这可是事关人命的职业啊,知道李时珍吧？中国的药圣呀！李时珍的先人就对他讲过,当一个好医生,是要用一生一世的心血……”

伙计,我们形影相随

姜万富进了杰比·帕孜力的家,72岁的杰比·帕孜力是二牧场的退休牧工。姜万富问他:“杰比老兄,这些日子还好吗?”杰比·帕孜力两只手握住了姜万富的手,说:“我的琼都乎多尔姜,好着呢,好着呢,就是想念你呢……”

二牧场的人都知道,倔老头子杰比·帕孜力只让姜万富给他看病。

几十年了,是1968年吧,刚进10月,昆仑山就落了雪,山上传来口信说,在阿吾加克放牧的杰比·帕孜力赶着羊群下山时,从半山坡摔了下来。姜万富赶到时,杰比·帕孜力还昏迷着,山石在他的头顶剐开了一道十三四厘米长的血口子,伤口里的石碴儿、血块黏成了疙瘩。伤口消毒、包扎后,要尽快赶回卫生站做进一步治疗。牧业点到卫生站要翻两座山梁,公路不通。姜万富用两根松木棍和绳子绑了一副担架,担架放在前后两头毛驴身上,牧工牵着毛驴,姜万富护着担架往卫生站赶。山路崎岖,风狂雪大,小毛驴在陡狭的冰雪小道上直打滑。左边是峭壁悬崖,右边是百米深渊,稍有疏忽,连人带驴就会掉下山去。姜万富用肩拱着驴身子,双手护着担架,走过一个几米长的小弯道,就浑身汗淋淋的。深夜赶到卫生站,姜万富顾不上喝口水,立即给杰比·帕孜力做手术,做完手术已是第二天上午。昏迷的杰比·帕孜力苏醒了,救命的姜万富在杰比·帕孜力的病床前睡着了。

“琼都乎多尔姜从死神手里要回了我的命,我们祖祖辈辈心里记着呢……”一说起这件事,杰比·帕孜力的两只眼睛就溢出了泪水。

昆仑山的牧民都称呼姜万富“琼都乎多尔姜”，维吾尔语意为“有能耐的大医生”。

像杰比·帕孜力一样只让琼都乎多尔姜看病的，还有二连的买买提，还有养着一只凶猛的白色牧羊犬的居马提，还有……他们一定要等着巡诊的琼都乎多尔姜来，他们坚信琼都乎多尔姜一定会来，会带给他们福音。

生活在昆仑山，最是“行路难”。二牧场170多个牧业点散布在昆仑山深处海拔2000~4000多米的山坡上。且不说高原反应，也不说让人望而生畏的紫外线，那只能骑毛驴的崎岖山道，就让你感叹“蜀道难”难不过昆仑山。乱石挡道的河谷，随时可能有山石砸落。夏季雪山下暴发洪水，几吨重的山石会被汹涌而下的水流瞬间劈得粉碎，被肢解的石块随水流翻滚。置身于弥漫着死亡气息的崇山峻岭间，神话中的昆仑就是令人望而生畏的昆仑山。

最近的牧业点骑驴要走大半天，最远的牧业点往往要走一星期。大山里的牧民知道，多少次，给他们带来平安、健康的琼都乎多尔姜都差点与死神相撞。

姜万富去二连维吾尔族牧工买买提的冬窝子出诊，冬窝子离连部有七八公里远，诊治后返回时，下起了雪。翻过一道山梁，天色渐渐发暗，雪也越下越大。途经一条黄羊踩出的小道，姜万富犹豫了，从原路返回，天黑也到不了家，走这条小道就近多了，只是山高路险。仗着年轻的他拐上了小路。在下一个陡坡时，脚下一滑，人就顺着山坡往下溜。越溜越快，几十米外就是悬崖边。他心头一紧，崖下是深不见底的沟壑！突然，他左脚碰到一块大石头，本能地侧身猛蹬了一脚，人停住了。接着就是石头落崖的一声巨响。慢慢睁开眼，真悬！离崖边不到两米远……棉裤刮破了，大腿上、胳膊上刮破的伤口渗着血。环顾四周，见药箱摔出10多米外，听诊器、血压计、药瓶、纱布……七零八落地散落在雪地上，他忍着疼痛把散落的药瓶、器材装进药箱，用绷带捆扎好已经摔破的药箱，一瘸一拐地走回二连卫生室。

这算是轻的。过河坝从驴背上掉进激流中；连人带驴滚进两米多深的雪沟；最险的一次，也是因救病人抄近路，从绝壁上摔了下去，险些命丧河谷。

在昆仑山深处的草场，只要有牛羊的蹄印，只要有炊烟的毡包，就有琼都乎多尔姜的足迹。

库那洪大队民兵训练，不幸暴发了流感，几十号正训练的民兵全躺倒了。库那洪大队向二牧场求助。姜万富背起药箱赶往库那洪。处理好患者准备返程时，又传来石棉矿区女职工高烧不退生命垂危求医求助的消息。赶巧，通往矿区的路上发生雪崩，洪水暴涨，桥毁路断，绕道走，一天也到不了。库那洪的牧人说，抄一条黄羊踩出来的小道可以到矿区，但是山高路险。救人要紧呀！姜万富冒险顺着黄羊小道走。崎岖的黄羊小道没多长，接着就是悬崖峭壁了。他不能像黄羊一样蹦上跳下，只好身子紧贴崖壁，手紧抠崖壁上的石缝，还得护着药箱，一点一点往前挪。下面，山洪挟卷着山石，声声震耳，姜万富紧张出一身冷汗。

“几次想丢掉药箱，又想，没有药箱自己过去又有什么用？硬是咬着牙一点一点攀过来了。”

因为及时，女职工马秀英得救了。事后才知道，5年前有人走这里失足坠下山崖，从此再没人敢从这里走，姜万富直说自己：“命大！命大！”

进入冬季，牧场发病的人就更多了。往往是大雪飘落，急诊的信息就到了。

冬天的山路是最险的。一场大雪，山舞银蛇，天地混沌，哪里有路？

放牧点又散落在大山的沟沟壑壑中。仅仅一个二连，在海拔3000多米的昆仑山上就有100多个放牧点！三连更是在4150米的高处，每次巡诊，姜万富要翻越两座海拔3600米的冰达坂。

这几天，太阳从雪峰一露脸，赛提江·努尔就一会儿钻出毡包，一会儿钻出毡包，极目雪野望啊望。赛提江·努尔知道琼都乎多尔姜该来了。"我等啊等，等得心要烂了。琼都乎多尔姜是我们心中的天使，我的爸爸肠梗阻，是琼都乎多尔姜救了命。我的妈妈脑出血，也是琼都乎多尔姜救了命。我们最远的牧点海拔4800米，他翻山越岭来一次，要走8天！苍天呀，他是我的姜哥哥，是我们的亲人。我们生病了，一想到琼都乎多尔姜，病就好了一半……"

居马提·尼亚孜也在望琼都乎多尔姜，大山深处的居马提·尼亚孜守着大山，守着溪流，守着寂静，守着一群羊。他很小的时候，就认识了巡诊到他家毡包的琼都乎多尔姜。现在他已经结婚了，巡诊到毡包的还是琼都乎多尔姜。算着琼都乎多尔姜该来了，却没见到他，居马提·尼亚孜一家就着急了，琼都乎多尔姜巡诊的日子，是他家的盼望呢！终于望见空旷的山野走过来一个人，居马提·尼亚孜远远迎上去，那一定是琼都乎多尔姜。女主人早早煮上了一锅香浓的奶茶，平时凶猛无比的白色牧羊犬也摇着漂亮的尾巴奔前跑后。

也有夏日好时光。虽说没有天山的天池，没有阿尔泰山的喀纳斯，也比不了人家的丰饶，入夏，莽莽昆仑深处的夏牧场也是一番浅草远看、绿肥红瘦、鸟鸣草长的景象。更有长长蓝天、悠悠白云、淙淙溪流。小驴儿美美地饱吸几口甘泉，上路了……

小驴儿知道该往哪儿走。高兴了，倒骑驴背哼一曲久违了的越调儿。困了，那就随着驴儿的颠走晃着摇着，任凭识道的驴儿驮着，去往大山深处褶皱里的一处处草场，一顶顶毡房。

姜万富在昆仑山深处的"驴蹄子小道"上走过了43年人生路。被称作"驴蹄子小道”的路，宽窄不过人的脚掌。在昆仑山，只有小驴儿踩出的小道能通达炊烟袅袅的毡房。

在新疆，尤其是天山之南的传统生活中，驴可不仅仅是人的代步工具。生活中不可或缺、朝夕相处的小毛驴，是人的好友同伴。拜城克孜尔石窟那些画有一人一驴，小毛驴背驮货物、引路在前，骆驼串队在后的商旅商贩壁画，叙述了人和驴形影相随的悠远关系。

行路难，翻过一座山，又见一座山，山外还是个山。小驴儿驮着他，随着他，有惊有险地走过了、转过了、蹚过了昆仑山的沟壑山川、风雪冰寒。姜万富在路上不止一次遇过险，遇到过狼，遇到过野猪，遇到过狗熊。一次次，驴儿助他化险为夷，他们遭遇过野猪家族，正走着的驴儿突然间在山坡上站住了，姜万富往下看，好家伙，獠牙长长的一群野猪正在沟里饮水。他和驴儿一动不动，方圆几十里没有人烟，求救无处。等野猪喝饱走了，驴儿才机敏地又迈步了。

其貌不扬的驴儿们，心甘情愿地随他跋涉了43个春夏秋冬。43年，多少小驴儿的生命结束？每当走过一个生命轮回的驴儿离他远去时，姜万富很长一段时日都缓不过思念的悲绪，他泪水无形地抱着伙伴的脖子，难舍难分：“伙计，我们不分开呀！”

莽莽昆仑若有知，该记住细细的驴蹄踩出的“驴蹄子小道”，它让你的肌体血脉流畅。

琼都乎多尔姜家的红门铃

姜万富家院门门框的左上角有一个红色的门铃，很醒目。这是二牧场唯一的门铃。

院门和房门的直线距离有8米远，常常听不见喊门声。尤其是冬季，门窗紧闭，要是再遇上风天，再高的嗓门昆仑山的风也给扯得没了一丝声响。病找人不分早晚，常常在夜里缠磨人身。“病人求医心急，敲门重，夜里听起来就更响了，怕吵了邻居。”姜万富在院门安装了一个醒目的红色门铃。

门铃声响，姜万富立马起身出诊。在牧民心里，琼都乎多尔姜的红门铃，月亮一样明在心里。琼都乎多尔姜家的门铃声，就是他们的福音。

“丁零、丁零……”二牧场唯一的门铃响了，叶城县柯克亚乡牧民阿拉洪·买买提一把拉住了姜万富的手：“琼都乎多尔姜，救命呀，我的爸爸和老婆快不行啦……”姜万富赶紧到卫生院，见病人口吐白沫，不省人事。诊断是误食农药“敌敌畏”中毒，立即实施抢救。天亮时，阿拉洪·买买提紧紧扯着姜万富的衣襟，不停念叨着“琼都乎多尔姜，琼都乎多尔姜……”

从医43年，不管风天还是雪天，无论白日还是深夜，病人的信息就是姜万富出诊的命令。他说：“谁让我是他们的琼都乎多尔姜呢。”

2009年6月一个深夜，姜万富家的门铃又响了，牧工肉孜·伊不拉因感觉心脏难受，打着手电从六连来找琼都乎多尔姜，姜万富给老人量血压、听诊，让他服药。等老人说“不难受了”，姜万富才说：“老人家呀，你80多了，让女儿喊我，我就去了。路这么远，又是夜里，心脏不舒服更不能多动呀！”肉孜·伊不拉因的泪花在眼眶里打转：“老伴也不舒服，女儿照顾着她妈妈呢。你也忙了一天了，再往我家跑，我心里过意不去。”

一听老人的老伴也不舒服，姜万富拿起药箱就和老人一起去他家。

肉孜·伊不拉因老人说：“琼都乎多尔姜，医术好，人好，我们的好医生……他快要退休了，我们真是舍不得呀……”

冬季的深夜，急诊病人往往最多，一夜两三例急诊是常有的事。姜万富也不是神仙，有时候自己也病着，甚至比求诊的病人病得还重，也得爬起来走进风雪夜，这是医生的天职。

43年昆仑路，姜万富深夜出诊3500多人次……

这不，门铃又响了。维吾尔族产妇吐尔逊汗·艾依提临产，孩子出生了，却不见胎盘。6个小时过去了，突然出现大出血。产妇的丈夫深夜敲门，求助姜万富。

产妇已经处于昏迷状态，血水浸透了她身下的毡毯，血压只有40/10毫米汞柱。凭借多年的临床经验，姜万富立即组织医护人员实施抢救，经过7个多小时的努力，产妇终于慢慢睁开了眼睛。这一夜，姜万富一直守护在吐尔逊汗·艾依提的病床边。第二天凌晨6点多，产妇的血压升到80/50毫米汞柱。姜万富这才对吐尔逊汗·艾依提的母亲说："好了，你们的女儿脱离危险了，多增加营养，很快就康复了。"吐尔逊汗·艾依提的母亲流着热泪说："我的两个娃娃救下啦！琼都乎多尔姜，我的救命大恩人。"

二牧场距喀什市320公里，离县城叶城也有60多公里。散布在昆仑山麓的放牧点平均海拔3000多米，氧气稀薄。生孩子是让女人恐惧的一关，曾有多少悲痛留在草原？姜万富来后，草原的这些痛苦渐渐退往记忆深处。

维吾尔族的习俗，别说让男人接生，第一胎是要回家生产的。尤其是在天高地远的山区。但是，因为难产失去了多少妻子？又丢了多少孩子？没办法，要保大人，还要孩子，只能求助医生。何况是他们信任的琼都乎多尔姜。有了第一次，就会有第二次，习俗也就渐渐有了新的内容。现在，孕产期检查，来卫生院生产，在昆仑山区已经很普遍了。

二连牧业点送来一位维吾尔族女职工。她突然腹部剧痛，随后就昏迷了。家人要求卫生员找姜万富救命。

姜万富诊断女职工是宫外孕破裂，必须立即手术。当时，二牧场卫生院不具备手术条件，硬上手术风险太大，不做手术又危及病人生命。两难选择，姜万富从医生涯中，经历过多少次两难选择啊！一头是乡亲的生命，一头是自己的名声和责任。每一次，都如这次一样，牧民信任的姜万富最终还是拿起了手术刀。

经过两个多小时的手术，姜万富利用手术器械从患者腹腔吸出了1500多毫升的积血。他将过滤后的800毫升血中加入抗凝剂，又输入患者体内……

牧民心中的琼都乎多尔姜从医以来，接诊产妇3000多人——3000多个小生命经他的手来到了阳光人间，卵巢囊肿、剖宫产、膀胱结石、肠梗阻……就在这间条件简陋的手术室里，200多例外科手术，无一例事故。

姜万富的手术室，屋顶吊着已显陈旧的九孔无影灯。灯下，一张简易的手术床，两张操作台。不是亲眼见，很难想象这间名声在外的手术室的简陋。

比起卫生院初创时的第一个手术室，有九孔无影灯的手术室可以说是豪华的了，那时，手术室是泥坯土屋，正做着手术，屋顶上往下掉沙土。姜万富用塑料薄膜绷了个顶，安装上紫外线消毒灯，日光灯再加上反光灯就是手术灯了；没有自来水，白铁皮砸个水箱，再装上水龙头，二牧场的第一个手术室就这样建起来了。

这之前，姜万富砍几根红柳条，撕件旧衣服，涂上山里挖来的黏土，就是石膏绷带了。手法复位，接好的断胳膊断腿可不是一例两例。

在九孔无影灯下，姜万富还治愈了一位大动脉破裂的病人。那是1996年7月的一天，一辆拉着病人的毛驴车急匆匆地赶到了二牧场卫生院。车后，一路血迹。车上铺的毡毯被血水浸透了，伤者已经没有意识。姜万富在他的腹股沟处找到了刀伤，正是这一刀，造成伤者股动脉破裂。大动脉破裂，在大医院死亡率也在90%以上。第一时间手术治疗是起死回生的唯一办法。手术器械来不及高压消毒,“酒精浸泡!”伤者被抬上手术床的瞬间,抢救开始。“手术服!”“手套!”“止血!”“升压!”“上液体!”“代血浆!”……伤者血压慢慢回升。姜万富不离伤者寸步,仔细观察、护理。时间悄悄溜走,已是第二天清晨,伤者终于睁开了眼睛……

10多年过去了,乌恰巴什镇的买买提·买提力依木只要说起姜万富,眼睛就湿润了:“妈妈第一次给了我命,琼都乎多尔姜第二次给了我命。只要我的眼睛看得见,救命恩人我忘不了。”

在昆仑山,第一次处理少数民族孕妇难产,是琼都乎多尔姜;第一次治愈股骨骨折,是琼都乎多尔姜;第一次救治因大叶性肺炎昏迷不醒的患者,是琼都乎多尔姜……

姜万富他们没有一台现代化的诊疗仪器,最常用的还是“老三样”:听诊器、血压计、体温表。在昆仑山5万多各族百姓心里,琼都乎多尔姜和那间有9个眼睛的灯,是他们的依靠,他们的救星,百里外的农牧民跋山涉水奔着琼都乎多尔姜。“山不在高,有仙则名。”

昆仑山的琼都乎多尔姜不是科班出身,他半路出家而有如此专业造诣,可想而知其求学的坚毅和付出的努力,他说:“医生哪里有周末的概念,也没有节假日的概念,除了照顾病号,还得加紧学习,时间总是不够用……”进修外科的一年多时间里,姜万富上了400余例手术,不少例手术由他主刀。为了争取多上手术,他的手术方案总是做得最细的,往往要准备两套方案供选择。方案的每一个细节要耗去多少心血,同学们都知道,每天深夜最后熄灯的一定是姜万富。医学,尤其是外科,实践积累的经验比理论更实用。大山深处的草原,最缺的就是实用。每天清晨,最早起床的又是姜万富,从最小的事做起,清洁、消毒,甚至清洗回收的手术纱布,最脏最累的地方,一定会有姜万富的身影。埋头苦学,克勤克俭,感动了所有的人,只要有机会,就一定会满足他学习知识技术的渴求。一年多时间里,姜万富拿下了肠梗阻、胃切除以及一般骨外科手术,还拿下了妇产科人流、绝育、附件切除、宫外孕、剖宫产手术;对外科、妇产科诊疗有了系统的认识和提高;麻醉实施、手术护理也能熟练操作。进修结业回到昆仑山后,姜万富创建了二牧场成立以来第一个手术室。几十年来,大山深处的小小手术室大小手术做了2000多例,无一例失败。在昆仑山,琼都乎多尔姜的名声传得越来越远。

学习维吾尔语用了姜万富不少时间。随着二牧场卫生院有了名声,周边前来就诊的牧民逐渐多了起来,几句维吾尔语日常用语满足不了工作需要。一位年轻的维吾尔族母亲抱着不满周岁的孩子求诊到琼都乎多尔姜这里。因为语言不通,年轻的母亲怎样打手势,姜万富也搞不懂她表达的意思。他根据小孩发热症状,诊断为呼吸系统感染,开了药。母子离开后,他越想越不安,和一位会说汉语的维吾尔族牧工找到了年轻的母亲,反复询问患儿发病的原因和具体症状。最后,姜万富确诊患儿是腹泻引发热症,而不是呼吸系统感染。这件事让姜万富自责不已,他下决心学好维吾尔语。装听诊器的衣袋里多了学习维吾尔语的小本子,有空就向维吾尔族兄弟讨教,巡诊时主动说维吾尔语,流利的维吾尔语就这样上口了。

一只核桃木小板凳

“1966年7月17日,离开了上海。17岁的生日是在二牧场过的,8月12日,那天夜里月光很亮,在上海从没见过那么明亮的月亮,正挂在昆仑山上……”

一个人,总有些铭记在心难以忘怀的日子。

7月17日，1000多名知青从老北站离开了上海老家。那个时候很浪漫，时代的浪漫具体到一个人，那就是以时间为系数的生命过程。在这个过程中，原本光洁的青春岁月就慢慢装满了酸甜苦辣。在这个过程中，姜万富也曾迷惘、惆怅、迟疑、动摇。20世纪80年代的“返城潮”也涌动到昆仑山，一起来二牧场的同学一个个走了，40多个人走得只剩下两人。在同学同乡一个个离开牧场的日子，他总是感到那么孤独、寂寞，这比苦累难以承受得多。那些个日子，他最怕同乡临走告别，说的几乎是同一句话：“阿富，你真不想回上海了？”

“唉，说不想回上海，那是假话。上海好不好？上海真好。上海的环境，上海的马路，浦西浦东黄浦江……上次探家去外滩看夜景，外滩灯火通明，黄浦江上不时有轮船驶过，真是天上人间。

“但是，返城回上海可不是一句话的事。那时候回上海工作没着落，上海有本事的医生多了去了，不需要我这个山村医生。我没有关系，没有钱，调不回上海。当年离开上海的毛头小伙如今拖家带口，没有工作，一家人吃什么喝什么？姐姐姐夫欢迎我们回去，但是他们没有力量担起我的一家。再说，父亲母亲在世时，都是姐姐一家照料的，我还要回去给他们添麻烦，于心不忍。就说姐姐有这个能力，我下半辈子能这样生活吗？人是有自尊心的。

“在牧场，在昆仑山，人人需要我，太需要我。我是他们信任的‘琼都乎多尔姜’。

“妻子坚持到最后。从1978年开始，当年一起来的同乡陆陆续续离开了昆仑山。妻子想走，她是浙江绍兴支边青年，她家里催她一次，她劝我几天。那段日子，我痛苦无助，坚持到只剩下两个人，她流着眼泪走了，带走了女儿……我望着她们母女的背影，望着远走的车子，望啊望，望到月亮又挂在昆仑山上了，谁也不忍心来劝我……1981年10月24日，我们离婚了……”

夜深沉。一把二胡、一架扬琴伴他驱赶没有了家的孤独。他自幼喜欢音乐，二胡、扬琴、黑管、箫都拿得出手，一管洞箫，几多伤感。“我们1972年7月1日结婚，10个年头了……我不怪她，她有走的理由，是我对不起她……”

姜万富感到对不起的还有女儿。说起女儿，他更愧疚：“女儿跟妈妈离开牧场时只有8岁。”

姜万富家有一只小木凳，这只小凳子用核桃木打造。核桃木是山里最好的木料。只是它很小，小得只有三四岁的孩童能坐。当年，得知妻子怀孕后，姜万富去山里寻来最好的核桃木，做了这只小木凳，是送给将要出生的孩子的玩具。说起来，小木凳与女儿同岁，已有24个年轮了。这只已被人的肌肤打磨得色泽明亮的小木凳，是姜万富的情感寄托。

“远在黄浦江畔的娇儿，当你看到这只核桃木小凳时，是否依然喜欢？它能让你再见昆仑的明月，又闻月光下的琴声吗？”

姜万富对父母双亲也怀有深深的愧疚。

离开上海33年后的10月2日，是一个姜万富提起就落泪的日子。这一天，最疼爱他的那个人离他远去了……

1999年11月的一天，他收到上海寄来的家信，厚，软，不打开也已明白。他默默走回家，紧闭房门，放声号啕：“姆妈啊！儿子太对不起您啊！”

这封装有一方黑纱的信，从黄浦江到昆仑山走了一个多月。

母亲离世，姜万富有心理准备。90岁的老母亲病了很久了，风烛残年。他多么想再见母亲一面啊！却又遇昆仑山发病多的季节，最忙的一天上了3台手术，职业操守一次次拉住了他。无奈中，给侄儿的信中交代：“奶奶年岁大了，总有走的一天，阿叔离得太远，如果一时赶不回去，奶奶的后事就靠你了……”随信给侄儿的银行卡里存入了5000元钱。

3年后，姜万富回上海，遵照母亲遗愿，和老姐姐一起将父母亲合葬在苏州凤凰山下。

万物竞荣的5月。

一缕缕青烟穿过林木繁茂的枝叶。树下新起的坟冢前，姐弟二人点燃香火："姆妈，我来迟了……来得太迟了……"不绝的香火托载着无尽的思念，飘升在蓝天白云间。

父亲早在1971年就过世了。1971年12月的一天，姜万富出诊回来，收到一个多月前从上海寄出的家信，偏远的二牧场，拉长了漫漫邮路。信封里只装有一方叠得整整齐齐的黑纱，久病的父亲辞世了……

从不落泪的姜万富痛哭失声。

爱更多地给了草原，就难尽儿子的孝道。姜万富最敬重父亲，最牵挂母亲，为不能给父母双亲尽孝道愧疚不已。

姜万富背着有红十字标志的药箱，在昆仑山走过了一个春夏秋冬，又走过了一个春夏秋冬……在他想告诉临终的父亲、临终的母亲，遍布昆仑山的毡房都喊他"琼都乎多尔姜"的时候，他才惊叹，昆仑山离上海竟有12000里——迢迢万里遥！

"不为良相，便为良医"是中国读书人一生追求的最高境界。良相也，良医也，都得经"苦其心志，劳其筋骨"的付出，更得有"忠孝难两全"的舍弃。

每每在月悬昆仑的夜晚，姜万富久久南望："父亲啊，是你要儿子'悬壶济世'啊……"

同学同乡一个个离他远走，妻子和女儿离他远走，在这些个日子的夜晚，他眼前总是二牧场遍布昆仑山海拔两三千米的农场，大山里的170多个牧业点呀，一两千个牧工都是老少三四代了，二牧场周边还有叶城县4个乡5万多牧民呢，他们都叫他“琼都乎多尔姜”。昆仑山牧民心里，神一样的“琼都乎多尔姜”就是他。他们实在需要他。

87岁的买买提对他说：“我们一家四代都是你看的病，你救过我的命，你接生的娃娃长大了，你又接生娃娃的娃娃。我认识你的时候，你高高的，是个漂亮的小伙子，现在头发也白了，我心里舍不得你……”说着说着买买提流泪了。他女儿帕塔姆汗说：“你就像我们家里的亲人一样，我们口袋里一分钱没有，你也给我们看病呢！你就是回上海，我们也打电话找你呢！杏干子晾好了，我们给上海寄呢！”

吐逊古丽·阿吾提的女儿考上卫校学医了，这是吐逊古丽·阿吾提的妈妈坚持的结果。30多年前，还是孩童的吐逊古丽·阿吾提误食“冬眠灵”，姜万富及时施救、精心护理，把她从死神手里夺了回来。感念琼都乎多尔姜的救命之恩成为这个家庭最重要的话题。吐逊古丽·阿吾提的妈妈坚持让外孙女学医，长大像琼都乎多尔姜一样，救助大山里的苍生。老人家总是念叨：“如果没有琼都乎多尔姜，就没有我们一家。一个上海的小伙子，在山里待了一辈子，太不容易。”

最终，姜万富没能走，“需要”就是理由，是职守、使命、情感、生活。

17岁扎根昆仑，风雪昆仑43年，人生有几个17岁？又有几个43年？哪头重哪头轻？一山一水一草一木都亲近得你舍不下。

还有他们

和姜万富一个里弄的同学沈祥富，同一个车皮来到昆仑山下。姜万富学医，沈祥富开上了拖拉机。雪后出车，在新藏公路15公里处，路滑车翻。按上海的习俗，姜万富给同乡清洗身子，着衣入棺。沈祥富被安葬在二牧场四连边的沙丘上。沈祥富已经给即将出生的儿子取名“海东”——取爸爸的籍贯上海,妈妈的籍贯山东的后一个字。爸爸过世后,小海东才出世。苍天不公!

积劳成疾的许连长也已长眠在昆仑山下。

从雪窝里救出姜万富的副连长赵卜怀,也和许连长走入同一个方阵……

他永远怀念他们。

姜万富和他的驴儿又上路了,买买提在等着他了。六连也要巡诊了。

行走在茫茫大山,他常常觉着一个人就跟一棵小草一样。这时,他的意识里就有了电影《昆仑山上一棵草》,那是一部不长的黑白电影,讲的也是扎根昆仑的故事,主人公是位女性。

那女的起先戴头巾,后来就是大皮帽子了。他的外貌也已被昆仑岁月打磨得跟山里的牧人没什么两样,除了保留着一点上海男人的精细,炒菜喜欢放点糖,内在已被昆仑山同化得差不多了。

昆仑山山高土薄,喜马拉雅又挡住了印度洋的雨水,山里的羊子苦,守着羊子的牧人也苦,却因一春一秋草绿草黄有了生命的恒久繁衍。

远远的,似有似无的炊烟下有了毡房。

望见了毡房,眼里就有了云疙瘩一样的羊群。

87岁的买买提站在家门口,顺着门前的羊肠小道望着山口,盼着琼都乎多尔姜:“他来一次就要几天走呢!我病了,想他呢……”

山里的牧人朴实如山。草绿了,他们赶着毛驴车走上几个小时山路,把牛产的第一桶奶送给琼都乎多尔姜;杏子熟了,他们让琼都乎多尔姜第一个尝鲜;桑葚熟了,捧给琼都乎多尔姜最大的果实;核桃成熟了,他们一个一个挑,把最亮最大皮最薄的留给琼都乎多尔姜。

春节,二牧场人来人往最热闹的地方是姜万富的家。古尔邦节、肉孜节,姜万富是牧民争着抢的贵客。他不去，他们80岁的爸爸肚子胀（生气）呢！他们很有意思，认准他就再不放手。他与他们，已不是医患关系，是亲情。

姜万富已经在昆仑山冬去春来跋涉了43年。

43年啊，人生四季差不多走过来了，走出了“开发建设新疆奖章”“全国优秀乡村医生”“全国五一劳动奖章”。在姜万富心里，这些都没有维吾尔族父老乡亲一声声“琼都乎多尔姜”让人欣慰。

中国喀喇昆仑，希腊奥林匹斯，神山也！昆仑神啊，“其神状虎身而九尾，人面而虎爪。是神也，司天之九部及帝之囿时”。还有多少人类童话在你博大无比的雪冠里？你能告诉我吗？——我已走过了昆仑啊！

60年，一个甲子。人生只有一回。

这一天一步步走来，终于走到了跟前。这一天天光初露时，老姜悄然下山了，带着核桃木小板凳。已阅尽昆仑山山水水。仰望巍巍雪冠，扫描山下小院，已不再清澈的双眼终还是潮湿了。

老姜说：“倒不是叶落归根，说告老还乡还贴切些。我只是一个很普通的人，平平常常一辈子。想一想，‘有效生命’给了山里，老了，干不动了，告老还乡。山里乡亲的感情沉甸甸的，蛮充实。知足了。”

莽莽昆仑积了一冬的雪从山根开始消融。

浅草远看又一春。阳坡上，马兰花已经争先恐后拱出了薄薄的土层。它们生命的灿烂在昆仑高原点染出一片一片冰蓝时，杏花就要开了，桑葚也要打纽了。

还是那轮天山月

来人世走一遭，要经历多少人、事？忽然有一天，你意识到生命的水流稍纵即逝，开始收紧时光编织的网，却发现留存网中最有活力最有光泽的，还是童年那些小鱼儿。

是啊，童年的月亮也要比现在的亮许多！月亮地里，几个小伙伴，一人一只盛满清水的小碗，每人都有了一个明晃晃的大月亮。

最神秘奇妙的，是大雪天的月亮。一方嵌进干打垒土墙的玻璃，立在了地平线上，这是冬天有月亮的夜晚我与天地对话的唯一窗口。站在小木凳上望出去，蓝月亮明明地挂在天上，一片一片羽毛样的雪片漫天飞舞。“鸡毛雪”从窗玻璃前落下时，可以真真亮亮看清它花一样的形状，很精致——雪花飘飘。

整个天地落下了白色的纱幔……

飘落一片，又飘落一片，数着窗洞外从蓝月亮上飘下的雪花，盼望妈妈快些回来。

不知过了多久，雪片不见了。月亮像被雪花擦洗过一样，水蓝水蓝的……

我再也没见过那么蓝的月亮！

我8岁那年一个下雪的冬夜。

蓝月亮扯出的夜幕上，出现了一条金红色的光带，亮得耀眼！

我的妈妈就在那里。

十里连营的火龙！

那年，开发莫索湾。

莫索湾，位处准噶尔盆地中部，玛纳斯县南，紧挨着古尔班通古特沙漠。

沙丘连绵的荒野遗留有座座城堡废墟。梭梭红柳丛下依稀可辨田垄阡陌。历史上，这里可是丝绸之路北道途经之地。

曾经的繁荣无可奈何地成为一段岁月的遗骸。

1958年，盛唐遗迹“唐皇渠”两岸，左宗棠征伐入侵者阿古柏留存的西营城四野，明月昭昭，大火熊熊。

“开屯之要，首在水利。”

正逢国家三年困难时期的饥饿年月。一条由南而北，引玛纳斯河入莫索湾的南干渠，在滴水成冰的季节破土开挖了。

挖掘南干渠，和2000年前开凿京杭大运河几乎没有什么两样。2000多名握着铁锹、扛着钢钎、挑着箩筐、抬着抬把子的男人和女人，愚公移山的气概，蚂蚁啃骨头的劳作……

零下40多摄氏度的三九隆冬，10磅的榔头砸下去，钢钎只在冻土上留下个白印印。好在遍野的梭梭，几十上百年沉淀的木炭烧起来比煤炭硬，架起垛烤，十里连营，煞是壮观。就这么一寸寸地挖下去，一方方地抬出来。上上下下，来来回回，一天负重走百十公里啊！

南干渠南行30多公里，把流入大西海子水库的玛纳斯河水引入准噶尔盆地干涸的莫索湾。莫索湾一马平川的荒原覆盖着20多厘米厚的黑褐色腐殖土。水流一旦注入这样肥沃的母体，将孕育怎样的奇迹？

1958年3月15日，母亲父亲铭记并常引以为豪的日子，南干渠的水流这一天灌进莫索湾黑褐色的土地。这一年的秋天，包括母亲父亲在内的所有拓荒者，收获了400多万斤粮食、50多万斤棉花。

南干渠是荒原给予母亲最初的自豪，母亲一谈起南干渠就洋溢出当年的激情。

母亲总把南干渠叫“河”。

这条人工河的滔滔水流经斗渠、毛渠流入莫索湾千顷良田，喂养麦子，孕育棉花。

母亲说，她能听懂河水流入土地时唱的歌，“哗啦啦啦，哗啦啦……”她也能听见玉米拔节、麦子抽穗的声响。母亲听见她的河唱给她的歌时，她就和这条河流孕育的土地有了牵肠挂肚、生死相依的缠绵。

南干渠流过了30个年头后，我独自站在这条渠的老桥上，久久望着水面。准噶尔盆地正落入冬的第一场雪。初冬的雪铺在水面上，很快融入水流。流动着的水面看不出在流动，南干渠就有了一种河的坦荡和大气——难怪母亲一直把这条人工渠叫“河”，多少英雄气概、儿女豪情成就了这泱泱大气啊！

顺着河面平视过去，涌过来的是新疆的辽远——连天接地的地平线。

望着初冬的雪柔柔地铺在河水水面，体味着孩子躺在母亲怀中的感觉……

我细细地回忆荒原上的一条条渠，想着天山两边一条条著名或不甚著名的河，比如额尔齐斯河、伊犁河、米兰河、喀什河……

渠，人力艰辛所为；河，大自然鬼斧神工的创造。

一般来说，渠没有河那么长，更无法呈现河那样蜿蜒曲折而有的多姿和美妙。

河是文化。一条河，一方文化的渊源。渠流出的文化就没有那么久远和厚实，它还带着荒原嫩嫩的土腥味儿。

渠却让荒原的生命更真实地感悟着“命脉”的内容，南干渠如果突然消失，繁茂的莫索湾绿洲立即就会成为古尔班通古特沙漠新的组成，万千生命就将消失，绿洲难逃流离失所的宿命。

渠近距离地看见了新生和死亡。

荒原上的渠，大都有着河的坦荡和大气，它给了一方生命安宁与收获，却毫不显摆，甚至比河更默然地与土地相依为命，谁也不惊扰。

母亲叫得好——河。

新疆人对雪有着近乎神圣的特殊感情，是雪山给了我们生命。母亲和父亲走进莫索湾荒原的第一件大事就是净出一方场地，堆起几个大雪堆再严严地用军用篷布和芦苇遮盖起来，这就是赖以活命、耕种的固体水源了。母亲喝着天山雪水孕育了我们，我们喝着天山雪水长大成人。这就是我们和雪的关系。

一场大雪，塞外荒原就有了活气，就有了生命的动感。用劲推开大雪拥堵的房门，钻出被雪掩埋了的地窝子——好大的雪！

悬在半空里的月亮透过一片一片树叶，抖落了满天星斗，银光闪闪！一溜儿人影一溜儿人影穿过天上落下的星星，大人们拉着比我们在雪地上溜冰用的爬犁大得多的爬犁，把一个沙丘又一个沙丘搬往大得没有边沿的农田，一锹一锹把黄澄澄的沙子撒到地里，母亲说这是“拉沙改土”。雪地上留下一道道深深的辙印。不一会儿，天上落下一层又一层星星淹没了辙印……大爬犁又在星星淹没的雪地上留下一道一道新的辙印。

母亲御雪前行。

那个年月，冬季最重要的一项劳作就是拉沙改土。泛着碱的红黏土，铺上一层厚厚的黄沙，到了春天，拖拉机翻耕一遍，硬性的板结碱土就变得松软，就开始通气，就有了弹性。春上播了种，夏天丰收麦子，秋天丰收棉花。

拉沙的劳动强度很大。一辆爬犁，爬犁四周围着一米多高的红柳把子，黄澄澄的沙土一锹一锹往爬犁上装，一爬犁沙土少说上千公斤。套绳上肩，几个人几乎匍匐在地，满载黄沙的爬犁才能从静态进入动态，皑皑雪野就留下两道深深的辙印。

爬犁不是父母的原创，有雪的天地都有它，只不过叫法不一。许多地方，比如辽阔的俄罗斯大地，叫“雪橇”；中国新疆叫“爬犁子”。送肥、运粮、打柴……只要出门，就少不了爬犁子。当然，那得等雪一层一层铺出冰雪大道。

垦荒之初，每人都有一架爬犁子，谁也离不了它。爬犁子制作十分容易，两根着地的木棍削平，钉几根横撑，一架最简单的爬犁子就成了。

母亲的爬犁是姚木匠的手艺，没用一根铁钉，全部卯榫结构，两根着地的“犁”，是刨得平展展的白梭梭，细密的纹路被冰雪打磨得有了铁的光泽。

最难为母亲的还是她那双脚。

五龄女子吞声哭，
哭向床前问慈母。
母亲爱儿似孩提，
何缚儿足如缚鸡？
儿足骨折儿心碎，
昼不能行夜不寐。

《采菲录》字字血泪的歌谣，让我想着母亲遭的罪。

我们兄妹很小时，母亲就不止一次给我们讲过她那双受罪的脚。不到20岁就守寡的姥姥只有母亲一个闺女，本来就是遭人白眼的孤女寡母，姥姥哪敢有违百年流传的时尚啊！一双三寸金莲，再有一手针线茶饭，去了婆家才不会受气。

“妈这双脚受的罪不能提。10尺大布，用水浸透了，裹上砸碎的瓦片渣子，一层紧一层，生生把脚趾折断，痛得钻心，脚不能落地。十天半月，流脓流血，皮肉烂得不能看……”姥姥不忍看妈一天天的痛苦哀号，软下心，缠缠放放，放放缠缠，母亲的一双脚终没打造成“三寸金莲”，也幸而没有失去立世自强的劳动能力。

天山雪水滋养沙土改良过的土地，喂养出中国最好的棉花。这里的人们，一年到头的大多数时间总是弯着腰在棉田辛苦地耕作。在棉花收获季节，大片大片的棉花等着一双一双皮肤皴裂、满布了血口子的手采摘。这个季节，母亲双手十指几乎都缠着胶布。我们一两个月难见母亲的面，她顶着满天星光一头露水下地时，我们还在睡梦中；她扯着一地月光回来时，我们又早在等待中睡着了。睁开眼，只看见母亲补丁叠着补丁的裤子烤在火墙边，母亲的裤腿哪一天都被地里的露水湿个透。去地里的路上最怕遇见狼，手里要握根棍，要约着伴。

留在我脑海中最初的记忆，是深秋我顺着棉田垄沟寻地里摘棉花的母亲。一路上，听棉荚催熟的开裂声，是那种一点也不张扬的瓜熟蒂落。远远看见一地开得正浓的棉花托举出一个身材高挑、扎着头巾的女性，拖着沉重的棉花包穿过一望无垠的棉田，后背补有补丁的衣衫早已汗湿又风干，风干又汗湿，汗碱结成了闪闪的壳。我清楚地记得棉花包与齐腰深的棉花秆碰撞时发出的声音，棉田里扬起的尘土和我熟悉的湿漉漉的汗水味。她把棉花包里的棉花倾倒在白花花的棉堆上，棉堆大了许多……我常常在太阳快落山时飞奔向棉田，母亲像知道我来了，每一次都在我快要跑到她跟前时就抬起了头。

“妈!”

母亲已经破旧的蓝头巾上和露在头巾外的头发上,沾满了白绒绒的棉花。母亲笑着叫我:“过来,帮帮妈……”母亲笑着的脸很像裂开的棉桃。

关于母亲,还有无边无际的棉田的记忆,一直在我心田流连,这是让心灵为之颤动的构图,眼前骤然涌出时光的瀑布,这一段记忆概括了母亲当年辛勤的劳作,她让我懂了养育过我的这块黏土地对我述说的一切。

到莫索湾后,母亲再也没有离开过土地,没有一天放下过锹把或是锄把或是摘棉花的花兜或是收获甜菜的背篓和菜刀。母亲缠过的“解放脚”总是来去匆匆,在莫索湾的黏土地上艰难地奔波着。

我保留着一把母亲用过的刀。

这把刀的刃口已呈弯弯的月牙形,这个月牙是甜菜“啃”出的。

一个秋天,母亲用这把刀削了16卡车甜菜——堆起来是一座山!

一座山的甜菜把铁刀的刀刃“啃”成了月牙。

母亲背起红柳枝编的背篓,拿着月光下泛着蓝光的那把刀,轻轻地推开红柳枝编的院门,转身轻轻地合上,上路了。

月光下,离南干渠不远的甜菜地里,就有了母亲的身影。垄沟里的甜菜,拖拉机已经翻出来。母亲一个一个削去甜菜头上的叶子,刮净泥土,扔在背篓里。不一会儿,背篓满了。她吃力地借助垄沟沿站起来,背到地头。小堆集成大堆。

不管是削甜菜还是拾棉花,农场主要由女人完成的活计,劳作的辛苦有一个巨大的时间系数,这个系数在我童年的记忆里就是“下地时满眼星光,回到家星光满眼”,且天天累计,年年叠加。

暮色中,拉着满车斗甜菜的拖拉机、汽车越走越远了。只有母亲又弯下腰去，把一只只削去叶、刮净泥的甜菜堆成一堆又一堆。

我曾一次又一次地想着母亲削甜菜的这把刀，想着母亲机械却充满创造感的动作。甜菜在铁刀的刃口“啃”出一个美丽的月牙，母亲结满茧花的右手也在枣木的刀把上留下了5个指印。指印已被汗水和血水酱成了油光锃亮的紫色。

儿子上小学时，问我“坚韧”一词的解释。我对他讲了我母亲他奶奶使用过的刀刃被甜菜“啃”成月牙的菜刀。

这把刀刃是月牙、刀把留有5个拳握指印的铁刀，就成了我人生的图腾。

新疆的夜，有月亮的时候多。明月出天山就像一幅黑白分明的剪影，很美。

常有太阳还挂在半空，月亮也急不可待地爬上了半空，彼此对望着，这是别的地方很难见到的。新疆的月亮，圆的时候多。

母亲喜欢月亮地，小时常听母亲说：“今儿的月亮长眼！”

缺油少盐的日子，借着明晃晃的月光，母亲和左邻右舍的阿姨从不长庄稼的盐碱地挑回一筐筐碱土，倒进一个装在柳条筐的草袋中，一遍遍地水淋碱土，隔一夜，淋下去的碱水澄清了，用这水炒菜就有了让饭菜添香的盐味儿。

这样的月夜，母亲总是边忙着手里的活路，边高兴地不停念叨：“今儿的月亮长眼！今儿的月亮长眼！”抬头看看，果然就见了月亮的瞳子。母亲甩一把汗珠，那月亮的瞳子就柔润得好像浸过水一般。

吃碱土淋出的盐时，我家住的是地窝子。

我们叫“地窝子”的住所是个啥样？可以联想黄土高原的半坡遗址。往地下挖一人多深，大小视住人多少而定，留出用作床、桌的土墩和进出的斜坡甬道，再用红柳或芦苇编的把子拱好屋顶，苫上麦草或芦叶，盖上土，栖身穴居的地窝子就成了。

新疆少雨，一经落雨便多是暴风骤雨，几声响雷，如注的大雨就泼了下来。雨水顺着屋顶和穴壁的接合处，顺着红柳把子间的缝隙直灌而下，我们家整个就被泥水抹了一遍，鞋子如脸盆小船般漂浮。一场荒原骤降的夜雨，母亲至少要忙三五天。

母亲很能总结经验，她在窝顶前边加高五六层土坯，形成坡度，在红柳和芦苇把子上加厚麦草，抹上一层稀泥，再覆土。进门的甬道前边挖一个长方形的坑，地面的雨水流入坑里，进不了屋，坑上面用梭梭柴搭了个小桥。母亲这一整治，我家再没被雨淋水淹过。左邻右舍也都按我家的样儿对地窝子做了改进。

母亲在窝顶前边加土坯时，特意留出了一个窗，一尺见方的小窗紧贴着地面，两块拼接在一起的玻璃装上去，我就有了“眼睛”。我趴在窗前，看着母亲走远，又盼着母亲走近。这方小窗把外面的大荒原揽进我的视野。庄稼长起来，满世界的绿颜色就挂到天上去了。到了冬天，白皑皑的雪野和天接成了一块硕大无朋的“白布”，“白布”靠上的地方涂着些乱七八糟的蓝颜色。

不管是蓝颜色、绿颜色、黄颜色，我很注意天和地接在一起的那条线，有了那一方小窗后，它是最早在我眼里的。知道它叫地平线时，荒原给我的第一个形象已经让我常常生出些神秘的联想。

地窝子的家留给我的记忆不艰辛，想起来还总有几分舒适、温馨。

门口是灶台，补着几处补丁却永远洁净的素花布隔开了灶台，窗下是我学习的小桌，红柳编的大床旁有两张小床，大床和小床之间是和床一样长、分成几格可以分装衣物的“墙”。除了床是用红柳把子编的，吃饭的土墩是挖坑时就留下的，其余的“家具”全是父母用土坯砌的。母亲把它们打扮得很漂亮——先用父亲看过的旧报纸糊一层，再用白纸罩面，“桌”面和“墙”面还铺有一层大布。大布是姥姥从蒋阁老家邮来的，大白布越洗越白。入了5月，红柳开花，母亲把红柳枝插在洗干净的玻璃罐头瓶里，窗前摆一瓶，装衣物的“墙”上摆一瓶，我家的小屋就生机盎然起来。没几年母亲栽的沙枣树开花了，瓶里的红柳枝就换成了一束束沙枣花。

母亲能从碱土里淋出盐来，还能用糖萝卜熬出糖稀，有股焦香的别有风味的甜。糖萝卜，也叫“甜菜”，收糖萝卜的季节，母亲总是把丢弃在垄沟地边的边角料带回家。冲洗干净，切成片，放在一口大铁锅里，添水小火煮。煮得差不多了，捞出糖萝卜片，慢慢熬。锅里的糖水开始“咕嘟咕嘟”地泛焦黄的糖泡，等咕嘟起来的糖泡越来越大，破得越来越慢时，有股浓浓焦香的甜味散在空气中，糖稀就熬成了。

开发莫索湾那些年，正逢三年困难时期。收的麦子、玉米一车皮一车皮东进阳关，拉往饿死了人的灾区。除了种子，麦子一粒不留，玉米留作口粮的也很少，全指着“瓜菜代”，苜蓿是好吃食了。一家七口，5个正长身体的儿女，为了吃饱肚子，母亲是能想的法子全想遍了。3月底，刚拱出地皮的灰条菜拌点玉米面蒸疙瘩；苜蓿滚水里过一下，拌点盐，就高粱面糊糊。

入了秋，防风的沙枣林子挂满了沙枣果。这种沙枣果只有黄豆粒大，且核大肉薄，却结得满树满枝一嘟噜一嘟噜，还甜。母亲带我们到沙枣林子，把姥姥织的白大布四角一抖铺在沙枣树下，用棍敲打沙枣树，熟透了的沙枣一层一层往下落。母亲把沙枣淘洗净，揉在玉米面里，再就点糖稀，蒸出的沙枣发糕又甜又香。母亲带我们打沙枣总是找落有麻雀的树，母亲说：“麻雀可比你们精，它落哪棵树，哪棵树的沙枣一准甜。”母亲还告诉我们，麻雀吃的沙枣，个儿大，一头发紫。我们给又甜又大的沙枣果起了个不雅的名——“黑屁股”。往后打沙枣，我们就听哪棵树上有叽叽喳喳的雀子，一准能找到“黑屁股”。

那时，我寄宿在被沙丘围着的莫索湾农场子弟中学，读初一。

学校一天两顿苜蓿吃得人吐绿水。从星期一就盼着星期六。星期六一放学就紧着往家赶，等太阳一点一点躲到起伏连绵的沙丘后，我家直直蹿上天的炊烟也就望见了。

推开红柳枝编的门，掀开布帘，一股甜香味直让人咽口水。掺着苜蓿的玉米饼子刚出锅，熬着的糖稀也起泡了，母亲看着锅边的孩子，笑也就溢了出来。

母亲说：“过日子，就像赶路的车轱辘，一天一天，连着轴转，苦也罢，甜也罢，一天也隔不过去。”

细品品，苦日子也是能品出点甜味的。

在农场长大的我们，对玉米有特殊的感情——玉米面发糕、玉米面糊糊喂大了我们。籽粒整齐排列的棒子，有着太阳的色泽，饥荒年月，它没少救人。甚至不等它成熟，鲜嫩的籽粒就进了我们饥饿的肠肚。

我们给用玉米面蒸的馍起了个很好听的名——“黄金塔”。

“黄金塔”极养人，农场的第二代正长身体的时候，一年难见一次肉，“黄金塔”一顿四五个，都长得虎虎实实。甘肃、河南来的盲流，四川来的妹子，怎样的浮肿黑瘦，只需啃一个月“黄金塔”，一准发得壮实水灵。

母亲用玉米面做的锅盔——足有一寸厚的饼，真比蛋糕还好吃。

打春，房根的雪还没化完，母亲就在朝南的窗根下点种了扁豆、南瓜。母亲说，扁豆命贱，南瓜皮实，见土就活。刚拱出地皮的扁豆苗、南瓜秧比黄豆芽还娇小，母亲呵护着呢！用柳树枝圈了篱笆，从涝坝挑水喂养小苗苗。那时候，人吃水也是去涝坝里挑。

不觉中，扁豆拖秧了，南瓜打纽了。先是爬满了篱笆，又攀着窗爬上了墙，旋成圈的藤须抓住了泥坯墙露出头的麦茬。母亲说,这扁豆,比壁虎的本事还大呢!从地下长出的半截墙实在太矮,扁豆秧、南瓜秧三下两下就翻过墙,爬满了房顶。

母亲从齐大爷当家的鸡场挑来粪土,一窝一窝壅她的扁豆秧子、南瓜秧子。母亲说,奶水足的娃娃壮,庄稼也是这个理儿。母亲的扁豆、南瓜一天一个样地铺连开来。母亲说,有了这一架扁豆、南瓜呀,太阳地里、月亮地里就不旷得慌了。扁豆花开得最旺的农历八月天,秋高气爽月亮圆。一嘟噜一嘟噜扁豆花,白的冰清玉洁,紫的雪青湖蓝,最是亮了人眼。几棵南瓜,一个个棚架在柴枝子上不着地,南瓜藤焦干了,南瓜还不摘,直晒得咧了嘴,才摘。

这时节的月亮,从天山亮着银片片的雪峰蹦出来,一下子就跳在了大戈壁的半空里,空灵得伸伸手就能从头顶上摘下来,我们就和星星睡在了一起。

多少个月出天山的夜里,听母亲讲住在月亮里的嫦娥仙子,嫦娥仙子的玉兔,还有那棵立地撑天的桂花树。母亲的月亮,播撒一片光华时,又把多少美丽神奇的种子播在了我们稚嫩的心田。

秋风紧,日头短,该吃南瓜了。蒸熟的南瓜去皮,和在玉米面里,掺上自己熬的糖稀,起劲揉。揉的时间越久越好,放在阴凉地里,发酵时间长,烤出的饼香。七八个小时面才开,将揉好的面饼放进锅里,盖紧锅盖,烘在炉上,炉膛里一定要用梭梭柴烧成的火炭,慢慢烤,烤出的锅盔酥软香甜。入了秋的苜蓿尖洗净,滚水里过一下,淋上母亲自己做的辣椒油,拌上蒜泥——

这种吃食哪里找去!

母亲在紧靠南干渠的地里收玉米时曾对我说,忘了老玉米,就是忘了娘。

母亲对玉米的感情里有太多的苦涩。缺粮那些年,怕饿死人,农场给每家分了二三分自种地,都是些不种的大田边角和土质太差的弃耕地。我家分的一块紧挨着南干渠，是板结很厉害的红黏土。这种红黏土，只要水跟上，后劲却也大，就是出苗难，保苗难，母亲非要拉沙改良。

母亲像侍弄孩子一样侍弄分给我们家的这片地。入了冬，就拉沙。上班的整块时间得往大田里拉，只有在下了班的零星时间往自种地里拉。那几年，除了上班，母亲把时间精力全耗在这块红黏土地里了。春天播种，先用木榔头砸碎泥疙瘩，再用坎土曼平地，种子才能播进地里。母亲的“解放脚”走在红胶泥疙瘩上太吃力，一个春天下来，不知要起几层茧花。玉米苗顶着红黏土拱出来了，怕板结，伤了苗根，要浇水。渠里的水下不来，母亲便去南干渠一担担挑，一棵苗一棵苗喂。最热的三伏天，别人家都午睡的时间，母亲担厕所里的粪水，在地边挖了坑，倒在里边，还要压上许多先割好的青草，玉米长籽粒的时候，粪也熟了，正好跟上了趟。

我家的玉米，年年长得最好，一到抽穗结籽的时候，一棵秆子上都是两三穗尺把长的棒子沉甸甸地挺着，紫红色的缨穗招摇得惹人眼。我们兄妹5人，大的10多岁，小的3岁，月月差口粮，全凭了母亲红黏土地里的老玉米活口。

种了两季老玉米，母亲改种了油菜。母亲告诉我们：“地也有累的时候，连着种老玉米累伤了地。花多大的心思，使多大的劲，地里也结不出大棒子了。该让地歇歇了，一茬茬庄稼养活了人，人也得顾惜着地，就像妈，累一天也得躺床上伸伸腿。”

母亲没想到，怕饿死人分的自种地，只收了两季老玉米，收了一季油菜，见人没饿死，不让种了，只一刀下去，“资本主义的尾巴”就砍了。

我家那一小片黏土地，母亲用黄沙和粪水刚滋养得熟了，又无可奈何地撂了荒，狗尾巴草、野蒿子贪婪地吮吸母亲3年来付出的血汗，长得极肥实。扯了满地的喇叭花开得一片惨白，似给活了人命的老玉米、油菜花送葬。

母亲的传统意识很浓，看儿子重过闺女。

“3个萝花女，不如一个踮脚儿”是母亲常说的。但是，母亲却不娇纵我，家里的重活儿子干在头里。16岁离家求学前，我家没有烧过煤，年年寒假，母亲都带我们兄妹去戈壁深处打柴。那些个年月里，一溜溜地窝子或是一栋栋军营式的排房前，山墙边，谁家的柴垛大，谁家的柴垛垛得方整，谁家就多些脸面，不仅是财富的骄傲，更是勤劳的夸赞。

那时的记忆，最重要的劳动工具是爬犁和斧子，最亲近的植物，除了老玉米就是梭梭了。梭梭是上好的烧柴，耐烧，火头硬得能比煤炭。寒冷而漫长的冬夜，炉膛里燃烧的梭梭把寒冷挡在了屋外。

真是一方水土一方生灵。树，汲取天地日月精华，成就林木；梭梭，汲取苍凉沙漠极少的一点含有盐碱、矿物质的残雪融水，就能绽放生命的神奇。迟来的春风携手5月的阳光吹醒准噶尔大地时，细小淡黄却又明艳繁多的梭梭花是戈壁第一抹烂漫。可人的亮丽虽然短暂如昙花一现，但秋风起时，繁衍家族的子房已饱满成熟。生来不易，长得不凡，梭梭生命的年轮薄得如纸一样，长得实在坚韧。没有哪种乔木、灌木能像梭梭那么实在、铁硬。许多人都以为梭梭没有叶片，其实，神奇的梭梭遵循优胜劣汰的自然准则，它的叶片已经退化成紧贴在枝条上的鳞片，不细看是难以分辨的。一叶叶鳞片依附在通体泛绿的枝条上，贮存生存必需的水分。梭梭顺应自然，适者生存。

大雪铺出银亮光滑的冰雪大道，我们就要结伴去雪野深处打柴了。

天不亮出发，焦黄的玉米饼子揣在怀里，不怕冻成冰疙瘩，水是不用带的，白雪吃不完。厚厚的雪原留下一道一道深深的爬犁印，我家门前的柴垛一天天往上长，抵着了屋檐。年年寒假在冰封雪裹的戈壁打柴，是少年时代最有亮色的时光。

母亲对儿女品德要求的严格，在我们那一片是出了名的。“棒头底下出孝子”，母亲认。

上初一那年夏天，邻家女孩一双穿旧了的鞋子穿在了大妹脚上。玄青色的鞋帮，方口的鞋脸，鞋襟还滚有一圈青色的边，鞋底很轻盈，不是一层一层布浆的袼褙做的，不知是什么材料。这鞋虽说已经很旧了，青色的边多处露出了白色的毛茬，但还是比母亲做的黑布脸的手工鞋要好看些。

从没见母亲发过那么大的火，大妹从学校刚进家门，母亲就罚她跪在搓衣板上，铁青着脸追问：“别人的鞋怎么到了你的脚上？”大妹辩白是人家不要了，她才捡了来……“我叫你没出息！没出息……”母亲手中的柳树条落在大妹身上时，母亲的泪水也流了一脸，“人穷不能志短呀！妈还没让你光脚呀……”母亲从搓衣板上拉起大妹时，已泣不成声。

这天夜里，母亲给我们说起姥姥带着她守寡度日的艰辛。母亲说，老家割麦的时节，杏子也熟了，蒋阁官道两边的杏林一片黄，这杏就叫了“麦黄杏”。姥姥要求母亲，从杏林里过不准停步，不准抬头。“咱家穷，不能叫旁人数叨咱，那片杏林瞅都不要瞅。”姥姥以自己的理解教育母亲做人的尊贵，母亲对我们传承着做人的尊贵。

母亲的家教很传统，尤其是对几个妹妹。坐有坐相，站有站样，笑不露齿，饭不出声，是母亲常在嘴边说的。

母亲的面食和家常菜都做得好，她喜欢琢磨，见了爱学。有人来，不管家里多么窘迫，母亲也会弄出几个很像样的小菜待客。街坊四邻夸母亲的饭食做得可口，咸菜腌得尤其好。

新疆的冬季长，那些年月冬菜只有窖藏的土豆、大白菜、青萝卜。一打秋，母亲就开始腌咸菜，母亲腌咸菜也和做其他事一样极认真。母亲全凭自己多年摸索出的经验，多少菜加多少盐、多少花椒、多少八角、多少白酒，都很有讲究。不同的菜，配料也是不一样的。菜要挑选鲜亮齐整的，杂七杂八不新鲜的不要。盐一定要用没加工过的“土盐”，不用加碘的精盐。腌出的豆角、辣椒、胡萝卜，红是红，绿是绿，鲜生生的。除了水腌菜，雪里蕻、青萝卜干腌。先把菜选好洗净，摊在芨芨草茎编的箔上，上面盖洗净后又经开水烫过的纱布，放在通风处晾干，不能放在太阳下晒，一晒，菜就失去了鲜亮的颜色。盐、花椒、八角、干辣椒一起放进酱窝子里舂成细末，往晾好的菜上抹。母亲抹得很仔细，很均匀，涂抹好的菜放入洗净晾干的坛子里，放一层滴几滴白酒，一层一层放完后，盖好盖，用盐水和的稀黄泥封死坛口，不透一点气。

常有邻里来我家讨咸菜，母亲总是高兴地净手入坛，红辣椒、青豆角、黄萝卜，母亲一边往外捞一边对邻里阿姨说：“你看这颜色，多鲜亮！”邻里阿姨接过碗谢母亲，母亲总是一句话：“自己腌的，不费事。”

母亲有一手好针线，直到1972年，我们兄妹的衣服鞋袜大多还是母亲手工缝制的。母亲好强，爱面子，一手好针线，单衣棉装都要套最时新的式样剪裁。每到入夏，几个妹妹的布拉吉（裙子）总是引来左邻右舍的阿姨不住口的夸赞。再穷困的岁月，母亲也用双手把自己的儿女打扮得齐齐整整。我结婚那年，春节回家一进门，母亲就让媳妇换上了她一针一线缝制的新衣。紫红底团花杭缎小棉袄，金丝绒琵琶扣很醒目；藏蓝呢料裤，裤缝熨烫得笔挺，合身时尚。全是母亲手工缝制。琵琶扣先是用杭缎衣料的布头襻好了，母亲看着不满意，又用黑色金丝绒重新襻做。妹妹说：“襻琵琶扣多费工啊，金丝绒又滑溜，妈可是费了神啦！”母亲上下前后不眨眼地端详着自己的儿媳妇，眉眼里全是幸福，说：“这身条儿好，穿啥都好看……”那年月，杭缎呢料于中国老百姓可够奢侈了。巧在这一年牛棚里关押的父亲平了反，补发了工资，让母亲少犯了许多愁。媳妇这身婚衣,惹得单位小姐妹们眼馋不已,她们一直不相信如此时尚完美又找不到一针针脚的衣服是手工缝制的。直到我们有了儿子,母亲来看孙子,一一讲给她们看,姑娘们才叹服了。母亲的女红,自娘家到婆家就有好名声。来了新疆,又是到哪个农场就把针线手艺的名声带到了哪个农场。小时候常听母亲训教妹妹:“一个女儿家,针线茶饭拿不起放不下,到了婆家是要受气的。”我们这一代人,大多是穿补丁衣裤长大的。即使是一方补丁,母亲也要缝补得对称周正,让人羡慕高看。

母亲做的鞋更好。上山下乡9年,又赶上高考恢复进城读书,我还没穿过买的鞋,一直穿母亲做的千层底布鞋。顶针、针锥、夹板是母亲不离手的宝贝。做双鞋不容易,先要拆洗旧布碎布头,制作袼褙。一层糨糊,一层旧布碎布片,铺三五层,晾干,一张袼褙就成了。袼褙剪出鞋底,三五层叠在一起,夹板固定好,就可以纳鞋底了。鞋底厚,要用针锥先通眼,再针引麻绳,一针挨着一针,针脚越密鞋底越禁穿。就着炉火的光亮,母亲左针右线纳鞋底,是沉沉冬夜我家最动人的剪影。做鞋帮要比纳鞋底轻省多了,但一双鞋周正好看,功夫多在鞋帮。我的鞋,母亲总是赶最时新的鞋样,先是北京老布鞋那种窄口的,后来就是鞋面两边有松紧的方口。布料也由黑卡其换成了黑条绒。鞋底呢,有毛边的,也有汗白布包边的。妹妹们的就是红条绒绿条绒有纽襻儿的圆口鞋。

1981年秋,我收到母亲寄的包裹,一件棉衣,一条棉裤。棉衣的面是军绿色的的确良,里是一件蓝色的旧单衣翻拆的;棉裤是蓝平布的,不太厚,很绵软,填充的是驼毛絮,细针密线,穿上伏伏帖帖。棉衣棉裤的袖口衣摆裤脚口,衬着可以拆洗的布里。棉裤筒里还塞着一双布鞋,鞋底是母亲自己打的袼褙纳的千层底,每一针都很扎实,鞋面是当时流行的黑色细条绒松紧口的,一针一线里,缝纳进多少思念?多少疼爱?多少辛苦?

今天的游子已很难体会“慈母手中线，游子身上衣”的疼爱，我却有幸每到风卷黄叶的季节，眼前就有了母亲油灯下缀衣缝鞋的情景，光亮的铜顶针，长长的麻线……

至今，我还珍存着母亲给我做的最后一双千层底布鞋。这双千层底布鞋，能保证我这一生走得正，行得端。

母亲也常有遗憾，不会毛线活。

我入中学时，为了能让儿子穿件毛衣，母亲和一小学老师换工：母亲给她一家老小做10双布鞋，她给我织一件毛衣。

母亲是宁吃苦不受话的人，从打袼褙到替鞋样，一针一线细琢磨，关乎手艺的鞋口松紧，双双合脚，难有挑剔。母亲却没想到那老师织的毛衣松垮得小手指能伸过针眼！母亲虽不会织毛衣，却能看出织成这样的心思是不仅省工还能落下不少毛线。

10双布鞋的工换一件毛衣的工，原本就是不平等的交换，还落了这么个结果。母亲虽然想不通，却也只在肚里说：“一个老师也能这样？心里不愧呀？要怪还是怪自己不会……”

我们兄妹几个的学费也是母亲犯愁的事。

年年收罢秋，结了冰的南干渠和收完庄稼的地里一片白了，父亲就从连队弄来几马车棉桃，我家屋后就有了座棉桃“小山”。这些个棉桃，还没等它们在太阳地里咧开嘴，霜雪就降临了。母亲要从小山样堆着的棉桃里剥出我们的学费。

生不逢时的棉桃，为了躲避霜雪摧残，紧紧闭成一团，母亲要剥开紧缩着的硬壳，棉花才能重见天日。霜打雪浸过的棉桃壳很硬，一冬天里，母亲布满了血红裂口的手指没见好过。没有孕育成的棉桃，剥了壳也不值钱，要剥三四车棉桃,才够我们兄妹几个不多的学费。

为了省灯油,母亲总是凑着炉火的光亮干活。睡一觉醒来,母亲的身影还在炉火的光亮里。

冬日的小泥炉给人的暖意,是任何现代化的取暖设备都给不了的。小泥炉的红炭火传递给人一种情感,雪地里望见了一束灯光,荒野处寻见一缕炊烟那样的鼓舞。我家的小泥炉,伴着母亲送走了多少寒夜,又牵来了多少黎明啊!

这一日日,一夜夜,是我童年的蜜枣核,它随着年岁在心中发芽,挺拔。

中断了10年之久的高考恢复,“老三届”们有了一次再学习的机会。母亲抚摸着新疆大学红塑料皮的学生证,眼泪噗噗往下掉,流着泪去灶间。我跟进很小的灶间,母亲叫了声“我的儿啊……”就哭出了声。我记忆中,母亲这是绝无仅有的。“儿啊,妈这辈子没这样高兴过!”荷包蛋煮好了,母亲的眼泪还搅在满脸笑意中。

进入边城最高学府第一个星期日的黄昏,我去扬子江路老邮局附近,寻找母亲说给我的门牌号和记忆中已不陌生的门脸。

扇扇门脸都似曾相识,却又全然不是。母亲指说的位置,一幢死灰色的楼霸踞着,难寻我家住过的小屋和小屋前的榆树,更找不见那个门脸。

夕阳恋恋地缠裹着我,我却怎么也体验不到母亲无数次说给我的那种黄昏的暖意。

落日渐渐隐去,余光一片迷茫,给人许多模糊不清的联想。

去寻红山下的老榆树。老榆树们还健在,树冠上顶着薄薄的雪,给人苍凉落魄的感觉。已叫“河滩路”的路面上,不厚的初雪被车流冲成污水,顺路边流去。母亲说的,拔出一只脚,又陷进一只脚,人都穿毡筒走的雪路是永远寻不见了，更别说满滩的卵石。母亲曾在这条路上，踏着深雪，踩着卵石，晨光初露从扬子江路的家去新疆军区被服厂，落日黄昏又从紧张劳累了一天的军工厂往家赶，匆匆走过了进疆之初劳累却愉快的时光。

母亲最留恋进疆之初在乌鲁木齐那几年的冬夜。那几年，母亲的人生追求激情洋溢，做梦都在识字念书。受舅爷的影响，母亲自小敬重读书人。军区后勤部妇女工厂的社会实践满足了母亲学文化的要求。拓荒部队冬闲办夜校，开扫盲班。母亲去夜校的头几天，比我新去学校还兴奋，吃过晚饭早早就邀好了伴等着。母亲买了一支金星牌钢笔，写生字的本是蓝皮。那时，我们已有四兄妹，我上小学二年级了。母亲经常让我给她听写生字，一笔一画很认真。在我的记忆里，睡一觉醒来母亲还在灯下，泥炉炭火红红的。母亲以后回忆这段难忘的日子时说："那时候学文化的心劲可大，记不住学的字睡不着，认的字有一本子了，唉……"

有一个冬夜母亲永远不会忘记。母亲兴冲冲上完夜校往家赶，满地雪光一片白亮。推开门，母亲惊呆了，不到两岁的三妹趴在门槛下，手脚冰凉，床上3个睡得抱走也不知道。第二天，哭哑了嗓子的三妹高烧住院。因这个冬夜，父亲和母亲一定有过激烈反复的争吵，父亲原本就不高兴母亲撇下4个孩子去上夜校。这个冬夜，母亲在人生追求和母爱间两难。

那个冬夜后，母亲没再去夜校。我眼见母亲的泪水滴在她心爱的蓝皮本上。金星牌钢笔和蓝皮本母亲保留了很久，坚持自学。我见过这个本子，一行一行，一页一页，大小不一，一笔一画的方块字寄予了母亲对人生的多少憧憬和追求，斑斑泪痕让她的儿女歉疚感涕，为我们，母亲含泪闭上了渴望洞察新世界的眼睛。母爱不仅过早地夺走了母亲的青春与美丽，还夺走了母亲追求新生活的激情，造成一个美丽人生最大的遗憾。

母亲年近30才有了我。那个时代，这要在人的闲话里受多少委屈。其实，母亲不满16岁就过门嫁入鄷家。时逢“七七”事变，与母亲同岁的父亲结伴三两同学，别离豫东古城商丘，投笔从戎同赴国难。原本土薄水寒的豫东平原，又遭日军入侵。1942年大饥荒，母亲随公婆叔伯一大家子颠沛流离，九死一生。我读中学后，母亲总在炉火相伴的冬夜讲述这段悲苦无措的岁月。母亲说，日本兵一来就慌着跑，大闺女小媳妇都用锅灰抹一脸黑，抹得只剩两眼。林子里躲，苞谷地里藏，十天半月回不了庄。最让母亲犯难的，还是老少十几口子的嘴。不满16岁的小闺女，个儿没长成，够不上锅沿，脚下垫木方子垫砖。没粮下锅的日子，叔伯冷脸难看，小姑白眼伤人，丈夫不在的母亲只有低眉顺眼不言语，好在公婆还慈善。

母亲说，那日子过得比树叶还稠（愁）啊，忍气吞声的日子一天天地熬，愁日子熬了8年。能一天天熬下去，全在母亲心里有个念想撑着，那是父亲离家时对母亲的一句承诺：赶走了日本鬼子就回家。母亲听了这句话，信了这句话，盼了父亲8年。等到1945年赶走了日本鬼子，却没等来父亲。母亲告诉我，她天天傍黑儿就去鄷庄村口的大枣树下张望。她朝村口的官道望啊望，望过了春天又望过了秋天，望见当年出去的后生不是来家团圆就是从庄里接走了媳妇，只有她望断了天涯长路也没望回来日思夜盼的父亲。母亲每次讲到这儿，就哽咽着说不下去了。我问母亲：“你们还那么小，又是父母包办婚姻，你刚过门父亲又离家远行，能有这么深的感情吗？”母亲停下手中的活计，长叹一口气，笑笑说：“你哪里懂啊，那时的学堂在俺蒋阁，十里八乡的读书人都来蒋阁，你舅爷说下这门亲。有天放学，你舅奶奶指给我看你爹，只见了个背影，我心里就认下了这个人。”

那时候，火车从商丘到西安要走10多天。内战还在打。兵荒马乱，一个从没出过门的农家小媳妇咬牙登车向西去。去寻找差不多有10年没见面的丈夫。她不知道西去的路途有多么遥远，也不会想到从她一步三回头地上了村后的官道，她的命运就彻底改变了。

望不断的天涯路！

爷爷带着根鞭杆，送母亲万里寻夫。在宝鸡找见父亲后，爷爷才返回老家。

母亲16岁出嫁，与当地婚嫁习俗有关，也迫于生计。

母亲的娘家，在一个叫“蒋阁”的大庄。蒋阁为豫东地薄水贫的夏邑县所辖，离县境内挺有名的会亭集不远。蒋姓是大族，人丁虽旺盛，日子却贫穷。农家大都养不起牛马，日出而作日落而息，世代躬耕薄土。不少人家靠租种别姓土地活口。姥爷家就是一户佃农。因为贫穷，遇改朝换代兵匪战乱，拉杆子起事的多。抗日战争时期，蒋阁先后出了“老司令”“新司令”，在商丘地区乃至豫东一带都很有些名声。跟蒋介石去了台湾的，前些年陆续回故里祭奠祖宗。

母亲命苦，不满周岁姥爷就去世了。母亲对自己的父亲没有印象。自小给人扛活的姥爷为聚众吃大户丢了命。高粱秆织箔卷埋了姥爷的这年，姥姥19岁。姥姥19岁以后，夜夜豆油青灯，孤女寡母的日子过得艰难。

父亲的家，给正上中学的儿子早早娶房媳妇，怕不能排除添一个劳力的算计。

这个祖孙三代的家族正值上升期。祖上世代务农，爷爷也是一手好农活，尤长于果木嫁接，他务惜的梨行在那一片很有名声，是个殷实农家。到了父亲这一辈，这个家在他长兄手里渐渐有些发达。伯父长我父亲10多岁。他读完书后，在夏邑治学。抗日战争期间，拉杆子的“老司令”“新司令”都是他的学生。学生成事后，他做了高参，在当地很有些身份。家中伯父主政，伯母理财，日常家务伯母自然夫贵妻荣地动嘴多动手少。

母亲过门第二天就下灶房。16岁的母亲够不着灶房锅台，脚下垫木凳。

夜里，母亲还要抱着纺车嗡嗡地响到半夜。

鸡叫头遍，又该起身上灶台。

在乌鲁木齐没几年，父亲被从城里的机关发落到有一片大苇塘的小李庄，只因为他是“老九”。

“七七事变”后，父亲投笔从戎，和同班同学一行4人奔赴抗日战争前线。他们到过西安，去过十八集团军驻西安办事处，却没有再往延安走，而去了装备更正规的“国军”，立誓抗日救国，建功立勋。

父亲从没有给我讲述过当年没去延安留在西安的原因。“文革”中无数次挨批斗，他都一口咬定当年就是为了打日本侵略者才弃学从军，国共合作，在哪边当兵都是打鬼子。

说国民党不抗日，他始终不承认，他的话很硬：“不打日本我出来干什么？”

我们家，母亲是主心骨、顶梁柱。这与自“三反”“五反”始，一波未平一波又起的政治运动中，“国民党残渣余孽”的父亲回回都是“运动员”的厄运有直接关系，一次次政治劫难中，母亲以她单薄却坚强的双肩支撑着风雨飘摇中的家门。

母亲这一生，因为落地就有的磨难和打击，个性倔强，秉性善良，凡事宁愿受苦吃亏，也不受人话。认准了的理，泪往肚里流，横下心也要去做，不懈地努力改变命运的不公，却终无一点结果。

1949年以前，因为穷，姥爷穷得聚众吃大户命葬黄泉，穷得母亲名为酆家媳妇，实为大伯一家的仆役。

1949年以后，穷人坐了天下，本该吐气扬眉了，却又有父亲“老九”的烙印，还有爷爷头上的地主帽子，压得母亲透不过气。

于我，公历1993年9月28日是个定格的日子。

秋雨，淅淅沥沥落了一天，又下了一夜。

走过人生四季的母亲睡着了样，安详地躺在红绸面的褥子上，盖着翠绿色绸面的被子，铺红盖绿，是老家的讲究。母亲身穿红袄，外罩蓝裤蓝褂，这些，母亲生前已为自己操持好了，临走也不给儿女添一点事。白底黑脸的布鞋也是母亲亲手做的，千层底是自己打的袼褙，越洗越白的天山白布签边，黑条绒的鞋脸。

母亲一生俭朴，给自己最后准备的铺盖衣着，也还是最廉价的布料。

见着这些，就见了终生劳苦的母亲。母亲这一生，用了多少线，又磨秃了多少针？千针万线缀连着母亲一生的苦难岁月。

第一场秋雨，洗净了秋收后的凋零，天空旷了许多。幽蓝的月亮泼洒着凄清的光波，如泣如诉。母亲感念了一生的月婆婆陪伴母亲走完了人生最后几步，把母亲揽在她如水的怀中……雨后秋夜，云汉高远。

时光滤去了多少悲欢离合？又淡化着多少阴晴圆缺？人生路上，唯有童年伴我风雨兼程。岁月打磨，斑驳五彩的童年留痕已石化为人生底色，“寄蜉蝣于天地，渺沧海之一粟，哀吾生之须臾，羡长江之无穷……惟江上之清风，与山间之明月，耳得之而为声，目遇之而成色”。

——苍穹遥望，还是母亲那轮天山月。

三生三世，一路格桑梅朵

我记述的是面对面的讲述。

自然，有了多年前那场枪林弹雨，才有了亲历者的这些故事。

当年的硝烟早已随雪域高原一年年扯天拔地的朔风渐行渐远。春雨催萌冬雪覆盖一甲子，匆匆堆起的青冢也随岁枯岁荣的草木化入山林。只剩下些口口相传的故事，经年风化成典。

一

车行川藏线。

一位腰挺背直的老人收回远望窗外的目光，对着怀抱的一只瓷瓶喃喃轻语："老哥哥，然乌快到了……"

走西藏，10月不是好季节，即便是要去的然乌、察隅。瓦蓝的天说翻脸就翻脸，不消一阵儿，"雪拥蓝关马不前"。

老兵罗元生不听劝，谁说也不听。保全老哥临终托付的事不好再耽搁了。

从第一次踏上青藏高原算起，时光已穿越了半个世纪。

那场战火呀……

1961年8月，成都无线电技术学校在校生罗元生参军入伍。

新兵训练结束，分配至一五三团加强营，从军进藏。

攻打瓦弄机场前沿火线，罗元生与一五三团警通连舒保全相识。

舒保全和罗元生是同一年的兵。1961年夏，江汉药厂小学徒舒保全应征入伍，穿上军装就去西安总参通讯学校接受培训，翻过年，便随部队开拔到中印边界自卫反击作战一线。

高过一米八的舒保全手劲大！敌军布防瓦弄机场的铁丝网，8号铁丝，他不用劲就铰断了！这是舒保全给罗元生的第一印象。

战场相识，战火洗礼，再不相忘。

战后，一五三团仍驻防地处横断山脉三江流域，有“藏东明珠”之称的昌都。

1964年，昌都军分区集训，罗元生、舒保全在一个班，铺挨铺，兄弟再见形影不离。这次集训，元生是保全的副班长。

节俭！这是集训学习期间舒保全留给罗元生的又一印象。

这才知道，火线结识的战友舒保全兄弟姐妹多，他是老大。父亲的铁匠铺再下力气也难顾一家老小八九张嘴，舒保全初中毕业进厂当学徒。当兵后每月10元津贴，月月寄回家。

多厚道的关中汉子啊！

集训结束，罗元生提任一连副排长，去了沙玛兵站；舒保全提任三连副排长，上则里拉哨所带兵。

则里拉哨所位于亚东边境海拔4000多米的则里拉山口，边关要隘。1903年英印殖民当局入侵西藏，荣赫鹏率领的先头部队就是偷越则里拉山口进入拉萨的。

则里拉白雪皑皑，惟余莽莽，一年里10个月棉袄不下身，雪域孤岛与世隔绝，今年的书信明年才能收到。哨位上的战士远看就是一尊冰雪雕像：头顶边关月，心系天下安。

1965年，受被打成右派的大哥牵连，罗元生复员回了四川老家。

西藏军区整编，舒保全提任三连副指导员。

紧接着，“文革”动乱，原本就是关山重重一线牵的联系断了线。

直到1984年，终于有了舒保全转业陕西汉中的消息，罗元生立即打点行装，直奔汉中……

两位战火一线相识的老战友相拥而泣的人间真情，深深打动了在场的亲人和工友。

久别重逢，夜短话长。端起酒杯，还是高原飞雪，瓦弄硝烟……

他们都曾不停地寻找着对方。

这期间，他们都成了家。元生在前，保全在后。

结婚时，舒保全已27周岁。这在那个年月是绝对的大龄晚婚。

在这之前，汉中老家的亲戚朋友和部队首长、战友给他牵线搭桥的不止一个两个，舒保全一直推托，原因只有一个：弟妹小，负担重，等弟妹大些再说吧！

老妻张素兰至今还记得，第一次见面时舒保全对她说的话：“我父母去得早，弟妹没成人，家里困难，要让你受累吃苦了。”

一生从教的张素兰认可长子长兄应尽的责任。

1974年底，舒保全转业回原籍汉中。

他实在难舍战友，牛粪火陪伴他们一起熬过了多少个风嘶雪吼的边关冬夜啊！

他却不得不离开。1972年冬，舒保全开始胃出血，病情日趋严重。

则里拉冬天喝雪化水，夏天接雨为生，海拔高，面条煮不熟，米饭蒸不熟。

时鲜的蔬菜是土豆、青萝卜，海带煮土豆也不错，罐头是家常菜，从年头吃到岁尾。

1973年入冬，则里拉大雪封山。舒保全胃出血止不住。驻地到拉萨500多公里，大雪封山下不了山，军区医院电话指导用药，山上的卫生所又能有什么药……

不断出血，疼痛……不是好兆头……

边关冷月，寒夜孤星，喜马拉雅神女峰寄托思念："素兰呀，眼看着弟弟妹妹一个个离巢，我这又……你还得吃苦受累啊……"

去江汉药厂报到，舒保全还是一身军装，只不过没有了帽徽、领章。

到家当晚，舒保全整理行装，从行李箱取出一套新军装，一件白平布衬衣，一条白平布衬裤……面对镜子，站了很久很久……最后，他从军帽上摘下了红五角星，取下了领章。转过身："素兰，我心里难受……想则里拉的家……部队培养了我，正是该出力的时候，身体不行了……我吃饭就像吃沙子一样……"

妻无语凝噎，起身擦去丈夫脸上的泪水，收好红五角星、领章。

之后，每到八一建军节，舒保全就从箱底翻出这身军装，穿上两天，还时不时跟素兰开玩笑："最后我走时，你给我穿上……"

这次相聚，罗元生强烈感受到，不管这个世界是怎样地变来变去，战友深情已是他们人生最重要的部分。

秋日催春风，不觉又10年。

最高兴当年风雪高原的20多个战友，从成都、重庆、南充、上海齐聚西安，奔汉中他们的老排长、老教导员舒保全家。

又是一番金樽对月、相逢意气的激情燃烧。

却不想，翻过年舒保全一病不起。

舒保全早已听见病魔逼近自己的脚步。春上已查出，多年的胃溃疡已癌变……只是他不想说，包括对妻子素兰。

得知舒保全病倒的消息，罗元生从成都赶到汉中，一直陪侍在老哥哥身边。

一个雨后的傍晚，病床上的舒保全让罗元生扶他起来，握住罗元生的手，两眼炯炯地对他说："元生兄弟，我在这里拜托你了——我死后，你和素兰把骨灰装到那个瓷瓶里，你送我回然乌……真想那个地方……陵园里的战友们有个家了，有伴儿了……树根下，石头缝里，你给我安个家。我寻散落各处的兄弟呢，我陪着他们……"

两双骨节突出的手越握越紧。老泪滴落的罗元生知道，老哥的大限将至，这是交代后事呢！他对舒保全使劲点了点头……

2012年春节过后，一个太阳暖暖的日子，舒保全拉过妻子的手："素兰，老天爷留给我的日子不多了……

"你知道，我不怕死。多少战友就倒在我身边，来不及掩埋……我是幸运的，又活了这么些年……该去陪他们了。

"我这一辈子，最对不住你，我一家最难时，你进了我舒家的门，我多大的福气……

"有这么几件事，我说给你：第一件事，房子装修一下，我不能给你留下个烂摊子；第二件事，我不喜欢现时的葬品，我只穿那身军装，箱里备着；最后一件事，让我回西藏，我想那里，想则里拉，想然乌，想回老部队……

"素兰，一辈子对不住你！走到半道儿上又撇下你，还是个对不住……

"就把我装在西藏带回的瓷瓶里……"

往昔岁月，水中月亮，一一打捞，湿漉漉，明晃晃……

嫁个当兵的，你不吃苦谁吃苦？她认同自古忠孝难两全，汉子，精忠报国是首要。顾国家又顾爹娘的男人是好男人。

3个孩子，两个出生时舒保全在则里拉雪山，收到妻子的信时，女儿3个多月了。

结婚前，就只见了一面，觉得已相识千年……

“还记得带我去成都的那个夏天吗？满大街的商场出了这家进那家，找带放大镜的台灯，教书先生眼不好。找啊找，终于在春熙路找到了，还买了计划外的‘三洋’牌收音机，说是眼不好，少看电视多听收音机。

“我忍不住掉泪。收款台服务员发现了，忙打圆场：‘这个叔叔在给阿姨买结婚纪念品呢！’”

——那时候，舒保全一个月的津贴只有60元人民币。

对一个女人来说，有啥能比一个男人的情怀暖心！

那些个如月似水的日子啊……

2012年7月13日17时，舒保全与他深爱的老妻，牵挂他的战友、工友，阴阳两隔。

张素兰悄然无声地为丈夫收拾着，就像他每一次探家归队，每一次出差前。

白平布衬衣，白平布衬裤……怕他冷着，张素兰自作主张求助汉中军分区，给丈夫添加了绒衣绒裤，从里到外一身戎装。

瓷瓶下面，是舒保全生前穿过的军装。军装下面是素兰写给舒保全的一封信，用红绸布包好。老兵罗元生踏上了50年前走过的路……

然乌以湖得名，帕隆藏布江一路行来，到了这儿累了，留步回顾，造就了两处堰塞湖——安目湖和然乌湖。

远望，雪山倒映湖面，白云变幻，水鸟翩飞。近看，牧草、青稞、油菜黄绿相间。木屋错落，炊烟似有似无。透过云隙的太阳光照在高高的草垛，牧场点染金色。牛羊悠然……好一幅迷人的藏地田园牧歌！

川藏公路行至然乌分流几处，北到昌都，西去拉萨，南行约350里就是地处横断山脉和喜马拉雅山脉过渡带的察隅。

“哥啊，我们到了，到了你日思夜想的然乌。”

然乌湖对面一处向阳松坡草地，挺拔的雪松下，罗元生为舒保全安了家。

给老哥哥的新屋封顶前，罗元生又看了一遍大嫂张素兰的信。

纪念我的夫君——原西藏军区一五七团教导员舒保全。

舒保全，生于1941年5月，祖籍陕西汉中。1958年参加工作，1961年应征入伍。

随西藏军区56052部队（新一五七团）驻藏戍边13年，先后任副排长、连长、营教导员。于1962年参加了中印边境自卫反击战，于1969年率部队参加了西藏尼木地区平叛剿匪。

1974年转业原籍工作，2001年退休，2012年病故。

遵照保全遗愿，今由亲友陪他回高原。以表其心怀部队，情系边疆的革命情怀。

山高人为峰。保全怀感恩之心，记祖辈仁德。喜马拉雅山高，难比保全对家人、战友的情怀；雅鲁藏布水长，不及保全对西藏大地的热爱。

保全，我的夫君，你如愿魂归高原。老妻祈祷神灵保佑，你犹如年轻时，骑马执枪，驰骋疆场，保国守土。

高原与雪峰同在，我与你生死同在。

你的素兰与儿女

松坡临山崖，登高望远。

夕阳抹去了雪峰最后一片金色，片片雪花带着沁人心脾的凉意，越过唐古拉的金顶，从云隙间飘落——那是佛国的青莲呀！保全哥哥乘莲而行——迎来每一个黎明，送走每一片晚霞，万物有灵，生生不息，待春风拂过高原，嫩芽顶落松针，格桑梅朵开遍原野，开始又一个轮回……罗元生舍不得离去。他朝南望，望啊望；又向西看，看啊看——

神性的德姆拉山回荡着一个老人撕心裂肺的呼唤：

“哥啊——”

二

“我愿来世还是你的好兄弟——”

经历战火洗礼、九死一生的老兵潘前荣怕过中秋。每到明月高悬夜，潘前荣就会躲去僻静处。日子长了，家人朋友也都知道，月圆人未圆的日子，他思念战友陆绍安、汪特衡。

独立营一连陆绍安、潘前荣、汪特衡是1961年8月成都第一机械工业学校参军入伍的学生兵。

潘前荣是一三一班的班长，汪特衡在一三二班。

陆绍安是首届毕业生，留校教授语文。潘前荣一直记得，陆老师的最后一课是鲁迅先生的《记念刘和珍君》。讲完这一课，陆老师也应征入伍了。

到了部队，他们分在了一个连队，师生成了战友。汪特衡年龄最小，只有16岁，是瞒报了年龄入伍的。

第二年10月，部队开拔。军情急，说走就走，仗剑走边关。

出雅安，迎面就是“高呀嘛高万丈”的二郎山。“千里川藏线，天堑二郎山”，这只是挺进雪域高原“万水之源，万山之巅”世界屋脊的前奏。前路，翻不完一座比一座高的雪山，跨不尽一条比一条险的江河。

你就听听这些地名吧，“死人沟”“鬼见愁”，过邦达草原的“川藏九十九道弯”要了多少人的命啊！

绕过然乌湖，翻德姆拉雪山，下山时遇到暴风雪，陷阱一处又一处。前面传来口令：原地停靠，宿营待令。爬冰卧雪，寒气逼人，陆绍安、潘前荣忙打开背包，把汪特衡夹在他们中间。

翻过雪山顺峡谷下山，往前走就靠两条腿了。山上已是冰雪覆盖的世界，山下还是黄绿点染的金秋。汗流满面的汪特衡背上突然轻松了。原来，他的背包悄无声息地被陆绍安扛在了肩上。“万里赴戎机，关山度若飞”，战友情深，生死与共。

对印自卫反击最后一役，在瓦弄机场火力侦察时，陆绍安、汪特衡为国捐躯……

最让潘前荣心疼的，是等着陆绍安、盼着陆绍安的痴情女子。

或许是潘前荣与陆绍安年龄相仿，又是与先生接触较多的一班之长，部队进藏前夕，陆绍安拿出未婚妻的照片，向战友诉说了这份情感。

陆绍安的“她”叫冯忠琼。陆绍安入伍前，低他一年级的小师妹已毕业，被分配到重庆农业机械厂。两人相约，等陆绍安凯旋，喜结连理。

却不想，对印自卫反击最后一役瓦弄大捷前夕，为奠定最后胜利，在前往机场火力侦察途中，陆绍安魂留雪域高原……

潘前荣实在不忍心告诉盼望着“喜结连理，琴瑟和鸣”的冯忠琼，她的陆绍安已长眠雪山。

此生此夜不长好，

明月明年何处看。

直到部队凯旋，一起出征的3个学生兵只回来了一个，再难瞒住……

知道了实情的冯忠琼却坚信陆绍安一定会归来。每到部队开拔的日子，就见冯忠琼在当年送别部队的路口，久久望向雅安……一年又一年，直到1966年底，还是青灯孤影盼归人……

等着我吧，

我会回来。

只是你要苦苦地等待……

等到那愁煞人的阴雨，

勾起你忧伤满怀。

等到大雪纷飞，

等到酷暑难耐，

等到别人不再把亲人盼望，

往昔的一切，

一股脑儿抛开。

等到遥远的家乡，

不再有家书传来，

心灰意冷，

都已倦怠。

等着我吧，

我会回来。

…………

从东海之滨到世界屋脊到底有多远呢?

龚如菊心里,她的苗奎离她很近,夜夜梦里就在她身边。睁开眼,她的苗奎却又离得很远很远。新婚第三天,部队来电召回了新郎阎苗奎。新郎离家,娘就对新媳妇说:“菊呀,这是要打仗呀!那子弹可不长眼呀,蚂蚱一样漫天飞……”龚如菊心里说:“娘,我懂你的心思,不管路途多么遥远,我也要追他到天边边山尖尖。”

娘送如菊上了西行的车。下了火车上汽车,一路山缠水绕,一路格桑梅朵。

紧赶慢赶终于到了她的苗奎在的日喀则。下了车,没见着日思夜想的人儿,也不见一个个活蹦乱跳青春闪亮的身影。眼望军营紧闭的大门,龚如菊陡生几分慌乱,一眼满溢的笑意骤然凉了下来。塞满家乡吃食的提包换到左手,右手按在了胸口,怕越跳越急的心儿蹦出来。

四连长阎苗奎牺牲的消息已经传回日喀则。留守处都知道了,只是瞒着万里寻夫的新媳妇龚如菊。

最早得知这一噩耗的张明玉,一次次想揭开这层窗纸,话到嘴边,又实在不忍心告诉一天天数着日子盼丈夫的龚如菊。

瞒,不是个事。瞒一天瞒不了永远。张明玉建议,把大伙儿叫一起,传达前线战况铺垫后,再由队长告诉如菊。

队长终于说完“阎苗奎同志执行战役穿插任务时英勇牺牲”,龚如菊瞪大眼睛“哎呀”了一声就再没说出话,也没掉眼泪,那个难受痛苦劲看了让人心碎。

好像猛一下醒了过来，龚如菊又“哎呀”了一声，起身走出会场。张明玉静静地“尾随”着她。

龚如菊梦游样走上屋顶。藏式房屋平顶，一层一层的，从这家可以跨到那家。张明玉也随龚如菊上了屋顶，这才看见龚如菊的眼泪像断线的珠子样往下掉，却一声不响。清泪长流，流得张明玉的眼泪也跟着流，流得人心痛，一个刚结婚的小媳妇，那么老远跑了来，丈夫的面还没见，结果……

屋顶上，月亮下，龚如菊陷入自责不能自拔。她一遍一遍对张明玉说：“千里万里跑了来，到底是啥也没给俺苗奎留住……老天爷不公呀！哪怕是缺胳膊少腿，只把人给俺留住就好……说啥也该早些来呀，怪俺没听娘的话。早来几天，能留下个娃，娘和俺也有个盼头……”

孙凤瑞从老家富平启程时，家里还没收秋。

走了10多天到了西藏山南，人家这边的庄稼牧草也转黄了。第一次进藏，几经周折找到了陆军十一师在乃东县的烈士陵园。

——专程给父亲孙启银扫墓上坟。

孙凤瑞是遗腹子。1959年元月父亲孙启银应征入伍时，他还没出生呢！4月份，母亲邵秀云收到了父亲孙启银从西藏日喀则寄出的信。孙启银信中问：“生了没，闺女还是小子？”还说：“有时间我再照一张照片，穿军装背枪的。”

孙启银的信到家，孙凤瑞来了人世。

这是邵秀云收到孙启银的第一封信，也是最后一封信。从那以后，再没有孙启银的音讯。

不见信就不见信吧，反正有了儿子，孙家的种。

1963年春上，凤瑞4岁了。孩子们在门口耍，邻家小孩说他：“你这娃，爸死了还笑呢！”

邵秀云听见邻家孩子的话一惊：“你这孩子是咋了？乱说话呢！”

“我没乱说话，”小孩说，“他奶去我家哭了，对我奶说的。”

1962年底，孙启银的父母已经知道儿子阵亡的消息，只是怕儿媳经受不了这么大的打击，始终瞒着她，不承想被邻家孩子无意捅破了这层窗纸。

凤瑞不知道母亲怎样熬过了最初的那些日子。打记事起，他就知道母亲一年给父亲做一双千层底的布鞋。等他娶了媳妇，他明白了母亲的心愿，母亲一直想攒上些钱，去西藏给父亲圆圆坟。山高水远的，40多年过去了，母亲进藏探父亲的心愿一直没有实现。

2003年10月，孙凤瑞专程进藏祭拜父亲，了却母亲一辈子的心愿。这一年，没见过父亲面的孙凤瑞已过不惑之年。

平常时日，孙凤瑞不大提父亲。从西藏回来后，孙凤瑞告诉母亲：“西藏乃东县烈士陵园，富平籍烈士有260多人。和这些叔叔大爷比，俺爸算是很幸运了。这几十年里，还有妈您念着爸呢，还有儿孙们跪拜坟前给俺爸上炷香呢……”

听着儿子的话，邵秀云看着丈夫邮给她的照片。那年4月邮寄的照片板正还板正着，只是发黄了。她交代凤瑞，去县城的照相馆再放大些，上上彩。

母亲告诉凤瑞，当年新兵在县城集结，点名时，发现李义生不见了。

和李义生一起入伍的同乡说：“昨夜李义生他大把他领回家娶媳妇去了。”

连长正着急呢，跑得一头大汗的李义生归队了。

李义生的父亲说：“娃一走不知道走几年呵，走之前这个婚是一定要结。”李义生父亲操持着将媳妇娶进门，想着能留个根苗是最好。

义生他爸一番话，浇灭了连长的火气。

走的这一年，李义生只有19岁。

被父母领回家娶媳妇的不只李义生一个，有10多个新入伍的战士连夜被父母领回家娶了媳妇，天不亮急急往回赶。

都说“战争让女人走开”，古往今来，啥时间女人从战争中走开过？

三

“你在天堂还好吗？”

这是2013年中秋，成都电视台《今晚800》栏目的标题。

中秋前夕，栏目组策划了“圆你一个心愿”的亲民节目。短短几日，收到了逾千个求助愿望。其中，原五十四军一三〇师一位叫李建国的老兵“圆白玉刚烈士嘱托”的诉求，深深打动了栏目组每一个人。

1962年，成都市卫生学校共有14个同学应征入伍。部队开拔前，入伍新兵补充到五十四军一三〇师。李建国和白玉刚被分配到三八八团六连。九天九夜急行军，部队挺进瓦弄前线。

我军发起总攻前夜，白玉刚找到李建国说，他破指血书参加了尖刀班，是第十七名爆破手。嘱托李建国：“万一我牺牲了，给我家里说一声。这封信一定交给她。”

李建国吃惊地问：“你龟儿耍朋友了！是哪个？”白玉刚笑笑：“你猜猜，我们班的。”“那我就知道了，李素萍！郎才女貌，龟儿行！”白玉刚笑了：“建国，亲手交给她。”最后，白玉刚从口袋拿出一支钢笔交到李建国手里：“笔留你，做个纪念。”

“没想到，这竟是我们最后一面……

“总攻前，每个战士发一支爆破筒，一个手雷，比手榴弹大些。我心里说，这是要炸碉堡，像黄继光那样呦！天麻麻亮，爬上海拔5000多米高的瓦弄扎公雪山，对面的炮击一波接一波，一片火海。子弹‘嗖嗖嗖’泼下来，是弹雨！多高的茅草都打秃了，身边战友一个个倒下，侧后边一个战友手榴弹没甩出手就中弹牺牲了。

“从前线回来，和同学扯起一次次几乎丢了命的经过，也许就在回头看的一瞬间，人就倒下了，就没有了……

“我命大了点，过来了，白玉刚没过来……”

李建国先是把白玉刚托付给他的信放在了背包夹层。急行军一路轻装，背包里的东西一件件往外丢，丢得只剩下武器弹药，白玉刚的信揣在上衣口袋里。打了一天一夜，听到白玉刚牺牲的消息，李建国流着泪翻找白玉刚托付给他的信。揣在上衣口袋的信却不知啥时间已不见了……

战后返川，李建国遍访同学、战友，去学校查询同学们的毕业分配去向。白玉刚的火线嘱托，成为李建国一次次寻找一次次无果，压在心头半个世纪的沉重负担。直到近年才听战友文德元说，当年部队移交烈士遗物时，李素萍是到了白玉刚老家射洪的，一身素服，头上戴了白花。此后，再无音讯，有说是去了康定山区小学……

总攻前夜，李建国问过白玉刚：“你来了前线，又参加尖刀班，李素萍她不怕……”白玉刚说：“部队开拔前也说到了，她说生死有命，她等我……”一想起这些，已是雪染双鬓的李建国就忍不住老泪滴落。

“你在天堂还好吗？”播出后，引起社会各界广泛关注。这个叫“白玉刚”的青年军人也走进了我的视野。

青冢有情犹识路，

平沙无处可招魂。

乙未夏日终于来到你面前——

察隅河畔一处松林掩映的墓园。我在倒数第三排最右边见到了你。白玉刚，你和你的战友已在这儿居住了50多年……多大的一个方阵啊！穿过树梢的阳光洒下点点金光。你们如军营每一天的晨练一般，列队成行，方阵入场。

算起来，我们是相差无几的同辈人。燃烧激情、追求爱情、憧憬未来的眸子多么熟悉啊！于国家，你是一名士兵；于母亲，你就是整个世界；于那个她，你是难以忘却的青春……玉刚兄，如果你也有幸走出那场战争，冬青树下的“我等你”，又会演绎出多少浪漫？而今，你年轻俊朗的身影已经永远定格在察隅河流逝的春水里，再也没有了夏的热烈，秋的思念……

从你们身边望出去，察隅河对岸雪线下蜿蜒起伏云遮雾锁的苍莽山体，就是引发战乱的殖民祸根“麦克马洪线”。

山北，成熟的鸡爪谷一层层金黄，梯田四周是成片的柑橘林，挂满枝头的果实像一盏盏橘红色的灯笼，点燃了绿色原野，也点燃了农家丰收的喜悦。

人类历史的长河中，喜马拉雅山下那场速战速决的边境战争，只是一朵浪花……

山风徐徐吹过。红了山坡的格桑梅朵迷离成天际飞临的仙鹤。

洁白的仙鹤啊，

请把双翅借他，

只到蓉城那株冬青树下……

大地有记忆

大地是有记忆的——

古生代、中生代、新生代，泥盆纪、石炭纪、侏罗纪……大地记载着我们赖以生存的这个星球自诞生以来的神工造化。

金字塔，长城，蘑菇云升空留下的废墟……大地留下了人类自混沌初开到而今的足迹。

美国科学考察卫星扫描记录
大地在中国西部的这片记忆
这片记忆跳动着绿色的智慧

这里人称沙洲半岛，它南连准噶尔盆地绿洲，以半岛之状北插浩瀚的古尔班通古特大沙漠——这是沙洲半岛称谓的由来。在广袤千里的苍黄托载下，半岛的绿色是醒目的。这片不大的绿色，引来了联合国沙漠考察训练班的专家，引来了埃及、科威特、澳大利亚的治沙专家。

大地的记忆告诉我们，古尔班通古特沙漠曾是水的王国。大自然亿万年神工造化，它成了沙的乐园。史载，18世纪60年代后，清兵于此屯垦。历史在这里无情地上演了一幕“沙进人退”的悲剧，空留下名为“东阜”的古城废墟。

这里出土过成麻袋铸有“乾隆通宝”“康熙通宝”字样的铜钱。

1959年,拓荒者在“东阜”古城废墟挖出铜钱的时候,也经历了万亩庄稼毁于风沙、颗粒无收的劫难。

“无林则无农”,这是一代拓荒者的切身体验。“三道防线”防护林体系是成功的实践。栽植的旱生沙生植物带组成了农田的第一道防线;防风基干林是田野的第二道防线;700多公里渠系两侧的白杨、青柳,80多公里干道两侧10米宽的树墙,是第三道绿色屏障。1984年,一场9级大风败阵在“三道防线”脚下。

这2万亩林木护持下的25万亩良田,就是美国科学考察卫星扫描到的绿色记忆。

我涉足沙洲半岛最北端,其中屹立绿色阵地前沿长达20公里的白杨林最为壮观。这条林带是共青团员和青年小伙一担一担挑水种植的。一株株白杨手挽手,肩并肩,抗击着漠风的攻势,抵御着黄沙的蚕食。它的北侧,黄沙滚滚,连绵不绝,大有吞没“半岛”之势;而南侧,绿浪滚滚,似欲擒锁黄沙于绿浪之中。

这道伟岸磅礴、坚韧深沉的绿色屏障,被居住在沙洲半岛的人称誉为“丰收林”。

还看天山南边的风景——

这一天清晨,早起的农工被恍若梦境的画面惊住了:微波荡漾的稻田一片片斑头雁、黄头鸭,还有一身洁白的天鹅,时而举足亮翅,时而戏波弄影。有灵性的天鹅用翩翩舞姿牵来了一个极有意义的黎明——

1990年4月22日,第二十个世界地球日。

这一天,大千宇宙中这颗蔚蓝色星球上,130多个国家举行了各种活动。

在联合国总部，来自13个国家的41名宇航员，以各自在太空对地球的观察，真挚地表达“天地之大，万物之妙”的体验。“而我们人类是何等幸运！能在浩瀚的宇宙中找到一个可以栖身生息的地球！”当第四十四届联合国大会主席加尔巴呼吁“保护人类共同的家园”时，全场起立，向地球母亲致意。

这一天，中美苏三国运动员联合攀登珠穆朗玛峰，在世界之巅呼吁地球人：“保护人类的摇篮，我们只有一个地球。”

这一片洁白的天使怎么就在这一天降临地球这一角——严酷的塔克拉玛干沙漠边缘？有灵性的天使是专程降临地球的这一角，与人类的这一群落一起纪念旨在保护地球的世界地球日？这些精灵把自己摆在与人类同等的位置。对的，在浩瀚的宇宙和我们生存的这颗星球，它们和我们是平等的，都是地球村的居民。

地球的这一角被维吾尔族人称作“吾瓦”——兔子不拉屎的地方。它在世界第二大流动沙漠——塔克拉玛干沙漠北缘。

吾瓦是幸运的：它位于中国面积最大的省区，又在中国面积最大的地州——约占国土面积二十分之一的新疆巴音郭楞蒙古自治州。

吾瓦又是不幸的：山地占去了全国最大地州面积的47.7%，戈壁沙漠又夺走了30.3%，因土地沙化、草场退化、耕地盐渍化、博斯腾湖咸化，该地州已被列为国土治理的试点地区。

1950年3月12日夜里，王震将军借皓皓月光画出一条红线，决定把孔雀河牵引到吾瓦。地球这一角的这一方人为大地母亲的不被理解焦灼过、困惑过——他们需要粮食，需要棉花。

经过时日不算短的艰苦卓绝的实践过程，他们终于认识到：在自然生产力有限的生态条件下，人的强取豪夺只能带来一贫如洗的沙漠化，生态效益最终决定人类的生死存亡。资源开发，生态保护，两者和谐统一，人与自然才会相互尊重。

吾瓦人给土地倾注了太多的感情。排灌配套，秸秆还田，倒茬轮作，造林种草……2万亩农田防护林组成了一个严密的绿色防御体系，13万亩良田被它们分而护之。高空鸟瞰，棋盘样的绿色网络筋脉相连，还有万亩梨园、万亩苹果园连缀其间。全团老少16000口子，人均栽植果木10株，林木近200株。

40年，这一方人在天当幕地做台的空间演奏着一部恢宏的《命运交响曲》。

1979年，全国盐碱地造林现场会在吾瓦召开。

1980年，农垦部授予他们盐碱地造林一等奖。

1988年11月2日，全国盐碱地造林现场会第二次在这里召开。

1991年3月，国务院授予他们"全国造林绿化先进单位"称号。

胡杨快速育苗技术成功，苗木量在满足自给外，潇洒地走出了塔克拉玛干沙漠，在内蒙古、宁夏、山西、黑龙江……全国20多个省（区、市）扎根繁衍。

有灵性的天鹅为地球这一角居民的情感所动降临这里。在这个星球上，在这一天——第二十个世界地球日——洁白的精灵牵来的祥云融叠在吾瓦的蓝天绿水间。

沿着塔里木河下游已经干涸的河道向南行，在塔克拉玛干沙漠最南边，伊循古城废墟不远处，有一片极富生机的绿洲。

相对于环绕四周的沙丘沙海，这片绿洲不算起眼。令人感叹的是，生活在这里的人凭借源于阿尔金山的米兰河——传说《西游记》中那条子母河，30年来不仅没有被塔克拉玛干的沙流赶走，衍生的绿色还一寸寸向"死亡之海"扩展着自己的领地。这片绿洲的园林覆盖率高达36%，优质"伊循蟠桃"的名声也越来越响。

挂满果实的蟠桃园邻近古城废墟。丝绸之路畅通年月很是显赫的伊循城，据说是在清光绪二十五年最终被塔克拉玛干的风沙埋没了。

面对庞大得不可战胜的塔克拉玛干沙漠，这片绿色在这30年悄无声息的抗争，令人相信了在古城废墟旁建一座新城的可能。

有道是见微知著。在中国西部1500多万亩被地理学家称为“极旱地带”的沙漠边缘，新疆兵团的农场组成的绿洲已由闪亮的光点慢慢连成了线。兵团人栽种的“三北防护林”已如蜿蜒的绿色长城，挺立在塔克拉玛干、古尔班通古特两大沙漠边沿，啸啸林风汇入被列为“世界生态工程之最”的“中国三北防护林工程”喧哗的浩浩绿风之中。

1991年7月29日，国务院在兰州召开全国治沙工作会议。国务委员陈俊生在代表国务院作的以“动员起来，向沙漠进军”为主题的讲话中指出：土地沙化已经不只是局部地区的问题，治沙成为一件迫在眉睫的大事。全国沙化土地的增长速度从六七十年代平均每年1560平方公里扩大到2100平方公里。土地沙漠化趋势十分严峻。

在这次会议上，刚考察过新疆生产建设兵团的陈俊生肯定：“新疆生产建设兵团已将大量沙化土地变成了稳产高产田。”

1991年深秋，澳大利亚罗斯沃斯农学院自然资源学院院长、国际农业银行评委维托克·斯夸尔斯博士到中国新疆实地考察。放眼挺拔在塔克拉玛干和古尔班通古特沙漠边缘的70多万亩人工胡杨林，博士很兴奋。他说：“我走遍了世界各地，只有在中国的新疆才能见到面积如此之大的人工胡杨林。”他希望能把人工胡杨造林技术带到南澳州的草原。中国95%的胡杨在新疆，新疆95%的人工胡杨在兵团。

最动人的记忆，还是人的感情。

大凡智者，都和树有着某种缘分：

陕西黄陵县轩辕庙，有一株树龄约4000年的古柏，相传为黄帝轩辕氏所植。

山东曲阜孔庙，大成门内有一合抱古桧，高20余米，苍劲挺拔，相传为孔子所植。其旁石碑刻有“先师手植桧”。

扬州平山堂落成后，欧阳修在堂前栽垂柳一株，人称“欧公柳”。

北京文丞相祠堂前院有一槐，后院曾有一株枣树，树身都指向南方，传说是文天祥被囚时所植。

清代名将左宗棠进军新疆时命令部下沿途栽柳，人称“左公柳”。有诗赞曰：“大将筹边尚未还，湖湘子弟满天山。新栽杨柳三千里，引得春风度玉关。”

广东中山市翠亨村孙中山先生故居种有一株酸豆树，躯干遒劲，枝叶繁茂，是先生从檀香山采回树种，栽植于此的。

沙洲半岛的第一任团长王凤元给我讲过一个真实的故事：建场初期，为了种活10棵小白杨，一个班的战士喝了一星期含有芒硝的苦水，把从百里以外拉来的饮用水全给了小树。战士喝苦水喝得尿了血，10棵白杨扎了根。战士说，树扎了根，人就安了心。巍巍“丰收林”喧哗的叶、耸动的干、伸延的根——好一派生命躁动的绿色，是人的灵魂！

在天山之南二十二团“幸福林”的前边，立有一块碑，勒石记有35位拓荒者的姓名。给后人留下一片绿荫，是置身沙漠戈壁的拓荒者的最大心愿。

吐鲁番盆地的万亩葡萄，铭记着另一些人的姓名。

在中国，大都知道“吐鲁番的葡萄哈密的瓜”，但知道吐鲁番是个“风库”的人，怕就不多了。这里8级以上的大风一年平均有40天，还有内陆罕见的12级大风。风起，昏天黑地，石头子乱飞，仿佛瞬间就回到混沌未开之时了。

汉唐时，此地村庄毗连，驿站繁华，因其富庶，素有“金盆”之称。后来，风沙赶走了人，卷走了城，后人只能从交河、高昌故城残留的气势推断当年的昌盛。

交河水又流走多少日月？到了1961年5月31日，精血旺盛的风又把吐鲁番盆地撕了个碎。

面对火焰山南坡下一片灰褐色的薄土，一群男人和女人放声号哭——风肆虐地连根拔光了800亩葡萄苗，不见一片叶子，不见一条葡萄藤！老天爷！这全是“二牛抬杠”犁沟、几里外挑来黄土栽的！干了一年盼了一年，好不容易盼来个绿藤绿叶，这一下全完了！

太阳躲走了，天边的云又假惺惺地赶来凑热闹，只剩下她，一个满面泪痕的女人，还有一个矮小却不失汉子气的男人，在地南角失神地望着光秃秃的土地。

全没有了！一天20个坑挖得直不起腰；三九天拣卵石铺渠，右手5个指头全冻伤差一点锯掉；一个冷馍一碗水撑一天……1959年从湖北黄冈来到这里受罪吃苦换来的800亩葡萄就这么全完了……几天无言。忽一日，又见这个男人从山坳里的育苗地一捆捆背葡萄苗，又一次希望默默地开始。240亩葡萄园的迎风面筑起一道厚厚的干打垒，一株葡萄还有一个红柳编的挡风笆子。近万个笆子盾牌一样挡在一株株葡萄苗的迎风面时，他的十指在滴血。

240亩葡萄3年后开始结果。一串串透明的果实全是用心血浇灌的。

1984年12月，他坐在新疆生产建设兵团成立三十周年暨“双先”代表大会主席台上，他的名字因万亩葡萄园为更多的人所知。23年前的240亩葡萄是万亩葡萄的妈妈。

他有一本很看重的笔记，道林纸已被时间染黄。本本上，记着每年葡萄开墩的日子，每年刮风的日子，每年浇头水的日子，每年的单株产量，还有不知从哪里抄来的和葡萄有关的条条。在这个本本的最后几页，有一段归纳性的文字：

葡萄管理：1. 冬季埋土，一定要埋到30厘米；要用湿土，葡萄也像娃娃，冬天也吃水；湿土还要埋得严，干土没有湿土严。2. 浇水……什么时间浇头水，新树老树对水的要求不同；施肥，什么时间施什么肥，不同树龄的用量。3. 剪枝……

对于只上过几天小学的人而言，掌握气象、土壤、栽培措施的理论，且结合本地自然条件用于实践，不是件容易事。

夏天，他20岁的侄儿从湖北家乡来。在吐鲁番葡萄熟了的季节看望种葡萄的大伯，本来就想解解葡萄馋。年轻人哪里想到，他站在葡萄架下的第一天，大伯就交代："成串的葡萄不要吃，捡落在地上的，落地的还甜些。"

侄儿一声不响愣在地头："这就是多年不见的大伯？让我放开肚皮吃，也吃不了3斤！捡落在地上的吃？"

"你算是绝到顶了，我跟了你30年，不比你少干一点，吃了你20多年的落地葡萄，我晓得你的穷酸命，侄儿子刚来，他晓得你的心思？"当婶娘的听了老头子的话，一下子光火起来。老头子真是把葡萄当眼珠子了！

"我说，你也莫怪你伯！他不是抠，你是不知他的心思。说起来怕你不信，种了一辈子葡萄，你伯没有吃过成串的葡萄……"嚷过她的老头子，又唤过侄儿子，一边下葡萄，一边给他说大伯的事，"再过些日子，你就知道你大伯了，就知道葡萄了。"

诗人艾青在新疆生活时说过:“兵团的人,个个都给绿洲留下了一支歌。”

给吐鲁番万亩葡萄园留下这支歌的人叫李旭东,他已经60出头了。他的老伴张金英,比他小两岁。

如果说,一个人经过努力,做了他想做的事就是成功者,园艺师王升潮算功成名就了。不到一米七,黑瘦,因为长年相伴风沙,一双不大的眼睛已经没有光泽,怕阳光直射。1951年,王升潮在从福州参军来吐鲁番的路上,就决心做一件到老了值得纪念的事。跟随流传久远的民谚“吐鲁番的葡萄哈密的瓜”,他找到了葡萄。

20世纪60年代中国的农业方针是“以粮为纲”,种葡萄没有这个名分。1978年以前,葡萄种植,农场几乎没有投资。直到粮食面积越种越大,投入越来越多,产量越来越低,亏损越来越大时,拍板决策者才开始觉悟“吐鲁番的葡萄哈密的瓜”这句民谚包含着的“一方水土养一方人”的哲理。

虎背熊腰的赵连长支持他:“我给你最好的‘自留地’,拖拉机瞅空子用,难在买苗子没钱……”

王升潮早盯上了连队的猪圈。“你给我几个猪娃子,我换葡萄苗子。”最初30亩试验田的葡萄苗子,是用猪娃子换的。还不够,王升潮便打起自家菜窖里白萝卜的主意。萝卜保藏得好,来年4月了,还鲜灵的。这堆萝卜是给老婆生孩子准备的。

他和他老婆的结合,在当时很时髦。他们住在福州市同一个小巷里,两小无猜。他参军时,她16岁,是个刚毕业的初中生。送他走的头天晚上,明月下,海誓山盟私订终身。

他在新疆当了3年拿铁锹的兵,她从福州市卫生学校毕业分到了福州市工人医院。

他给白衣小天使去信，如实报告戈壁荒凉创业艰辛，还有因民谚“吐鲁番的葡萄哈密的瓜”而有了的愿望，最后，违心又诚心地劝她以后把他当作一个朋友，他就很高兴。

她很快来了，应了她忐忑不安的预料，来了就没有走。与他同室的两个单身汉搬走，单人床和两块床板，一个新的家庭就诞生了。小伙子们眼里，灰褐色戈壁中的这间泥屋，可真是一片浓浓的绿荫！

“她进疆那年，刚满19岁。现在老了……大儿子大学毕业工作了，小子动不动说什么80年代的爱情，90年代的爱情，我说娃娃，你在老子面前谈爱情，还差得远了……

“老婆来了几年，还吃不惯羊肉。正值三年困难时期，一点羊肉还是连队想办法搞的，只有白萝卜能压压膻。可是除了萝卜再没有什么能换葡萄苗的东西了。老婆安慰我说，白萝卜留几个就够了，食堂腌的秋瓜蛋也蛮好吃。过几天，就能去挖马齿苋，吃新鲜。老婆最懂我的心！”

大女儿出生的第四天，王升潮赶着装白萝卜的毛驴车，换葡萄苗去了。如果不是她劝他，他就不去了。他担心，连队没有医生，没有汽车，最近的医院在30多公里外。她仗着自己是学医的，宽慰他，催他走，节气不等人，误几天，可能就会误一年。

王升潮误的事多了。新婚不久，他被选送到新疆八一农学院学习。学校放假，他补课，竟然没回家！那次，她真没少流泪。怀头胎，正赶上吐鲁番杏子上市，馋杏子馋得不能提“杏子”二字，却到底没吃上杏子。他忙得顾不上，去老乡杏园子得一天才能回来。

4年时光在祈盼中过去，30亩葡萄开始挂果。看着一串串碧绿的果实，几个黑不溜秋的汉子真比老婆生小子还激动！果实成熟的日子，他们日夜值班，没落地的，一颗舍不得吃。他们要用艰辛的收获证明自己的努力，用心血的结晶打动“上帝”——争取领导支持发展葡萄生产。

等到开党委会，汉子们一早踏露水摘了满满两筐最好的葡萄挑到了会议室。

“咱这老风口能长这么好的葡萄？”兴头上的农场领导通过了他们的“葡萄生产计划”——不要投资，不安排劳力，这等好事何乐而不为？

这以后，就有了800亩——尽管一场12级大风全军覆没，又有了打基础的240亩，有了如今的万亩葡萄园。

在第一次收获的果实中，王升潮选了两串无核白带回了家。仔细洗去一粒粒葡萄上的白霜，装进一只白色的瓷盘。一颗，一颗，他把晶亮的果实送到爱妻徐秀英嘴边。她张开了嘴，这时，如葡萄样晶亮的泪珠滚落在王升潮手上，一滴，一滴……

对于一个人而言，哪怕一点小小的成功，也都和爱分不开，其过程愈艰辛凄楚，爱亦愈加动人。

王升潮和老伴徐秀英也已步入人生的黄昏。故乡亲人多次呼唤他们叶落归根，他们仍生活在吐鲁番老风口。每天一早，他们走惯了的那条黄得可爱的沙土路上，就又留下一串大大小小深深浅浅的脚印。夏日的傍晚，他们常依偎着火焰山的葡萄园散步。火焰山缓坡下有一片卵石垒起的墓穴，三五九旅的战士，和平起义的军人，支边的知青……万亩葡萄园紧靠着这片墓地。再过去，就是曾经被流淌了千百年的交河水环绕的交河故城。月光在天幕上剪出火焰山的身影，挂满藤架的葡萄也格外水滑晶莹，那是人的眼睛。

哈密是新疆的门户。凡到哈密者，无不一睹“左公柳”的苍劲凛然。“左公柳”，述说该记住的事，缅怀不该忘记的人。

到哈密者，也都会知道这里有个黄田农场。地处哈密风口沙沿的黄田，因其拥有的众多树木闻名，黄田人因生活在层层叠叠的绿色中而自豪。

自豪的黄田人永远不会忘记吾尤甫亚亚——他们的维吾尔族老场长。放眼眺望，无边绿海的哪一朵浪花没有老场长的身影？

从互助组、合作化开始，吾尤甫亚亚就是村里最大的官，种树是吾尤甫亚亚最大的事。“春天种，秋天种，年年种——要在这个地方活下去，就要种树，多多地种树，最好最好的朋友是树。”吾尤甫亚亚说。

到1958年成立农场时，他们要世代活下去的地方有了70多万株林木。但是吾尤甫亚亚也因此被错误批判，他领着大伙栽的树被砍伐大半。风沙合伙助纣为虐卷土重来，沙流拍打着一片片白茬茬的树桩子惨不忍睹。

风过后，人站了起来。1976年春天，恢复领导工作的吾尤甫亚亚带领全场职工半个月种了50万棵树！又是春天种，秋天种，年年种——每年新植30万株以上。如今，黄田老少8000多口，人均有树已逾500株。放眼四野，满目悦人的绿色！在这一方天地，人与大自然和谐亲密。惜花爱木，尊崇绿色，在黄田是有历史渊源的——哪家的房前屋后不是绿树成荫，花木簇拥？乔迁新居，先栽“扎根树”；新婚合欢，要种“幸福树”。

黄田人眼里，吾尤甫亚亚就是一棵树，一棵常青树。

“树就是人啊！一棵树一个人。人讲个心换心，树也讲个心换心。”夕阳的金晖里，侯晋标抚摸着油绿的馒头柳。这些个馒头柳，是他去年栽种的。

“刚来时，一棵树也没有，没有树的地方能留住人吗？”

人都知道，打他的儿子，打了就打了，谁要是折了他的树，他一准找上门。人说："树是侯晋标的命！"

人的感情往往很难说得清，侯晋标这一生，从树身上得到的乐趣比从人身上得到的要多，树的事他知道的也多。与老一代拓荒者一样，他少语。讲到树，杏桃梨枣葡萄苹果胡杨青杨，不问也能和你拉呱儿上劲，说到兴头上言不尽意，就站起身，手助势、眼传神，说得树神了成精了，说得出神入化了。

"栽树难哪！"

野茫茫的天地间，踽踽独行着一匹马。骑在枣红马上的侯晋标到霍什力克挨门串户央告老乡剪几枝柳树条子，采点榆树种子。日子久了，附近老乡家多厚脸皮也不能再进去了——再剪下去树就秃了。只好远征，东到吐鲁番、托克逊，西到轮台、沙雅、库车，南疆都跑遍了。

山里的雪真大，虽然还只是11月初。侯晋标和连队的一个工人骑马到阳霞西天山的野人沟剪树条子。天落黑时走到了山口，大雪封山，世界白得恐怖。恐怖的雪野能把他们冻僵的身体抛给野人沟的狼群或是把他们冰冻到下一个世纪。

也是天助好人，一个牧羊人和他的一群羊像专程来救助他们一样出现了！在牧人石头垒成的冬窝子里，红红的牛粪火伴他们度过了一个终生难忘的长夜。一早，天放晴，他们不甘心空手而归，仗着手中的七九步枪，身下的快马，再冒险进山。终于找到了老乡告诉他们的野人沟杨树林，好大一片杨树林啊！他俩高兴得一蹦三跳，脖子上的围巾跳丢了，回到家，耳朵冻得透亮。

也是一个冬天。侯晋标到和田去搞树苗子，一住就是两个月，树苗大有收获，往回返却犯了愁。那时，和田到库尔勒不通公共汽车，求爷爷告奶奶好不容易搭乘上一辆拉羊的车。新疆12月的天气，无遮无盖的车厢里，啥滋味！

冻得他始终抱着一只羊,整整走了6天！羊的体温和树苗支撑着他没有倒下来,人到家整个变了形。

两三年后,长得孩子胳膊般粗的柳树、青杨,突然发黄,渐渐干梢掉叶,最后眼看着一片片夭折。

好事多磨……

“柳树、青杨受不住咱这儿的盐碱。”现在半天能寻见一棵的歪脖子老柳树,是当年的幸存者。又栽钻天杨、沙枣。先换土,碱土一筐筐挑走,好土一筐筐担来,再垫上底肥,眼看小树枝繁叶茂一天一个样,可又是好景不长。树根扎得深了,碰上地下的盐碱水,遮天盖地的钻天杨、沙枣就一天天地枯了,死了。现在林带边不多的沙枣树,是那时候残留的。

“一方水土养一方人,这树也和人一样,老天爷欺负咱,青杨、柳树好是好,咱这碱地留不住啊！就像娶个媳妇,再漂亮,不跟你过也是枉然。咱这地点,就胡杨能长好。”

最忠诚的朋友胡杨,是侯晋标在一次邂逅时相识的。

眼睁睁看着青杨夭折了,钻天杨死了,心里受不住,侯晋标骑上枣红马旷天野地里抖落无可奈何的憋闷。路过一条洪水沟,眼前闪过绿色的云线。

洪水冲出的一条流水沟,沿着水线长出了一层茸茸的胡杨苗！它们扎根的水线边,泛着一层隐约可见的盐碱。世上一物降一物,沙漠里生碱地里长的胡杨啊,梦里寻你千百度！侯晋标赶紧挖出一丛胡杨苗催马返家。

“老邢、老范你们快来看,找着了,找着了,找着好苗子了!”

第二天一早,“侯晋标”们全跑到洪水沟边,兴奋得直嚷嚷。东北农业大学来的邢开基告诉侯晋标:“我们找到路子了！我们可以采种育苗!”

这以后,这一方人就和胡杨有了难解难分的缘分。当然,从采摘毛茸茸针尖一样大小的胡杨树种到大量栽种成功,“侯晋标”们不知又碰到了多少意想不到的难处。然而,当胡杨挺拔起绰约的身姿,侯晋标才从自己的经历中悟出:最大的难处倒不是种树本身。

园林队到包头湖的土路上,颠簸着一辆灰扑扑的拖拉机。拖斗上不多的几件家具、包裹之间,坐着侯晋标一家五口人。拖拉机停在包头湖一间驴棚前时,已是满天寒星。这间恶臭冲鼻的驴棚,是被流放到这儿的侯晋标一家的住房。点亮马灯,满地驴粪,没有立足之地。老母亲扫出一个墙角,搂着睡熟的孙子席地而坐,侯晋标睡不着……整人也不能这么整呀!为了树,为了别人看来不值得的一件事。

开展社教了,工作队进点,住在了园林队队部上房,房前一溜婆娑的小胡杨。园林队队长侯晋林和工作队队长第一次照面是在胡杨林带前。工作队队长和队员在刷牙,刷牙水泼进了林带里,洗脸水倒进了林带里。

“嗨!你刷牙离树远一点,不要往林带里倒脏水!”

园林队的人都知道,侯晋标最讨厌人往林带里倒脏水。

不知是巧合还是有意,侯晋标第二天一早到队部时,又碰上这位队长往林带里泼泛着肥皂泡的洗脸水。

“你怎么又往林带里泼脏水?你要再泼一次,我就要和你算账!”他冒犯了不该冒犯的人。

那些年月,工作队手里握着“尚方宝剑”。

当天夜里,工作队队长传侯晋标。进门就发难:“你不是要和我算账吗?现在我就和你一笔一笔算。

“你重用右派分子邢开基。邢开基还戴着帽子,你就重用他负责技术工作。

“你把枪交给刑满释放人员(说的是侯晋标野人沟砍杨树条子大雪封山差点冻掉耳朵那次,和他一起去的,是四川遣疆劳改、刑满留场就业的职工,他会骑马),威胁了无产阶级专政。”

…………

这几条足够让侯晋标一家闻驴粪味睡驴棚了。

痴者不思悔。逆境中更觉着只有树亲近。正当种树的春季,顾不上清理栖身的驴棚子,就在驴棚前,渠道边,能种树的地方都种上了树。离驴棚不远有一块撂荒地,侯晋标看土质还不错,拾掇出来栽上了一片青杨。

他在包头湖种青杨的时候,园林队院里满是繁茂的苹果树,刚爬上架的葡萄,还有那一溜胡杨,全都成为“肃清侯晋标流毒”的活靶子,砍了,挖了,春天的园林队大院一派凋零景象。听到了消息,侯晋标跑到他栽的青杨林子里,呆呆地朝园林队的方向望,眼里无泪,心里滴血。

第二年,青杨抽出翠绿一片也抽出希望一片时,侯晋标又被指派到十七连劳动。这个时候,他不愿离开驴棚了,他舍不下那片青杨。离开包头湖的那个早晨,他跑到青杨林里,在一棵挺拔的青杨树身上,刻下了——

小青杨再见!

在另一棵挺拔的青杨树身上,刻下了——

青春常在。

舍下难舍的思念,他不得不走。

十七连有一片60亩的果园,因为靠近“180亩地”——农场的坟场,没有人敢去守园子。果园地势高,水上不去,缺水少照料的园子荒了。侯晋标要求:“让我去弄果园。”他搬进了果园,清渠引水,又不知从哪儿弄来一台小水泵,渠边插上柳树条子,栽种上梨树。准备砍了的园子被他侍弄得仿佛世外桃源一样，入秋，树树挂果，煞是喜人。

到了1969年，侯晋标离开园林队的第四个年头。他专程到包头湖看他那片青杨。4年不见，青杨已成林，树径大都40厘米粗了，他刻下的“小青杨再见！”“青春常在”随着树身长大了，笔画粗了，更显遒劲。“青春常在，青春常在……”这个刚烈汉子搂着他的青杨泪流满面。

40个年头，侯晋标就在砍砍伐伐、栽栽种种中组接延续着绿色的时间和空间，一声长叹，几多遗憾。

今日的农场已是绿树成荫，13万亩农田林网密布，万亩梨园每年给他们带来百万财富。

孔雀河水流了一程又一程，逝者如斯夫，流逝的岁月在人们不知不觉中冲刷着情感的色彩，淡了，淡了，留给历史的只剩下数据和概念。

留给人的心灵的呢？

朔风漠野里挺拔起来的胡杨，年轮添了一圈又一圈。年复一年的匆忙中，忽然有一日人们惊叹：

“这树怎么就大了起来！”

惊叹声中，人老了。

树365天一个年轮，自根至梢，沦肌浃髓，胜过雕刻。人呢？人和树一样，只是记在心里难眼见了。

“哎！老了……”夕照里，一个人和一棵树。人，苍苍白发，深深纹沟，缺门牙，筋脉裸露。树，躯干水滑，枝条青绿。生命的奇妙，原本是这样。

风起，遒劲的漠风从树梢掠过，千里绿色拨响了只有视树为人者才解其韵的旋律。

春天的思想

南疆春早。

踏春去。“惊蛰乌鸦叫，春分地皮干”，去天山之南“富饶的流域”——巴音郭楞。

几乎年年去，又大都是“春在枝头已十分”的播种时节，却难以企及这壮阔的“富饶的流域”的运道底藏。

这片辖地近48万平方公里的“华夏第一州”，揽雪山、大漠、湖泊、绿洲于一襟。西域三十六国在这片疆域有11个，一个楼兰古城就让世界为之一惊！汉宣帝神爵二年（公元前60年），汉朝设西域都护府于乌垒城（今新疆轮台境内）。

1771年，蒙古土尔扈特部17万众在年仅19岁的首领渥巴锡的率领下，从冰雪覆盖的伏尔加河，朝着太阳升起的地方东归祖国。冲破沙皇俄国的围追堵截，历经千难万险终于回到了祖国的金土圣水巴音郭楞时，只剩下不到7万人。马头琴扯出《江格尔》蒙古长调，传唱千古：“在它的顶峰，长翅的飞鸟不曾降落；在它的山麓，带蹄的动物不曾踏过……”

中国第一颗原子弹在大漠深处腾空的雷霆万钧，令世界为之震撼。至此，中国高擎西天一剑，昂首世界民族之林。

当然，生命能量的孕育、律动，更多地蕴含于受孕的土地，奔涌的河流，吐蕊的梨花，思变的人心……就在这朴素平凡的存在中，楼兰消逝的荒原大漠，悄然地有了一片一片感天动地的绿色风景。

一来二去18年

第一次踏上这片史诗流韵的土地，是一条有着一个美丽名字的河流——孔雀河的牵引。她引领我到了一处叫“吾瓦”的地方。它最初给我的形象定格是白花花的碱壳和工程浩大的排水渠系。那是1984年的春天。

1984年的春天，我是带着“一个生产年年丰收，经营年年盈利，百姓安居乐业的农场，团长却受批评，几乎要被拿掉”的问题和思考而来。似乎是一种夙愿，18年后的又一个春天，我竟然又是带着一连串问号和思考，沿着春水初融的孔雀河来到了吾瓦。

“花篮的花儿香”从南泥湾唱到吾瓦的英雄部队，全国农垦战线的一面红旗，1984年银行存款几千万，在乌鲁木齐繁华路段独资建立起了孔雀大厦……今天看来，孔雀大厦不再那么耀眼了，多年前，它却是鹤立鸡群。

很难相信，2002年元旦至春节期间，七八个连队的职工集中合流，3次去团机关、师机关上访。社会面这么大的集体上访在吾瓦的历史上仅这一次，而且还是兵团的“小康连队”、自治区“双奔双带”连队带头行动。这个连队，元旦过后30多人，春节前40多人徒步前往师机关上访。

从现象看，起因不复杂，职工要求返还年初“两费”自理垫支的生产资料费，而团场要求连队不能返还。大的背景是由于棉花市场降价，农业高新技术推广投入大，农场增产不增收，经济紧张。

问题的复杂在于：这些承包土地的农工，生产资料费大多是借贷的，又大多是借贷老职工的。虽然，团场规定利息不得高于6%，但私下交涉大都在

8%,高的达到了10%,连队不返还这笔费用,承包户就没法还账。而老职工的钱是半个世纪的血汗积累,那是留着养老送终的,为借、还贷,父子反目的不是一两家。

穷家难当。

好在,春节前夕事态平稳了下来。

那个“小康连队”的连长说:“我宁愿得罪团长,也不敢得罪辛辛苦苦的职工,不让,他们气急了砍我的头。”虽是一句玩笑话,却也实在。又一个被评为“文明单位”连队的连长,没在“双先”表彰会上登台领奖,更没发言。他对我说:“如果发言,我怎么给职工交代,他们辛苦一年没拿上钱。”

还有另一个结果,这些连队中的几个连长因为“不能与时俱进,倚老卖老”而离职、下岗了。老百姓说,这是付出的牺牲。

这几个连队我都走访了。还去了另外几个连队,也听了几个团领导的介绍和解释。

从那个“小康连队”往团场招待所走的路上,静寂的田野弥漫着春天的气息,那是经过了一冬的枯枝败叶混合着的地气的升腾。

“最让人担心的是生态环境,这里的土质是卤质高含盐,现在的生态条件,是半个世纪不懈改良才有的,很脆弱。如果不投入只抽取,竭泽而渔的短期行为,若大自然开始报复,后果就不堪设想。”对土地忧心忡忡的人叫李愈。18年前与吾瓦有了不解之缘的我对此有共鸣。

千古一理:人心是秤

“小康连队”的连长说:“这两年的庄稼确实长得好!感谢有个李愈。”我在走访别的连队时,就多了句话:“李愈很能干?”连长们的回答大都如“小康连队”的连长所言。“双先”表彰会上没领奖的连长很遗憾地告诉我：“听说李愈要调走了。如果是李愈在，还能有……”令我信服的是，我遇见的农工，也是众口一词：“李愈不错。”

对一个施展智慧、才能的舞台在农场的官，权威的评价来自庄稼人。你的人品，百姓心里有杆秤。你的能耐，百姓眼里也是清水一泓。你空喊了些啥，又实干了些啥，他们辨得清，记得住。

李愈，吾瓦长大的子弟，从石河子农学院毕业后，又回到家乡，一步步成长起来的副团长。

几番追寻，终于坐在了副团长李愈对面。忠厚不失英俊的貌相，让人感谢新疆这地儿的好风水！只是一双丹凤眼过于美化了，失了几分豪气。逻辑严密的谈吐，如数家珍的庄稼经，耳顺心服。

他评说，吾瓦农业已经形成了自己的区域经济格局，走势是光明的，但是要务实，农业是长效产业，不能竭泽而渔搞短期行为。2001年，市场变化棉花降价，风险团场承担了一半，职工承担了一半。如果把道理说清，职工会理解，连长们都会顾全大局的。

李愈已调任三十团团长，对吾瓦，似不想多说。说起新去的农场，已进入角色。原来，三十团所有的连队他已经跑了一圈。

“要保持政策的连贯性、稳定性，我的前任很有魄力，复耕了2万亩弃耕地。要借助国家退耕还林还草政策，重点调整大农业结构，发展奶牛养殖业，融入巴音郭楞区域经济格局，维维豆奶集团大华公司在巴州已运营发展了两年，日处理鲜奶能力达120吨，而奶源只有几十吨，我们依托“维维”这个龙头，做大基地，我们基础薄弱，只有采取两条腿走路，发展万头奶牛养殖基地，基础牛，胚胎繁殖，引进良种。融资也是两条腿，利用国有做大繁育基地——自营的，连队牵头的股份养殖基地。”

最打动我的，是他的“长子情结”。

“一个团长，就像一个家里的儿子。人要孝敬爹娘，一个连爹娘都不孝敬的人，怎么能相信他会对别人负责？团长光知道种棉花、种水稻，懂农机不行，还要知道这个大家庭的柴米油盐酱醋茶，知道如何调解家庭纠纷，解决家庭矛盾，怎样变消极因素为积极因素，家和万事兴。穷家难当，得让家尽快富起来。”

连长，连长，半个家长

已进入三十团团长角色的李愈念“致富经”时说，种植上，要把吾瓦的传统带过来，把单产搞上去。五连皮棉单产搞到了140公斤，历史上没有过。

五连，也没有一个人上访。

五连的连长，是32岁的尤益民，李愈的小师弟，也毕业于石河子农学院。

我认识这个小尤连长，是在上年的秋收时节。秋高气爽，胡杨树披着四季中最美的金黄，红色的“凯斯”、绿色的“迪尔”游弋在秋意正浓的棉田。

我是专程来见识机采棉的。埋在我心底有一个情结，在古尔班通古特沙漠西缘一处地名为“宿星滩”的农场，我有10年再教育的经历。在这里，我认识了留苏回国的棉田机械工程师林起和他的夫人张凤鸣女士，我接受再教育的农场是国家棉田机械化试点，农垦部部长王震向国家要来的专家林起就落脚在这里。林起工程师设计的采棉机年年都要在秋浓霜重的棉田走几趟，却始终处在试验阶段，与现在的“凯斯”“迪尔”比，原理上没多大区别。张凤鸣是中国第一代女拖拉机手中的佼佼者，那是她在北大荒的岁月。那时，她和被打成右派下放北大荒的女作家丁玲同宿一室。她把从丁玲那儿接受的文学启蒙又传递给我。在这地处沙漠边的10个春秋，他们的敬业精神和文化品格影响着我，我这一生中，再没有见过像他们那样，为了事业不顾孩子、不顾自己的人。10年中，他们的二女儿小燕来过一次，大燕没见过。张凤鸣看着女儿照片泪流满面的样子，至今记忆犹新。"文革"后期，一生追求终无正果的他们抱憾归京。送他们走时，我心生同情，一个人，努力了一辈子，没有结果，也就是说一个农人种了一辈子地没打下一粒粮食嘛！张凤鸣为养两只长毛兔还一遍一遍地挨批判，这是图了个啥呢？从那往后，我有好长一阵儿干啥都打不起精神。

眼望着游弋在棉田的"巡逻舰"，我在心里对林工说："机械采棉终于梦想成真，只不过这梦是外国人给咱们圆的。"

这是机采棉试采第一年。棉田调度，棉包周转，环环相扣，一个环节脱扣，就要停机。停机就意味着成本加大，效率低，就是多掏钱少拿钱。不停地有人来问问题，讨主意，不停地一一发落。蓝天白云，金黄的树叶叮当作响的胡杨树，红"凯斯"、绿"迪尔"，将军一样成竹在胸，指挥若定。我就是这样结识了尤益民。

新疆大漠挟持的绿洲，一片一片生长着、成熟着的庄稼地，实在应该对武功农学院心存感激，从这个智慧的摇篮里走出一批又一批志存高远的青年，西出阳关，把现代文明的种子播撒在天山南北。那些个年月，进疆的大学生，人生的第一步大都从连队开始，中国农业大学出来的"名门闺秀"也不例外。田间地头，从春跑到秋，技术员跑出农艺师、总农艺师，连长跑出团长、师长，青春年华跑成了满头白发。

如今，我去了3个师7个团，接受过农业科学高等教育的连长，只有李愈团长夸赞的这个小尤。上年秋天棉田地头，他留给我一幅画面，今年初春，他给了我一个连长的理性定位。

连长,是连队的最高领导,不要小瞧这个官,领导、领导,就要领而导。从计划经济大一统过渡到市场经济是必由之路,连长是领头羊,要在实践中培育职工的市场意识,告诉职工市场经济有风险。这个过渡过程,不可能没有矛盾、问题,包括上访。这是无法回避的阵痛。关键在于如何软着陆,否则,每到分配时就会出现骚动。这里有劳动者本身的问题,更多的是基层组织政策把握水平和操作水平。随着高新技术的推广和劳动者成分的改变,基层管理者的个人政治、业务素养显得越来越重要。

“两费”自理,只是农场经济改革中的一项过渡政策,农业工人的综合素养决定成效。一个成功的农场主,得有一定的经济积累,成熟的农业栽培经验,一定的市场经营意识,不是传统意义上春种秋收的农民。我们的政策一定要体现保护劳动者、创造者的利益。

千条溪流成大水

与吾瓦上访的农工兄弟想法不一样,刘喜不仅不怕自理生产资料费,他还向往更市场化也更有风险更需财力基础的土地长期固定租赁。地里种什么,该怎么种,“我说了算,我知道种啥赚钱”刘喜如是说道。

不管是皇帝还是农人,对于创造了伟大农耕文明的中华民族,都把成为“土地的主人”视作人生最高追求。世事沧桑,山不转水转,九九归一:土地的主人,对土地才有创造的激情。

刚30岁的刘喜在焉耆盆地一处海拔1150米的山脚下躬耕垄上。他是这里的“土著”了,父母亲20世纪60年代初为活命走西口投奔他三爷落户在此。这里是山石风化的沙地,土薄却无碱,无霜期短,作物生长期日照长、地温高。

一物降一物，这里的风水就一年年养育出肉厚、红得透亮的大辣椒。真是“如果上帝关上这扇门，就会打开另一扇门”。

天道酬勤。刘喜上年种了22亩辣椒，秋后装进腰包1.5万元，再加上冬闲时还忙活的小四轮，就有了年收入2万元的殷实日子。

这一年，刘喜40亩地全种了大辣椒，他看好大辣椒的市场行情。他告诉我：“种一两亩不好卖，不值。形成规模了，你不找人家，人家到时候就来了。山东的客户都成老客了。”

这些年，刘喜他们这一片的“猪大肠”——绰号不雅却很形象——名气越来越大，每年胡杨树叶黄了的季节，客户就从天山南北，从山东、河南远远近近地奔这块高地来了。

刘喜庆幸占得地利之便。早些年，不让种辣椒，不让卖自己种的东西时，这里偷偷摸摸种辣椒换个活钱的买卖也没中断过。焉耆，历史上就是丝路南道的商贸重镇。不论怎样的沧海桑田社会变迁，集市贸易香火或明或暗没中断。年头已渐远的饥荒岁月里，焉耆的大白菜、青萝卜南下北上地给多少餐桌添着些色彩饱着些肚皮，红得透亮的“猪大肠”实在是个后起之秀。

“WTO，不就是世界是个大市场，谁的便宜买谁的嘛！”刘喜对入世的认识理性而智慧。

市场经济，也还有个传统的熏陶。

刘喜的孪生哥哥刘春，50亩西红柿地里套种辣椒。附近有家西红柿酱厂，种工业西红柿比种辣椒风险小。但是，人为因素太多，成熟期，灿烂阳光下红彤彤一大片等着收摘，往工厂流水线送的一车车果实排大队，烂在地里、坏在车里全是你的。套种辣椒，东边不亮西边亮，黑了南方有北方，就是亏，也不至于血本无归。

刘喜两兄弟的栽培技术由母亲传授，刘喜说："我妈种地是一把好手。"

刘喜实在地给我介绍，王鹏比他技术好，王鹏10亩辣椒都快抵上他20亩的收入了。刘喜跑去找来了王鹏。王鹏高个儿，大眼睛，看上去很利落。1995年，而立之年的王鹏从丘陵地带、人均土地不到8分地的四川岳池县到了遥远的天山之南。除了种地，王鹏还把家乡的传统活路带了来——养猪。上年出栏100头猪。他说："农场和农村一样，不搞副业不行。都要下力，要能吃得苦。"王鹏做梦都想通过自己的劳动创造拥有一处前有院后有园的家。

王鹏的一句话，让我咀嚼了许久。"过去总是说大河无水小河干，我看是千条溪流成大水。"

刘喜他们信息灵通，善于思考，能把自己的经营目标融入焉耆县经济格局。焉耆县挖掘资源优势，给特色经济作物种植区域以政策支持，锁定了"黄——啤酒花、黄菊花、小茴香，白——工业甜菜、日本大根萝卜、板蓝根、大白菜，红——工业番茄、辣椒、红皮甘草"大农业发展蓝图。

想说"错了"不容易

有那么一种存在，看不见，也摸不着，却又实实在在真切地感到了它的无处不在。

博斯腾宾馆我有些年头不敢问津了，虽说情理中是该住到"家"里的。但这儿先前不仅仅是让人心存疑虑的卫生，也不仅仅是土头土脑莫名其妙的骄横，而是视官的大小给你的不同脸子。

这次，先是注意到了几个细节，空调的室外机，端挂在阳台的侧壁，外罩是用旧被单改做的护罩，是这块地儿该有的节俭传统和敬业精神。还有石质通道，一处处锈斑水渍清除了，同样的所在就有了别样的景致。

还有，能感觉到却难以置信的祥和可人。

一种氛围？一种情绪？

是一种以民心为底蕴的社会情绪，老百姓说的“精气神儿”。

在这史诗流韵的土地，春天的气息里升腾着向上的精气神儿。

记起了刘喜告诉我：“师里的一个大官认错了，承认焉耆种棉花种错了。当初，他要问问我们，就错不了亏不下了。”后来才知道，这个大官在许多场合就这件事检讨过自己的决策失误，以至团长、连长都耳熟能详了。

离开库尔勒前夕，我向这个大官提起了这件事。

他说：“是我的失误，没有尊重自然规律。这个失误是完全可以避免的，请教请教老同志就不可能犯这个错。还是急功近利了，我一个错，就给老百姓造成了大损失。”

人非圣贤，孰能无过？知错明耻，是领导者的人格魅力中老百姓最看重的品德。

听听老百姓的心声，只有从这儿开始把脉问诊，才不会出大错。

一纸合同没有，价值三四百万人民币的香梨就拉走了，几年过去了，货款分文不见，没人催没人问，农场职工汗珠子摔八瓣挣的血汗钱活该打个水漂?!合同不签订，预付定金没有，私人老板也不干。

问题严重的是，不仅仅是这一个团。家大业大的，贫穷落后的，都阔少一样在外边扔着数目不小的钱，敢情不是自己挣的。

而早该给职工兑现的血汗钱却久拖不给。

湖光糖厂自己生产的编织袋8角钱一条，不要。非要舍近求远地以1.4元一条的高价和个体老板打交道。虽说是司马昭之心路人皆知，却还是一次30万条年年进，谁也奈何不了！

在这一多一少的差价中，有多少集体钱财落进了个人的腰包，不难算。一年一年不催不要的香梨款、棉花款、稻米款中，一年一年拖欠不给的职工兑现款里，又得了多少便宜，侵吞了多少农工血汗，也不难算，就看你算不算。

算，就要触及牵一发而动全身的利益格局，这都与一个个车有车路、马有马道甚或手眼通天的具体生动的人息息相关。盘根错节、尾大不掉的人际圈，微妙复杂，稍不慎就进去出不来。

但是，纵容了邪，就是打击正，护了短就屈了长。近了1个小人，就远了10个君子。与面朝黄土背朝天的上万口子农场职工比，孰轻孰重，这账也不难算。不仅仅是十几个亿的经济账，这支经济基础很好的老部队，凝聚力的堤坝不能松动，诚信为本的民心不可动摇。

名曰“清欠”的大举措出台了：哪一任班子欠的债务哪一任班子还清，‘清欠’期间停职检查。

这是一场经济战役，更是一项民心工程。新世纪第一年，全师追回了2.77亿元人民币，民心大快，充满生机的社会情绪滋生扩展，水畅流急的工作局面渐次形成。团级班子压缩领导职数近三分之一，还起用了80多名新人。一位从团长岗位调任另一个团副职的领导对我说：“尽管我遭贬降职，我还是服气。服他的大手笔，大气度。”

“世上的事，复杂到底了就是简单，认准了两条：心底无私天地宽，总把新桃换旧符。”

“刘喜”们眼里的这个大官，对市场经济的辩证思维，表述得很有文采：

“强者为尊，市场经济的法则。如何尽快地发展壮大兵团，致富职工群众：老百姓说，山不转水转。水从山的这一边流到那一边，峰便变成了岭，这就是横看成岭侧成峰。市场经济条件下，思考问题拍板决策，要多些逆向思维、多向思维。‘天地变化，草木蕃。’市场经济就像一年四季春夏秋冬，变是永恒的，有变化，才有花开花谢。中国入世成功，兵团农业、产业结构面对世界市场挑战。拿棉花来说，国内棉价高于国际20%，这是棉花增产不增收的主要原因。这残酷的现实迫使棉花生产从主产区向高产区发展，低产区要坚决退出。过去那种一套路子走到底的办法再也行不通了。兵团最大的优势是有规模经营的基础，可是该发挥这个优势的时候又往往显得那么力不从心。农二师马鹿产品质量市场公认，却因为团场各自为政小而散，被聪明的客户自上游开始各个击破。我们大都是守株待兔，兔子不来，不就饿死了？

“人的全部尊严都在于思想。人脆弱如苇草，乃是思想使其显示高贵、尊严和伟大。”

最是动人长子情

“刘喜”们眼里的这个大官，也向我袒露着他的长子情结。焉耆种棉花决策失误，有人劝他不要硬把责任往自己身上揽，他不这样认为。他说：“如果积极工作的结果是这样，那还不如什么也别干。看着农工辛苦一年歉收亏本，能睡踏实？都是农场长大的，团长、师长，就是农场父老乡亲的大儿子，看着自己的亲人因为自己的失误受苦受穷，能不心痛？他们要求的不多，就是盼着你能领着他们早一天富起来过好日子，你做得不好，给你一耳光骂你几句，你得听，得忍辱负重地听。”

听。听落生阿尔泰山脚，长大在克兰河边，从北到南来到天山脚下的农二师最高行政长官的家常话。听得心动情涌。种辣椒奔小康的刘喜，一手绝活是“妈教的，妈老了，该我们出力了”。尤益民的连队，2000年151个干活出力的兄弟年终每人拿到了11000元现钱，尤益民收入15000元。2001年，虽然因棉花市场行情不好,年终每个劳力发了7000元,但加上平时补贴,也有万把块的收入,尤益民却只有9600元的收入。他领头的连队班子,没有领取完成团场考核硬指标“棉花亩产140公斤”该拿的10000元奖金。对团长李愈,农场职工众口一词,“穷家难当也得撑起门户,致富群众”。

这,就是兵团第二代的长子情结。

把一个农场和“长子”这个词联在一起,我是1996年在宿星滩农场第一次听到。那是8月里一个露珠晶莹的早晨,刚收了麦子的农田敞亮坦荡,一片片的玉米和棉花,悄然地完成着生命的最后孕育。听祖籍山东在农场长大的团长说:“柴米油盐,一天天的日子得打发,明天的打算你得琢磨,得让父母过舒心了,得领着兄弟姐妹长出息……”

后来,在盛开草原菊的巴依木扎,我又一次感悟着这长子情结。父母从美丽的山东半岛来到祖国西北边疆的大山深处戍边守土,儿子张挺军就出生在冬雪厚厚、夏草长长的巴依木扎。儿子长大了,成了一六五团场的团长,就不仅仅是父母的儿子了,也成了这个团场的长子。一家上市公司费尽心机想要挖走沉稳干练的张团长,恋着巴依木扎盛开的黄菊花样淳厚的父老乡亲,恋着长大的老家,他把机会放弃了。

一个人,落生何处,自己是无法选择的。能选择的,是怎样回报血乳养大了自己的土地。

“长子”,包含有怎样的亲情和责任!

听说北疆又飘落了一场水融融的春雪时,我正在焉耆刘喜的地头,刘喜他们已在准备整地播种了。刘喜对我说:“辣子苗破土后,只要跟上两遍水,月亮地里你都能听见苗秧子往上蹿的声音!”回望孔雀河两岸梨花含苞的田园,生命的律动悦目赏心,那是能量的孕育和萌发。印第安人在春天有卸下马蹄铁的习俗，他们相信春天是大地怀孕的季节，不能让马的铁蹄踩踏大地，动了大地的胎气。

大地，盼着春天下种，秋日收获。

春华秋实

日月如梭。走过春天，穿过夏天，又一个秋天就来到了我们面前。刘喜的40亩辣椒，年初雨水多、低温，苗期生长受了屈，单产只有150公斤出头，虽是减产了，算下来也有万把块钱的收入。

王鹏的20亩辣椒，单产高于刘喜，再加上辣椒的质量好过刘喜，卖的价钱好，赶上了刘喜40亩的收入。王鹏还种了20亩制种玉米，又出栏了百头肥猪，就有了年收入3万元以上的小康水平。

吾瓦五连的连长尤益民，因为有经营头脑，善管理，识大体，顾惜百姓，被破格选拔升任二十一团副团长。

李愈去吾瓦西边的三十团一年了，投资2000万元的良种奶牛繁育基地，已引进荷斯坦良种奶牛200多头，采用先进的欧式散栏式饲养模式，引进世界一流水平的挤奶设备，实现了当年立项，当年建设，当年见效的目标。由于实行股份合作经营机制，鼓励职工参股，“公司+基地+农户”的良性发展模式已现雏形。这一年里，三十团新种植了5500亩果园，还采用滴灌节水技术，种植生态经济林近5000亩。2002年，三十团完成国内生产总值10115万元，职均收入8376元，荣获经济建设和社会发展争先创优先进团场第一名。自然，这一年里三十团无一例上访，百姓安居乐业奔小康。

说来也是巧，又一次离开富饶的巴音郭楞这一天，正值惊蛰，却又是飘飘洒洒一场水融融的春雪，且是百年不遇足足有20厘米厚的大雪。

瑞雪兆丰年。

追梦“白银王国”

2006年8月20日，郑州直达乌鲁木齐的专列一到站，杨玲就从行李架上取下一个不大的行李卷儿，跳下车，出了站，直奔一溜儿开往石河子农场的大客车。她身后跟着一溜儿大闺女小媳妇，叽叽喳喳满口河南腔。

这几年一入8月，乌铁局乌鲁木齐站就人潮滚滚。东来的列车趟趟满员——都是乘专列来新疆拾棉花的“淘金客”。

上一年，豫东平原商丘闫集乡刘庄村的小媳妇杨玲，坐了两天三夜火车，又坐了半天汽车来到天山北麓的下野地。面对着下野地的棉花地她惊呆了：“新疆的棉花地那个大呀，白花花望不见个边儿，海了！”

2005年11月头儿，杨玲揣着4000多元人民币，回到了刘庄村，脸蛋被西部的太阳涂红了。于是，刘庄村西行“淘金”的娘子军拉起了队伍。

“杨玲”们你推我我推你挤涌进大客车时，列车上下来的人潮也七股八岔地往天山南北奔。乌铁局乌鲁木齐站的这一幕，已是秋天里新疆独有的风景。新华社记者记录了这充满动感的一幕幕——

眼下距离新疆棉花采摘期还有半个月左右的时间，但各省市的采棉大军已开始乘专列涌入新疆，比往年提早掀起采棉“淘金”的浪潮。

今年首批14万名来自甘肃、河南的拾花农民工已于8月16日开始陆续乘坐专列抵达新疆，从现在开始到9月15日，每天都将有1～4列专列到达新疆。四川、重庆、安徽、山东等省市的拾花农民工将在9月初乘专列陆续抵达。去年100万疆外拾花工在短短两个月内就“拾”走至少16亿元。

——新华社乌鲁木齐2006年8月17日电

8月17日至9月5日，重庆、四川两省市旱灾地区将有11万余名农民陆续乘坐“棉农专列”奔赴新疆，成都铁路局将陆续开赴新疆“棉农专列”34趟，其中重庆17趟、万州9趟、成都8趟。

——新华社重庆2006年8月18日电

篝火并不遥远

在天山南北辽阔的绿洲，有多少与棉花缠着团儿绕着疙瘩的话题和故事？

三四十年前的事了，谢高忠说起来就像是昨儿夜里才发生的。1955年春，兵团农二师副师长谢高忠率队踏勘塔里木，夜宿乌鲁克荒原。篝火冲散了南疆春夜的寒气，如水的月光下，谢高忠问战士们：“你们谁知道，苏联的乌兹别克又叫什么？”话音刚落，武功农学院参军入伍的邓彬就接上了：“白银王国。”

“对了！”谢高忠挥动手臂，“这是老师长张仲瀚告诉我的，说乌兹别克是苏联的棉花种植基地，号称苏联的‘白银王国’。我们的塔里木盆地和乌兹别克在同一纬度上，无霜期长，太阳照的时间长，地大土肥，又有水。我们就要在塔里木建中国的‘白银王国’！”当年南泥湾大生产的劳动模范豪气依旧。

就在天山南麓的塔里木憧憬“白银王国”的美景时，天山北坡已经在玛纳斯河流域两万亩新垦地上收获着平均亩产200公斤的籽棉，创造了当年棉花单产全国纪录。

世界植棉史上，有“北纬44°以北不种棉”的定论。这是因为，棉花的生长期在156天以上，北纬44°以北地区的无霜期一般只有146～156天。天山北坡的玛纳斯河流域正处于这一纬度带。

跟随左宗棠西征“赶大营”到了天山北坡，落户玛纳斯的天津杨柳青商客的后裔，在玛纳斯河边住了几辈子了，没有成垄论亩地种过棉花。老乡们告诉军人，河南的棉花他们种过，山东的棉花也种过，棉花桃子还青着呢，霜就白了。后来，房前屋后点上几棵，剥点桃子花，捻个灯芯芯，絮个棉袄棉裤。

战士们不死心。将军们不死心。这么好的阳光，这么好的地，咋能不长棉花？于是，玛纳斯河拐出的一方冲积扇上，那一小拐的棉花开花了！老司令员陶峙岳将军风尘仆仆地赶到小拐，直奔棉田。他拨开棉叶，一株棉花竟结了12个棉桃。这一年，战士们在一亩地上收了215公斤籽棉。

石河子一块菜地也似乎让人受到鼓舞：两亩地的棉花齐刷刷一米多高，每一株都结几十个棉桃，最多的一株结了100多个桃子。但吐絮的却不多，秋收时一亩只收了20来斤皮棉。张仲瀚将军去地里看了后明白了：这块菜地原来是个老羊圈，土壤太肥，棉株疯长棉桃开不了花。

于是，王震将军请来了苏联植棉专家迪托夫。迪托夫实地调研后有了结论：玛纳斯河流域虽然地处北纬44°，但日照时间却高于同纬度地区。5月到9月，棉花生长发育期积温较高，加之毗邻古尔班通古特沙漠，昼夜温差大，有利于棉花积聚养分。如果选用早熟品种，技术措施到位，不仅可以成熟，还能高产。

有了迪托夫保证技术措施，王震将军负责组织领导，陶峙岳、陶晋初将军保证物资供应，张仲瀚将军组织生产，形成多方各司其职的“植棉合同”。

于是，就有了玛纳斯河流域两万亩棉花亩产籽棉200公斤的纪录，有了划时代意义——脱下军装的军人要在天山北坡创建中国的“白银王国”。

一梦50年啊！

当着农业部专家的面，看上去很不起眼的李森合泪流满面：经过专家们测定，她种的71亩棉花亩产籽棉660公斤，成为2006年度全国植棉状元。喜极而泣的泪水，有春种秋收的期盼和喜悦，有一年耕耘的辛劳，有说不尽道不完的感激。李森合感谢膜下滴灌，感谢精量播种，感谢测土配方施肥，这些富农新技术让她受益。李森合还感谢机械采收棉花："呼啦啦走一圈，顶几百人忙一天呀！"

李森合所在的农八师一四九团十九连的8700亩棉花，平均亩产籽棉400多公斤。

真是今非昔比啊！真是上苍的恩赐啊！

和人一样，棉花也在寻找适宜自己生长繁衍的家园。而疆域辽阔的新疆具备了成就中国"白银王国"的土地光热资本。

万小格灿烂的笑脸

从家里到棉花地，万小格喜欢走路。晨雾里，林带两边的棉花地静得只有鸟叫。听着鸟叫，呼吸着新鲜空气，盘算着收棉花，清地、秋灌……孩子开学交费，买"小四轮"，钱一点一点攒到她手里，又10元100元地花出去，一家人的日子就这么一天天地在她手心里打发着。她忙碌却快乐着。眼看着一仓斗一仓斗的棉花从采棉机上卸到拖拉机的车斗里，这时的她最快乐，棉花拉到加工厂就兑成了让人心里踏实让日子好过的人民币。

第一缕阳光越过地边高高的白杨树，很快就万箭齐发，射散了雾气。棉朵上的露水珠渐渐飞走了，万小格沉浸在早晨的清风里，一边听着风儿翻动树叶发出的叮当声，一边等着"金色小鹿"的到来。

往年，万小格可没这么轻松。每到收棉花的日子，她又喜又愁，喜是有了收成，有了收成就有了孩子的学费与一家人的生活费，愁是一朵一朵的棉花咋样收回来。

农场女职工要比男职工辛苦，一年一季拾棉花，面朝黄土背朝天，一天10来个小时，一只手往嘴里送馒头，一只手还穿梭在棉棵子里。腰痛得直不起来也弯不下去，就蹲着拾，跪着拾，“三八红旗手”“女劳模”，十有八九是从棉花地里苦出来的。

兵团农场的第二代，是伴着一年一季的棉花长大的。秋季开学就要拾棉花，一直拾到大雪落地才回到教室开课，从小学一年级入校门，直到离开农场。童年记忆中那棉花地大啊，大得走不到头，望不见边。

20世纪80年代末90年代初，每当霜重秋浓时，成千上万河南、山东、甘肃等省份的“棉客”，就像候鸟一样奔向天山南北。他们顶着满天星星弯下腰，直到星星满天才直起酸痛的腰。“那可真苦！”杨玲在下野地的棉花地里苦了3个月，揣着4000多元人民币也拖着一身疲惫回到商丘老家，给小姐妹们显摆时，也实话相告：“这钱挣得可苦！”

儿时伙伴李莉，从美国带给我一件漂亮的短袖T恤。“别是中国造的吧？”“还真叫你说着了。”李莉眨动着漂亮的大眼睛，翻开商标，“Made in China”。

“说不定用的是咱莫索湾的棉花呢！”

不过10年，美国对中国出口美国的纺织品提出反倾销诉求，中美纺织品马拉松式的较量开始了。从夏到冬，七轮博弈，尘埃落定：从2006年1月到2008年，美国对从中国进口的棉制裤子等21类产品实施数量管理，2006年的基数按2005年实际进口量确定，2007年和2008年均以上一年度协议量为准。

现实是：人类消费观念回归自然，“天然纯棉”纺织品消费持续增长，中国的棉纺织品物美价廉，受到包括美国在内的国际市场欢迎。

历史上，美国南部棉花种植推动了铁路向南延伸，促进了美国西部开发，甚至促进了英国的迅速崛起。瓦特改进蒸汽机推动了英国工业革命，但是纺织业需求的棉花却产自美国南部的奴隶种植园。

咱中国也有了让你老美担心害怕的？以往，咱中国的工业产品，有哪个被别人围追堵截？虽说咱还是以量打拼的劳动密集型产业。

些许欣慰，更多的却是疆者图强的思考：

中国棉花产量占世界总产量比重不低，又是纺织用棉大国，对国际棉市理应拥有一定的左右能力。价格涨跌多少也要看看中国的脸色。其实不然，中国无力平衡棉花价格的大起大落。2003年，国内市场棉花大战，皮棉收购价涨到一吨17500~18000元人民币，被业内惊呼为“百年不遇的黄金年”。2004年，价格暴跌，下半年比上半年每吨低了5000元！2006年国内棉花大丰收，棉农却笑不起来，收购价每吨只有12000元。美国是中国纺织品出口的主要市场，也是棉花进口的主要市场。美国的脸色，国际棉市不能不看。

加入WTO，就意味着投身国际市场的大海，尽享鼓满风帆的快感时，也要承受大海瞬息万变的风险，水大鱼要大，风大船要大。加入世贸组织后，中国棉花遭受的冲击最大。究其原因，最根本的就是我国棉花生产规模小，生产力低下。中国数以亿计的棉农人均种植面积不足一亩，而美国家庭农场的生产规模平均3000亩，澳大利亚更是超过了15000亩。中国棉花生产的小农经济状态导致的直接后果就是生产成本居高难下，没有市场竞争力，棉农更没有经济实力吸纳新技术。而中国快速发展的纺织工业对棉花的需求却逐年增高。

在这个背景下，新疆“十一五”优质棉基地建设项目全面启动，这是全国唯一一项作为单一农作物连续三个五年得到国家大规模投入资金支持的农业项目。这标志着新疆棉花生产在保证国家棉花安全中的战略地位。在这个背景下，占有中国棉花总产量18%，中国棉花出口量50%，单产连续10数年位居全国之首的新疆兵团，棉花生产的规模化、集约化水平，尤其是以机械采收为标志的机械化生产水平，已经成为中国棉花产业可持续发展的佐证和希望。

在这个背景下，实施机械采收已经两年的万小格，是中国现代农业生产的先行者。“迪尔”采棉机按合同约定如期开到了她的棉田。一望见那可爱的“金色小鹿”，万小格一脸的灿烂。

“金色小鹿”来到天山脚下

采棉机卸下最后一仓斗棉花，西坠的太阳已经落在地头的杨树后面了。万小格两只手举着两半刚剖开的西瓜，迎向从采棉机上跳下来的小伙子：“快解解渴。”

“今年350挡不住。”

“春上遭了冰雹，重播的，青桃子太多，”万小格摇着头说，“我看弄不到350。去年花开得多好！机子走到条田中间就得卸花，那才400多点。今年走到头车斗还不冒尖呢！”万小格的80亩地，上年收了33吨棉花。

1997年，万小格开始种这80亩地。那年她20岁出头，从豫东投奔大姐，成了家，落了户。地种得熟了，她也成了两个孩子的娘。在这一片，她是最早用机采棉的农户。“80亩地，人工拾，一人一天拾100公斤，40个人也要拾八九天。现在一台采棉机，等露水散散，11点下地，下午5点就收完了。”万小格说，“今年开春遭冰雹打，入秋又遇上低温，花开得不好，一亩能收300公斤就谢天谢地了。”

万小格满意采棉机组的工作：“今年比去年采得还要干净，采得净点，补了冰雹的祸害。”去年，她的棉花也是他们收的。有了来往，就有了照应，一天三顿饭费了心思，想做得好吃有味道。不只是求着人家了，也顾惜几个年轻人的身体。紧着做好饭，万小格就赶着往棉花地走，拾拾地头渠边的落地花，一春一夏，一株一枝都是她的汗水，她的辛苦，满地白花要一朵不落地收回家啊！

在新疆棉区，越来越多的种棉人像万小格一样，接受并喜欢上了机械采收。

“因为棉花实现了机械采收，我们团才起死回生。”一三二团机务科长王玉林热衷机械采收。一三二团地处天山北坡冲积扇的下野地，东邻莫索湾，隔奎屯河西望车排子，与古尔班通古特沙漠南缘接壤，光热、水土资源得天独厚，土地面积大。但一三二团却连年亏损，亏在不种棉花。不是不想种，是不敢种。种，好种，有拖拉机。收呢？没有人咋收回来？原本就是地多人少，越亏职工流失得越多。“师领导下来调研后表态说，师里支持你们搞机采棉。”结果，银力集团以棉花补偿作为条件，投资3000多万，引进机械设备，2004年播了6万亩棉花，当年扭亏为盈。

风轻云淡，长天如练。远望棉田边的白杨林就像白色海面上扯起的风帆，绿色的“迪尔”像一叶叶扁舟游弋棉海……

及近，红衣蓝裤陆战靴。红衣工装鹅黄线绣的“新建农业工程”标志，别致又醒目，与“金色小鹿”很般配。

在这一幅画面里，见到了新建现代农业工程开发有限公司董事长刘长江——气宇轩昂，挺拔俊朗，是那一瞬间留给我的印象。笔记本电脑工作着。GPS——全球卫星定位系统——的“千里眼”“顺风耳”，只要有中国移动信号，他的方阵就一目了然：每一台机车的地理坐标、运行轨迹、作业面积，甚至是特定时段的工作状态……那神态，俨然是决胜千里的将军。

革命前辈在“自力更生，勤俭建国”的鼓舞下走出了四面围困的艰难岁月。

但是，在一个不算短的历史时期，我们意识里的“自力更生”，却多少等同于闭关封门，更何况我们的小农经济意识本来就根深蒂固，结果，借鉴人类文明发展自己的路被阻塞了。

就说采棉机吧，早在1952年，王震将军就从苏联引进了37台单行采棉机。没想到引进的采棉机在兵团却推不开。王震指令刚从苏联留学归国的棉田机械工程师林起赴新疆实地调研。结果是机采棉在新疆，尤其是在规模化生产的兵团比较有发展前途，关键是棉花栽培、后期清花设备和工艺要配套。王震听了汇报，明确指示：“既然有前途，就要一步步做起来。”当场拍板从苏联再引进14台双行采棉机。

50年过去了，为了更好地推动新疆棉花产业发展，国家出台一系列支持新疆棉花产业发展的重大举措，采收效率低成为棉花产业发展的瓶颈。

时代呼唤规范、科学、专业、高水准的农业机械服务。

市场呼唤资源合理配置，资本多元组合，集约化规模化经营。

顺天时，得地利，有钱出钱，有力出力。植棉农场、棉花加工企业、农业机械服务公司，按公司法组建的股份制企业——“新疆新建现代农业工程开发有限公司”（简称“新建农业”）应运而生。

新棉采收的这一天，澳大利亚范德菲尔德农业机械设备公司研究员莎拉·沃比女士和昆士兰大学的学生，不远万里来新疆调研机采棉市场：拾花工西涌新疆的信息给了人家市场预报，人家来摸中国机采棉市场底牌，意在推销他们的二手采棉机。

经澳大利亚驻华使馆商务处联系，客人坐在了中国最大的机采棉企业新建农业的会客厅。客人打问新建农业经营规模。长江笑答：“目前拥有106台采棉机，有102台是5行机，二期目标300台。”接着，他笑问：“贵国采棉机是4行机吧?”

最终,客人没有亮底牌。

新建农业从大洋彼岸牵来了100头“金色小鹿”。

约翰·迪尔1837年创建了迪尔公司,经过170年经营,铁匠铺起家的迪尔公司已经是世界农业设备生产巨头。迪尔进驻中国已有30个春秋。英文“Deer”的意思是“鹿”,约翰·迪尔以自己的姓氏“Deere”命名公司,以飞奔的金色小鹿为企业徽标,表达祈望,寄寓志向。

2005年,新建农业机采棉28万亩。一台采棉机一天采收150亩左右,是500名拾花工的采收量,那还得是快手,一天三顿吃在地头。按采收棉区平均值计,一公斤采收费3毛3分,同一棉区人工采收费一块。农户因机采增收6000多万元。

“能净落3万多。”满满一仓斗棉花卸进运棉车中,棉田的主人才顾上和我搭话。2005年百年不遇的好收成,牛明雷75亩棉花收了27.5吨籽棉。阳光里,肤色像涂了一层油彩的小伙子说:“机采棉,单产越高,成本越低,机采一亩115元,如果人工收,每公斤9毛6分还接不上人,占棉花生产成本的三分之一了。今年要是人工拾,我落不下这么多。种棉花苦啊!拿不上钱谁还干?当然要机采,这账谁心里不明白啊!”

相比万小格、牛明雷,王军丽是老资格的军垦第二代。三年困难时期,她父亲自流新疆。说是“自流”,错了。能吃饱肚子谁还瞎跑?走新疆讨个活口。甘肃的父亲、四川的母亲前后到了准噶尔盆地南缘这片地名为莫索湾、番号为兵团一四九团的地界,不走了。王军丽和她的弟弟妹妹像棉籽落地一样生长开来。

在这里长大,又在这里开始自己的生活。王军丽种了61亩棉花。这块地用水、用肥、用汗珠喂养了10多年，往地里瞅一眼，就知道该喂水还是喂肥，就知道是啥虫祸害了棉苗。与父母不同，王军丽更智慧地喂养赖以生存的土地，早已不是父亲“海军陆战队”那时，扛着大铁锹挖渠开口放水灌，王军丽最早用了膜下滴灌，出苗率高，苗出得齐整，不淹不旱。10多年啊！喂出了感情，喂得土地知冷知热。

王军丽种植机采棉也最早。“人工拾，要拾3遍，一人一秤地过，一角一分算钱，一天三顿送饭送水，自己还得拾花。啥最累？与人缠磨最累。累怕了，也烦怕了，再算算，2004年管吃管住每公斤9毛5还接不上拾花工，2005年就一块钱了！用机采，咬咬牙下了决心。”结果，2005年王军丽从61亩棉花地里拿到了21000元人民币。汗没白流，苦没白受呀！2006年一开春，早早签了机采合同。

当然，和万小格一个心思，机组小伙子们的一日三餐，王军丽是讲究的，顿顿变着样儿，也是想着小伙子们能上点心，收得干净点。她心里清楚，机器是人掌握的，想着干好，那就能干好。王军丽还清楚，采净率还与栽培模式、棉花品种有关。签订了机采合同，那就一定要按照机采棉的栽培模式管理棉花。收了棉，也闲不下。父母亲那阵的年月，冬天拉沙改土。一爬犁一架子车把沙土拉到地里，黄澄澄的沙土掺到红黏土里，种麦子长棉花的土地就上下通气不板结，一年年变得柔顺了。现在不拉沙改土了，一座一座沙包早拉成庄稼地了。王军丽冬天学习，种机采棉逼着她学选种，学怎样控制棉株生长高度，怎样控制花期……逼着她学呀学。几个一起玩大的姐妹结伴去海南岛浪一圈的心思，她压了一年又一年，没时间让它冒头。

棉花地边，认识了王军丽和万小格说的“棉客”——潘从武、魏新善。他们的作业水平引起了我的注意，采棉机行走得牛鼻子样端端直，走过去，铺连的白色不见了,土地露出了收获的敞亮。

机长潘从武从新建农业16号采棉机走下来后,绝对没有了他驾驭着“金鹿”游弋棉海的那种英武了。红衣蓝裤工装罩在他身上显得空空荡荡的,只有脸上那双卧蚕眉和眼神让你联想他骑跨“金鹿”时的神气。

“她们把我们叫‘棉客’。老家不是有‘麦客’吗?提上一把镰刀,跟着麦子地走,熟一片割一片。我们就是个‘棉客’嘛,棉花白了我们就来了,年年来。”喝玛纳斯河水长大的潘从武23岁那年从新湖农场投靠新建农业,干了4年了。“我们也是个种田的出身,爹妈种了一辈子地,种田人顾惜种田人,你把棉花地看成自己的,啥都好办了。再先进的机械也是人操作,机采头勤清洗,看着棉花高矮疏密,及时调整机器,收得就干净些。地里不净,心里也不净。”

“车子一动,从武就让我问农户,采得行不行,不满意了我们再调整。”比潘从武大3岁的魏新善服气自己的机长。小魏也是农场第二代。

是啊,潘从武、魏新善的技术水平,他们与土地的感情,关系着采棉机的采净率。今年,潘从武时不时就处在矛盾的拉扯中:新建农业实施信息化管理,每一台采棉机都装了GPS,机采头一落下,分毫不差的采收计量程序就启动了,所有数据同步传输到指挥中心。但是现实条件下,土地再规整,也不可能准确到1+1=2,棉农要求按土地承包证上的面积计费。潘从武效忠新建农业,也要诚信服务于以种棉花为生的父老乡亲,常常处于利益诉求的拉扯中,左右为难。他常和同伴们探讨,如果机器的准确和人的良心,能像采棉机的曲轴和连杆一样,有个注入润滑油的配合间隙,那就好了。只不过,人和人之间的“润滑油”是信任和感情。

2007年春节过后,我去了新建农业位于乌鲁木齐的总部。静观静听。员工冬季培训正在进行,除了技术层面的内容,员工人手一册在读《你在为谁工作》。机械工业出版社2005年9月出版的这本书，刘长江将其列为2007年员工必读书。上“必须读”的书目，大多属于文化层面。

一支时代气息扑面的队伍。

团长心里几本账

王军丽、牛明雷所在的一四九团，一步为先钟情机采棉，与这个团的当家人学的专业有直接关联。

一四九团种了12万亩棉花，掌管这份家业的人叫张启全，农场味很浓的“第二代”。鼻梁上那副颇秀气的眼镜告诉我，他这个年龄的农场子弟大致的履历。果然，恢复高考的1977年，张启全考入石河子农业机械化学校，而后又完成了八一农学院农业机械专业四年制本科教育。

真是角色使然，没说上几句，张启全就一笔笔算起了账：“也是被逼出来的，20世纪90年代中后期开始接季节拾花工，每年都要接1万到1.5万人。给季节拾花工建房，每个连队都是上千平方米，全团5万多平方米，你算算这成本！水、电、医药费这些隐性支出年年都是200多万元。近些年，劳务费用年年涨，去年每公斤1块钱，加上隐性支出成本最低也得1块1毛钱。支付拾花工工资4000多万元呀！生产成本居高不下。机采棉就便宜多了，去年平均每公斤3毛3，加上隐性支出4毛钱打住了。”

“机采棉不只是解决了拾花劳力和生产成本的问题，它解放了人，拾过棉花的都知道，那是软绵绵的强劳动，机采棉把人从繁重的劳动中解放出来了。这就是以人为本。”搞机采棉难，从技术层面说，不亚于一次农业革命。机械采收是从选育适采品种开始，规范栽培模式，后期加工配套一条龙的系统工程。机采对棉花品种的衣分、纤维强度、抗病抗旱性能要求更高，甚至对株型也有要求:株高65~85厘米,第一果枝在15厘米以上。成熟期集中,一夜东风百花开。棉桃口松紧适中,松了,一吐絮落花满地白;紧了,采棉机不好采。中国对机采棉品种的要求更苛刻,美国、埃及,世界产棉大国追求规模效益,我们追求单产。美国种植密度为每亩8000株,单产200公斤左右。我们的种植密度为每亩15000~16000株,一四九团亩产440公斤以上的有4万亩,亩产500公斤以上的有2000多亩。但是采棉机和人一样,有极限,也有最佳工作状态,就像高速路上汽车每小时跑110公里左右省油又安全。适栽品种选育难度大,最好的采棉机是美国制造,人家不会为了我们的种植模式改变机械设计。只有我们的品种栽培模式能够适应成熟定型的采收机械。搞机采棉,推行了节水滴灌,只有滴灌能满足采棉机无埂无渠的工作要求。

"我们团的机采同样经历了从抵触、逐渐接受到离不开。这世上最牢固的是啥? 搬不走的庄稼地。农业革命,哪怕是小小的一步,都有一个观念渐变的过程。这个过程的微妙、复杂,比新品种的培育,新技术的研发艰难得多,因为这涉足利益甚至情感领域。现在的农场职工是生产者,也是经营者,已经不是听连长吹哨出工的简单劳动力,他不听你说,只看你做。你要让职工流了汗有收获。"

张启全告诉我,万小格、王军丽一开始也是又嚷又叫,辛苦了一年呀,几辈子都是人一朵一朵往下摘,这么大个机器咋就能像人的手一样摘下棉花? 糟践了你赔不赔?

"其实我心里有本账,她们赔不了。"张启全说。

2006年9月到11月,去莫索湾、下野地、车排子、夏孙盖垦区的"白银王国",一路走下去,有一些喜少忧多。对机采棉"两头热中间冷",利益驱动下的农场"土政策"制约着机采棉推广,兵团、师和植棉农户种植机采棉,要求机采的热情一年比一年高。而团场和相关部门对机采却有些实用主义:拾花劳力不足的时候,要求机采;拾花民工来得多了,就不顾合同约定,减少机采面积。小农经济意识认为机械采收带来的实惠成本落在了种植户手里,团场并没有获得直接利益,还有些蝇头小利也得不到了。比如:每年借到疆外接拾花工之名,多少也方便了游山玩水;招收拾花工多,还可以提成奖励。机采,杜绝了这些渠道。

2006年,大部分团场更以各种不同名目的理由对棉花种植户出台调高机采收费标准的"政策":一三三团机采收费标准提高到0.85元/公斤,另外还要扣除25%的水杂率——这意味着棉花种植户每收4公斤籽棉,就要被剥夺1公斤。这不仅制约机采推广,更伤害棉花种植户的积极性。

就在各团场出台"土政策"时,兵团司令员华士飞在兵团党委会议上,就减轻团场职工负担工作强调"还田于民,还利于民"。他说:"我们必须在减负工作上提出新的思路,有新的突破。"

张启全干预不了兄弟团场,但是对一四九团辖区的12万亩土地,他有绝对的主导权:新建农机每亩125元的采收费直接对植棉户,16%的水杂率由团场承担,不能把新技术推广费用转嫁给农户。

现在清楚了,万小格、王军丽等植棉户为什么总是一脸灿烂。

WTO的月亮照着你也照着我

2007年6月22日,新华社发的一则标题为《美国企业首次从我国召回"问题农机"》的通稿,各地媒体纷纷刊载。

通稿导语:迫于我方压力,自6月10日开始,美国迪尔公司开始从新疆陆续召回67台存有质量隐患的大型采棉机。这是外国企业首次从中国召回"问题农机”。

新华社电讯稿:在目前我国还没有农业机械召回制度的背景下,这一进口农机召回第一案具有重大意义,国内企业可从中吸取经验教训。

详情要从2006年5月22日新建农业收到迪尔公司一份文件说起。这份产品改造计划称:新建农业购买的100台9970采棉机中,有32台存在“必须改进”的工艺和设计缺陷,有可能造成发动机曲轴断裂,扭剪失效,需要更换曲轴。

按照国际惯例,有三分之一的产品出现质量问题,迪尔公司必须召回全部采棉机。但是迪尔公司拒绝了新建农业的要求,承诺其余的68台9970采棉机不存在此类质量隐患。

仅仅在5个月后,疑虑和担忧不幸成为事实。2006年10月20日,正在新湖农场作业的81号采棉机,突然发出一声不合拍的骤响,随即趴窝不动了:曲轴断裂,发动机扭剪失效。这台看上去那么美丽却先天有疾的“小鹿”是没有上黑名单的68台中的一台。

在事实面前,迪尔公司本应无条件履行由自己国家倡导的召回制度,遗憾的是,这家世界知名企业在中国的代理商竟然不理智到要求自己服务的上帝——新建农业服从他的解释。

新建农业经过持久不懈的交涉,2007年1月12日终于收到迪尔公司“剩余67台采棉机保修期延长至2007年11月30日”的一纸敷衍。

与此同时,迪尔公司仍然在中国东北地区、新疆地区继续销售安装同型号、同批次曲轴的农业机械。

这件事已经不仅仅是一家中国企业的得失。我们不到一美元一件的圆领衫你反倾销,好莱坞电影投诉知识产权保护,你一辆二三十万美元的采棉机,质量问题明摆在那儿了，还背着牛头想赖账，这已经不是诚信服务的缺失，骨子里妄自尊大的强权意识已经伤害着我们的民族尊严。WTO的月亮照着你，也照着我！

刘长江动真格的了。新建农业投诉至新疆出入境检验检疫局和中国消费者协会："敦促迪尔公司拿出切实排除曲轴缺陷的措施，而不是迪尔公司提出的事故发生后的补救措施；向全国发出预警，在问题没有彻底解决之前，不要继续下订单。维护国家尊严，保护中国企业的合法权益。"并于2007年2月28日向迪尔公司发出最后通牒："拟在'3·15'消费者权益日召开新闻发布会，借助媒体向社会和迪尔采棉机用户发出情况通报。"

2007年4月27日，迪尔公司致函新疆出入境检验检疫局：

"经过我公司高层的慎重考虑，决定对剩余67台9970采棉机采取更换发动机曲轴总成的措施，预计完成更换时间为2007年8月31日。"

WTO精神国际共有，大家共享。享用水平的高低取决于享用者的水平，如一台电脑或是一部手机，功能发掘因使用者的智慧、知识而高下难求。

新华网的消息最后报道：

美国企业召回产品的举动赢得中国消费者的认可。曾经引进这家企业多种产品的新建现代农业工程开发有限公司董事长刘长江表示，迪尔公司最终的合作显示了一个国际性大企业负责任的态度，如果有需要，还会继续购买它的产品。

固守阵地商场战场，举重若轻进进退退，大家风范也。

亲兄弟明算账

“家人打起来了!‘新建’告农八师了!”

兵团农七师中级人民法院2007年7月23日庭审开始,倍受关注的新建农业诉农八师并农八师下辖9个农场违约的传言成为事实。

面对国家实施棉花产业安全战略,新疆已是中国最大的优质棉生产基地,采收效率低成为棉花产业发展的瓶颈,但同时也是机采棉的发展商机。2004年8月,新天国际经济技术合作(集团)有限公司控股、农八师下辖新疆西部银力棉业集团有限责任公司参股,组建新疆新建现代农业工程开发有限公司,拥有迪尔大型采棉机106台,迪尔大马力拖拉机36台,是全国最大的以机械采棉服务为主营业务的农机服务龙头企业。

2006年一进入7月,下野地、莫索湾垦区的棉田已是一派丰收在望的景象。7月19日,农八师农业局函告新建农业:确保农八师35万亩棉花的采收。

8月11日,在农八师农业局主持下,新建农业公司与农八师所属农场签订36.15万亩采收合同。为确保履约,新建农业从农六师、农七师垦区协调了26台采棉机到农八师垦区。

但是,由于其他省市大旱受灾,拾花劳务工蜂拥进疆,农八师有9个农场先后违约,秋收结束,新建农业只完成采收面积14.95万亩,合同履行率仅有41.36%,以规模化运营见长的新建农业亏损高达2149万元,新建农业不仅无法按期偿还银行贷款,还要背负沉重的信誉损失,2007年度机采运行也受到影响。按新建农业与农八师各农场签订的《棉花机采作业服务合同》的规定,农八师要向新建农业赔偿机采费的80%。

中国有句老话:亲兄弟明算账。可这说起来容易,做起来难啊! 中国小农经济的土壤里长了几千年的文化“人情大过天”，兄弟上法庭？法律是铁，人情如海。儿女情长，英雄气短。没办法，2005年新建农业放弃了索赔。

2005年，新建农业与农八师12个农场签订了总面积50.8万亩的机采作业服务合同，按50万亩采收规模组织，投入了118台采棉机。结果是农八师没有按合同履约，实际执行仅有26.4万亩。

考虑到人情面子，新建农业有苦肚里咽，没有追究农八师的违约责任。

一年又一年，因违约造成的亏损，已严重影响新建农业的发展。2007年1月29日，新建农业上报兵团《关于2006年农八师机采团场违约情况的报告》——到了这个时候，刘长江仍然寄希望在上级领导的干预下，兄弟握手言欢。

1月30日，兵团领导在新建农业上报的报告上批示：企业经营行为不干预。

不知道是不是因为这一批示，最终坚定了刘长江寻求法律“保驾护航”的信念。

我倒是从这一批示中看到了兵团最高决策层不再用行政命令干预市场、干预企业经营的决心。这一批示因此有了它的时代价值。

初看，这一批示有点不可思议。新建农业是兵团的龙头企业，农八师是兵团的半壁江山，这是“家事”啊！家丑不外扬，肉烂在锅里嘛！搞得不好，直接影响兵团的GDP，事关各级官员的政绩，九九归一还不都是你兵团的事呀！细琢磨，行政干预少了，企业的自由度就大了，企业自由度大了，资本自由化程度就高了，企业获得长足发展的同时，有独立人格的企业家精神才能得以培养生成。放手让企业自己去解决问题吧，市场纠纷交给法律去裁决——这一批示昭示运用理性思维解决问题的方式，符合现代政府的执政理念。

大地的呼吸
——塔尔巴哈台速写

经历了春天的骚动，经过了夏天的生长，入秋的草原洋溢着成熟的光泽和收获的气息。太阳给本已黄得暖意融融的草原勾勒出金灿灿的边。蓝天下，牛羊悠然地散落在山的阳坡、河的滩地，太阳也把它们的剪影留在收割过苜蓿打了草的草场上。起伏的丘陵，低平开阔的山间盆地，亮出了大麦、油菜收获后的敞亮。一阵风儿掠过，与界山一脉走势的山里人家，炊烟飘飘拂拂斜过塔尔巴哈台山梁。山那边，就是人家的地界了。

一

远在西陲边境的塔尔巴哈台，浓缩了共和国的一段历史。《中共党史简编》记载："苏联领导人从各方面对我国施加压力，造成中苏关系紧张。1962年4月，发生了新疆塔城地区4万居民逃苏的事件……"

塔尔巴哈台是中国的西北屏障。清政府平定准噶尔势力后，乾隆二十九年（1764年），参赞大臣绰勒多率绿营兵600多人从迪化开赴雅尔，屯田驻防，修建了塔尔巴哈台首府肇丰城。沙俄蚕食，乾隆三十一年（1766年），参赞大臣阿桂移城于塔尔巴哈台楚呼楚建绥靖城，也就是今天的塔城。沙俄掠土扩疆的野心并没有因清政府的退让而有所收敛，1864年，又武力逼迫清廷签订了《中俄勘分西北界约记》及《塔尔巴哈台界约》等3个子约，中国的塔尔巴哈台和巴尔鲁克变成了中俄界山。

20世纪中叶，社会主义阵营苏联是当仁不让的老大哥。中国没有温“亲兄弟明算账”的祖训，塔城额敏中苏边境800里有边无防，伊犁、阿勒泰边境地带也大致如此。在苏联当局的煽动下，就出现了塔城、伊犁等地6万多边民外逃事件——中国“伊塔事件”。

1938年参军，在南泥湾大生产运动中获“劳动英雄”称号的老前辈杜根照在回忆录《风雨人生》中记载了经历“伊塔事件”后他眼见的草原：“这里因边民外逃，荒漠的戈壁滩上到处可见丢弃的牛羊，废置的畜圈，以及居民点上被拆了顶盖的断墙残壁，我们就是要在这一片废墟上建立一个新型的国营农场，我深感担子的重量。”

这就是沿塔尔巴哈台山南麓、巴尔鲁克山东麓弧形分布，与巍巍两山同为国防屏障，冠名“新疆生产建设兵团农九师”的8个边境农场诞生的背景。这就是“有边无防”的800里边境有了庄稼地和牛羊棚圈，有了炊烟的源头：“戍”字在先，“垦”字立足。

二

高高低低翻过几道山梁，远远望见了林木环绕着的红砖建筑。及近，有序的红砖房横排是住宅，纵列是畜群的棚圈。

申庆林家靠近铺了石子的路边。小申是地地道道的兵团第二代，父亲申国胜是在“伊塔事件”后从部队转业一路西行来到了大山里的达因苏草原番号为一六五团二连的地方。他盼着回河北盼了几十年，那年月，虽说到团部只有10多里路，出去一趟却难于上青天。10月里大雪封山，就与世隔绝了。就在一年年盼着回河北老家的日子里，养了一窝娃娃，如今儿女们的娃娃又是一茬了。老申已经退休了，农场的路也铺了柏油，老家河北却难回去了，山里的水草养活了一家人，也牵扯着人。盼到最后，关山重重的达因苏倒比河北老家更亲近些，有了“热土难离”的说道……

山里寒气重，屋里早些日子就生了火。洁净的小屋，是四川南来的妹子罗清“主政”。26岁那年，山土里落生、草原上滚大的小申娶了精明能干的辣妹子。不用说，山里的日子是艰辛的。艰辛得有收获，有盼头，人就能待下去。罗清唠着家常，一笔笔收入、支出脱口而出。20亩基本生活田种了甜菜、大麦，赶上雨水好，收成不错。基本养畜田收了10多吨苜蓿，还有70亩的天然草场，卖了80多只羊，这两年羊的行情好，平均每只卖到330元，还留了80多只生产母羊。日子殷实。“像我们这样的收入，往好里说也只是个中下户，中户都算不上。”憨厚的小申说，“像人家哈老三，光是牛就有40多头，羊上千只，人家那是大户。”达因苏的好日子是这几年才有的，“达因苏”蒙古语“有水有草的地方”，有水有草的草原在“以粮为纲”的日子改成了庄稼地，穷日子就撵着人走，200多户人家走得只剩下不到60户。不得不换个活法了，一个职工10亩基本生活田，40亩基本养畜田，不打粮食的“闯田”退耕还草，靠天吃饭的旱田拍卖。当然，农场职工优先，1万亩旱田年租54万，还要负担88名职工的养老统筹、医疗保险……一共8项，每个职工约为2500元的社会负担！要价不低。

谁也不敢担这个风险。结果，奇台来的庄稼把式夺了这个标。地主不憨，小申说：“人家连着跑了几年，早就把达因苏的脾性摸了个透。这里的黑土地肥得流油，这里河多水旺，山高沟低成就了小气候，十年八顺九不欠。在奇台，人家就种大麦，和麦芽厂直接供货没有中间环节，还提供良种。人家那是真把式，播种前先打一遍药，化学除草，施一遍底肥，播种量最低都在22公斤，高的到了28公斤，我们种时只有10多公斤。大麦地里套种了豌豆、油菜，那账是算到家了。又能吃苦，又会管理，上万亩有了规模。我们种时，10个人中9个亏，人家年年赚，我算了算庄稼地里堆的粮食袋子，又赶上大麦市场行情好，除去54万地租，人家今年能赚100万！”

小申告诉我，他能装200只羊的棚圈，就是靠奇台地主交的地租建的。“圈、房子都是新盖的，国家补了16000块，农场补的8000多块就是地租里的，自己只花了5840块，要是自己折腾，人工费怕都不够。”二连通团部的柏油路已经跑车了。高高的山上也支了“锅”，山外的人能看上的频道，山里人也能看上。这几年，搬走的人家又陆陆续续从山外搬了回来。交通、通信，现代科学技术发展，距离只是个地理概念了，吸引人的动因，是创造财富的机遇和可能。川妹子罗清心大着呢：“等奇台老板5年合同期满，我们还是想种些地，养羊种地一起干。”

起起伏伏中，申庆林家的炊烟和达因苏的牛、羊渐渐融入清澈的小溪，悠远的河流，古老的山脉，散淡、和谐。

三

墙上的辣椒串红得惹眼。屋里，灿烂阳光穿透宽大的玻璃窗，抚弄着窗台、墙边绿生生的花木，生机盎然。这又是一个女性“主政”的社会细胞。果不其然，出场顺序都是王晓红在前，周勇华随后。王晓红见我停在窗台前，说：“我喜欢花。大雪天里，我的三角梅、玻璃翠都开得红红的。”

晓红和勇华也都是老兵团的孩子。晓红祖籍山东，父亲1964年从北京空军转业，也和小申的父亲一样，赶上组建边境农场，铁打的营盘流水的兵，到了塔尔巴哈台山下，他们那一批来了1844个兵。1967年晓红呱呱落地，山东爸爸江苏妈妈就和这一片原本陌生的土地有了扯不断的根源了。勇华父亲的资历比晓红父亲老，是1959年2549名江苏支边青年中的一个。勇华就比晓红年长了3岁。周、王联姻，草原绿绿黄黄几个轮回，勇华、晓红的儿子读中学了。祖脉悠远的周、王两姓，西陲边地塔尔巴哈台也有了三代历史。

除了20亩基本生活田外，晓红、勇华还买断了200亩旱地，合同一定就是30年。“我看上这块地，就是沙拉伊敏河从下边流过，旱地可以改水地。”晓红告诉我，他们投入了六七万元买了动力泵、潜水泵，拉了大坝，还买了载重3吨的“小方圆”。去年种了麦子，天旱又遭干热风，市场不好价卖不上去，达因苏种麦子的没有不亏的，他们的麦子亩产200多公斤，只有1万多块的纯利。“今年好！今年我们种了150亩洋芋，大丰收！没想到销路那么好，‘台湾红皮’在塔城每公斤4毛钱一抢而空。紫花白拉到石河子卖的价太低了，每公斤只有3毛5分钱，就这，还卖了9万多块，除去成本，能落下5万多块。开春时不敢种这么多，没人这么大面积种过。团里给了个政策，种50亩以上的，免养老统筹、医疗保险、管理费，一亩地收成3吨还免种子费。我们啥都免了。张挺军想得周到，怕市场不好建了个淀粉厂，我们用不着团里操心，盖了个窖……”能装百十吨的窖，只有最里边堆垛着不多的一点洋芋，王晓红说是留的种子。她拿出一个外形很好看的红皮土豆给我：“你看，我的‘台湾红皮’多好！明年春天要种子的多得很，每公斤1块6毛，后悔没有多窖上些，春节一过，反季节销售就赚得多了。”她还说，今年的收成这样好，得感谢张挺军，是他引进了良种，如果还用杨老板的洋芋种，等着喝西北风了。

晓红、勇华在河滩还有50多亩林子。他们这里，是沙拉伊敏河的源头，河滩上种树，插上树木枝条就能长出叶子。他们本来要种300亩，没有那么多地了，大家都要种。他们还有20多只羊。开春，他们就要在地头盖棚圈，还要盖能住人的房。生产季节，人就住在地里，庄稼照料得好，羊群也发展了。“到后年，我最少也要有200只羊，我50岁时肯定是百万富翁，在团部盖上一幢小别墅，”王晓红转向周勇华，“你就跟着我过好日子吧！”朗朗笑声在灿烂光波里打着滚，涌动着创造的激情。

四

田贵美没有王晓红、周勇华那么运气。他用了杨老板的土豆种，种了一辈子田的老田疏忽了品种退化问题，10亩土豆只落到2000块钱，后悔不迭。不过，老田360亩油菜大丰收，毛利6万多块。树苗子也能松松拿回2万多块，赶上达因苏一年造林1万亩的好时机，树苗子值钱了，一棵树苗子2毛钱。老田有20亩杨树，10亩沙枣，一亩地可以出8000株苗子。

1965年从沈阳军区转业的老田已六十有二。当年从四川德阳入伍时的情景回忆起来历历在目：“那硬是隆重得很！”沱江冲积出的大平原德阳是黄继光的家乡，老田他们入伍时，是英雄的妈妈亲自送到部队的。来达因苏38年，用老田的话说，“复员没转业，还不是个守边保土嘛，只是没有了部队的待遇”。38年，官只做到民兵连长、指导员的田贵美，有了一大家人。老伴是复员那年一纸准迁证从老家带来的。一副床板，20米布票，就在达因苏开始了生儿育女的日子。5个娃娃中出了3个大学生，也算是功德圆满。如今，400亩田地老大在操持，老田只是指点一下。1965年出生的老大名叫田继军，爹是当兵的，总要有个儿子继承家传。

老田告诉我，油菜种子留下了，洋芋种子买下了，就看明年老天爷帮不帮忙了。老田说，麦子不种了，达因苏呀，只要是土里长疙瘩的东西就长得好。“和老天爷别啥子劲？明年种洋芋，现在的政策嘛，也对得住老百姓了。要给娃娃们讲讲过去的日子，慢慢体会创业的不容易。”

五

秋天的阳光里，金色的林荫大道引我进入感动地带。树干一米以下齐齐涂刷防虫、防牛羊的白灰，妄说山里，一马平川的地界也久违了如此风景。白灰的上端，还缠裹着一圈白色塑料，这是为了防俗名“吊死鬼”的害虫，这虫有爬到树梢交尾繁殖的习性，缠上光滑的塑料，它就上不去了。很简单的措施，20世纪50年代已普遍采用。防虫护林效果的关键，是人对技术的执行水平。

达因苏的又一景也与树有关。河滩沟坎，田边地头，到处是一片一片鱼鳞状排列的树坑。地跟树走，草随林行。让我感动的，不是“一年一万亩，十年十万亩”“家家户户有片林”“新栽杨柳十万亩，添得千户百万元”的蓝图，是变蓝图为现实的韧性——10年！是实实在在一年一万亩新绿的踏实。比起不惜祸国殃民出“政绩”的急功近利，这一种追求让我感动。

达因苏的“成由勤俭”，达因苏的令人感动，都与一个人的追求密不可分。申庆林、周勇华、王晓红和达因苏的第一代创业者老田都在我面前夸赞过他——一六五团的当家人张挺军。

几年前，这位团长说的一段话感动过我。那是在草原菊盛开的巴依木扎。那次，我是专程去看一尊传说是西征巾帼樊梨花的草原石像。我们扯着历史，谈着自己的父母。小张的父母从蓝色海洋环抱的山东半岛到中国西部大山深处戍边守土，他就出生在冬雪厚厚、夏草长长的草原。妹妹远渡重洋去了英国，他和弟弟还有年事渐高的父母依然在塔尔巴哈台山下。说到在农场一年年的日子，他说：“团长就像一个家里的老大，担子再重你也得担啊……”我的心头为之一热。是啊，儿子长大了，接过一个大家庭的担子，就不仅是父母的儿子了，更是这由哈萨克、蒙古、锡伯、汉、满、维吾尔、裕固、回族组成的大家庭的长子。之后，我也曾听到过类似的表述。兵团第二代的“长子情结”蕴含的亲情和责任，深深地感动着我，却都没有脚踏西陲边关的这一次经久难忘。那一天的蓝天白云浓缩了历史，那一天草原菊缀结的地平线放大了重重关山。

去年秋收罢，张团长轻装简从地上路了。先去了乌鲁木齐近郊南山，又东去甘肃定西、宁夏河套，再北上内蒙古鄂尔多斯，中国种土豆的地方跑了个遍。土豆，学名马铃薯，俗称“土豆”“地蛋”，因为祖籍是南美洲，又有“洋芋”之称的茄科草本植物，是穷人的救星，饥荒年月，养活了多少性命。只要是土里长疙瘩的东西都长得好的达因苏，结出的土豆却失去了这地儿的灵性，一年不如一年。“读万卷书，行万里路”，那就上路吧，跑到最后，他分析验证：深山里的达因苏，水土再好也难改变土豆品种退化的命运。“控制了种子的人，就控制了世界”，一点不夸张。九九归一，科学技术是第一生产力。

就是干好事，也有个提倡、引导的开始。出台了种土豆的政策：亩产达3吨以上的，种子免费。这“3吨”的根据呢？跑了一圈，凡是考察过的地方，平均亩产没有超过3吨的。这次，张团长失算了。确如老兵们所说，达因苏这地儿，只要是土里长疙瘩的东西就是长得好！“台湾红皮”“紫花白”这些品种优良的土豆就像王晓红、申庆林、张挺军他们迢迢千里来到这一方土地的父辈，繁衍开自己的家族。除了老兵田贵美因为没有用引进的良种，凡是种土豆的农户，都有了亩产3吨以上的大丰收！万吨优质土豆没出北疆就被一抢而空。怕市场不好，为避免让农户受损而建的淀粉厂，只有收底的小土豆蛋儿了。有10多户收了土豆后又种了一茬大葱，一亩地有了2000元以上的收入。原本是个调动种植积极性的激励手段，却为兑现政策补贴了30多万元种子费。张挺军领头的一班年轻的当家人却很兴奋，父老乡亲的辛勤劳动终于有了丰厚的回报。拿主意拍板的当家人，得有敢担风险的气魄。1998年，一六五团的土地、草场都一一作价后分到了个人名下。中国的改革开放虽然有些年头了，在计划经济根深蒂固的兵团，实施这一举措还是有风险的。好在当时的一位师领导给了张挺军支持：“你先干不说，5年后会有个公正的评价。”5年后，达因苏的草库伦圈栏已有500多公里长，草场退化得到有效遏制，虽已是深秋，也能从起伏连绵的金牧场想到夏日草原的绿波涌浪。牧人从实践中得出良种繁育是畜牧业发展的战略大计，他们赶着一年比一年多的牛羊，组织起来，以规模经营抗衡市场投机。5年后，辛苦一年的农人、牧人有了万把块钱的收入。看着父老乡亲的笑脸，听着夸儿子一样的赞美，就是最高奖赏了。

今天的当家人，要给明天留一片蓝天，留一方绿地。

上承雨露光华，下接热流地气，伟岸如白杨，挺拔如白桦。

冬雪覆盖山峦、草原，筹划土豆机械播种、机械收获、统一包装、统一品牌。收罢秋，就该思想明年的打算了。

正道人间。

六

不知是不是巧遇，我走进的哪个门槛都是女的当家。走进洪桂花的大棚时，她和丈夫杨勇先正躬身忙碌在开满黄花的棚架下，又一茬黄瓜要下架上市了。这是一个5分地的棚。“这个棚是8月份种的，已出了1000多块钱的菜了。”小洪很健谈，和申庆林、周勇华家的一样，她一开口，杨勇先咧着嘴憨憨地当听众了。“去年没人敢种，这里风大。种几十亩地都不拿钱，5分地能拿上钱？前些年，公家投了那么多钱也没有成功。当官的一趟趟跑，让我们种一个，我们躲。躲过了初一，躲不了十五。再说了，人家师长大冬天烧水和泥砌大棚，人家图个啥？想想，当个官也作难，就种上一个吧。一直到9月我们才接手了一个暖棚。到今年6月拔园，去掉种子呀这些成本，得了4000多块，真高兴！今年又拿了两个暖棚、两个简易棚。再多就拿不上了，看种大棚来钱，都抢着要了。我们连又建了34个简易棚，一下子全拿完了。简易棚一个2600块，暖棚一个1万块，交了钱，一辈子都是自己的了。”

小洪、小杨也是兵团第二代。小洪的父亲1956年从河南支边进疆。“桂花”这名还带有中原大地的泥土味，脾性却是塔尔巴哈台高天阔地的造化。她摘了几根水嫩的黄瓜，水里淋了几下，递给我：“我的黄瓜味道好得很，绿色蔬菜，不上化肥不打药。我和两个弟弟有80多只羊呢，羊粪全上给大棚了。也不容易，棚还没种，我买了几十块钱的书，还得找人家技术员。”

不久前，小洪家花六七千块买了一辆三轮摩托。“种菜的不如贩菜的，不去市场打听不觉得可惜，去了市场才知道我们太亏了。这么鲜亮的黄瓜，贩子收1块钱1公斤。拉到额敏批发，就是1块6到2块。春节里，茼蒿卖到5块1公斤，油白菜还卖到3块呢！人家贩子10天赚了一辆三轮摩托。我不能这么亏自己，买个车自己跑市场，反正交了进门费就让卖。我们团结农场的菜名声好得很，我们的大棚、车上，都挂上了绿色食品的标志，我们心诚。”小洪希望成立一个机构，给菜农提供技术服务，组织菜农规模生产，面对市场把“团结”做大些。“这一茬黄花谢了就拔园，再种上芹菜。原来冬天闲得慌，现在闲不下了……”生活在憧憬中的洪桂花，快乐而幸福。

我注意到大棚入口黄瓜架前的一块茄子地。茄子秧像是剪去了生产过的老枝，新发出的枝条上，又缀结出紫幽幽的花和坐果的小茄子，难道“一年生草本茄科”的定论得改写了？“这是师长教的。开始我们也不信，师长说能结两茬、三茬。你看，真结果了！”后查典籍，有“在热带为多年生灌木”的记载。

小洪夫妇很念叨他们的连长，说：“他操心得很，一刮风就来了。再大的风雪都来，骑不成车子，走路来，就在大棚住下了。”

七

在额敏县城，我见到了正在党校轮训的连长高峰，又一个雪水、阳光养育的俊小伙儿。父亲1964年从山东转业，1969年排行老二的高峰出生。1994年，高峰调任三连连长。这之前，高峰从信阳师范毕业后已有了4年统计、副连长的工作经历。1998年团结农场试行民主选举连长，三连试点，老连长高峰当选。2003年1月，新一届选举中，他又以90%的得票率连任三连连长。高峰告诉我，他父亲就干了10多年连长，他记忆最深的是父亲的那把哨子，吹哨上工，吹哨收工，那把哨子没有离开过当连长的父亲。“现在只靠行政命令不灵了，土地一定几十年不变，职工是土地的主人，你的任务更多的是服务，遵纪守法地服务，职工的政策观念、法治观念都很强。你的服务墨守成规还不行，现行政策、农业新技术，哪样不掌握也干不了。连长只是个主事的大管家，大到吃粮种地，小到邻里纠纷，死了人洗身子、穿老衣都得做，还要做得心甘情愿公平合理……”

今年，三连每个干活的职工有7500多元的收入。除了交农场75万元土地费，三连有8万多元盈利。连长高峰预计能拿到15000元的工资。

八

20世纪70年代，新加坡旅游局给李光耀总统呈送了一份报告，内容是说，新加坡不像埃及有金字塔，不像中国有长城，不像夏威夷有十几米的海浪。除了一年四季直射的阳光，什么都没有，新加坡发展旅游业实在是巧妇难为无米之炊。李光耀总统看过报告后，在上面批了这么一段话：“你想让上帝给我们多少东西？阳光，阳光就足够了。”后来，阳光成就新加坡成为世界最著名的花园城市，旅游收入连续多年位列亚洲第三。

这一段文字，摘自一本棕色的笔记本。这本笔记的扉页标记有“经典摘抄”。

“洪桂花”们的大棚种植与这本棕色笔记本摘记的“阳光”文字有关联？

果不其然。笔记本的主人说：“多好的阳光！晚上11点天还不黑，年日照时长高达4500小时以上，多么好的通透性！只要你是个有心人，就可能有思想的收获。”

为这通透的阳光，三九天烧水和泥建大棚。山外，20世纪菜篮子早就红红绿绿装满了，而在不通火车的山里，春节了，当官的家里也没有新鲜菜吃。如果能使老百姓的家里都有新鲜菜吃，有30万人的塔城、额敏、巴克图，就可能培育出一个产业。没人相信有这么便宜的成功。何况刚经过失败的惩罚，40万元搞了4个大棚，昂贵的投入先不说，棚里的温度不低，菜秧子就是不长。终于，几台小锅炉成了废铁。难怪“洪桂花”们不愿种。只好自己烧水和泥，只好一遍遍找躲着他的“洪桂花”们。

败在了哪里？败在了生搬硬套。照搬山东寿光模式，可是山东寿光的冬天没咱山里寒，寿光的阳光也没咱山里通透，咱这里的阳光触手可及！改原先的砖墙为土墙，土墙垒的大棚看上去很土，却保温，土的传导性比砖差远了，土墙留住了阳光的恩惠。绕大棚一圈挖1米深、60厘米宽的壕沟，填上马粪。马粪发热，阻断了冻土的传导。原先，棚里的温度不低，菜秧子不长是因为地温上不来。

一个本该宏观决策的官，却微观得如此具体？在他另一本扉页标记“记事”的笔记上的几段文字，似乎回答了这个问题——

我不讲那些离天太近，离地很远的话，更不做那样的事。没有了地气，高处不胜寒。

要把自己的想法告诉群众，争取群众的理解。

由于历史和地理的原因，这里群众的生活还很贫困，这是九师的基本状况，改变这种状况是头等大事。

这几段文字，比“GDP速度”“职均收入”这些构筑政绩的用语实在，因而也更可信。

“洪桂花”们的笑声让人感到欣慰。但我也在想，如果一意孤行的举措失败了，他会受到怎样的指责？

他随身携带的手提包里，最有价值的笔记本是“基本情况”和“财务情况”，“基本情况”有许多规范的表格。自1962年建场始，历年的气象资料引起了我的注意。知己知彼，百战不殆。一个农人掌握了“基本情况”，就有了丰收的底气和信心。一个握权者把握了“基本情况”，他拍板决策的胆气和魄力就有了客观依据。

垦区129万亩播种面积快刀斩乱麻压缩到50万亩。

虽然大西洋的湿气流迢迢万余里惠泽这块山脉走势东高西低的欧亚大陆腹地，但是大面积东部地区却在蒙古—西伯利亚高压影响下，处于干旱、半干旱状态。复杂的地形又造就了山地、丘陵、盆地悬殊的局地气候，山区降水相对丰富却分布不匀变幅大，光资源丰富却无霜期短，多灾害性天气。

靠天吃饭，企盼老天爷顾惜，逢时节下活命雨，不要刮干热风，不要下冰雹。可是谁又能摸准老天爷说变脸就变脸的脾性？只有碰运气闯关。闯过了干旱，闯过了干热风，眼瞅着丰收在望，一阵黑云涌来，一溜雹粒子从天而降，用不了5分钟，起伏的麦田，黄澄澄的油菜就稀泥一摊，这就是“种闯田”。1989年到1996年期间，仅因干旱就有6年绝产面积在5000公顷以上，1995年3万公顷庄稼绝收。

我们习惯了“地大物博”的思维定式。广种薄收，越种越穷。

客观总结农九师40年生产实践并给予理论统领的“基本情况”，是“闯田一亩不种，精种50万亩水浇地”战略调整的基础依据。

从关于“基本情况”的记载中，我还摘抄了以下两段文字：

讲经济就要讲资源配置的增值活动，简单讲，就是投入产出比。我最崇尚的经济语言是：他有最美好的良知和一颗善良的心，呈现给世人的却是近于冷酷的理性。

关于绿晨牧业的思考：把产品品牌、质量、服务、销售、传播等融合为一个整体，用一个声音、一个形象和消费者沟通，并且持之以恒。

看到这里我在想，达因苏草原的申庆林、哈老三和他们的牛羊，会经“绿晨”这个“整体”走进超市，最终到我们的餐桌吗？

“经典语录”还记有一则给人启迪的故事——

西班牙富商布迪兹，1986年被摩洛哥王室授予“哈珊国王勋章”，因为他连续10年捐款给自己故乡的居民索里曼人，帮助他们解决生计。

布迪兹却没有接受来自家乡的崇高荣誉，其原因众说纷纭。直到前不久

《先知报》的记者采访布迪兹,他才道出了原委。有一次他回索里曼,在海滨散步,沙滩上一群小海蟹被惊扰地纷纷窜动起来。当地人告诉他,这种蟹叫寄居蟹,大多生活在岸边的浅水处,但是,如果它们能爬进大海,也会长大。布迪兹问:"它们为什么不爬进大海?"当地人摇摇头。

他后来知道,这种蟹有安贫乐土的习性,它们之所以寄居在远离大海的浅水洼里,是因为每次涨潮都能给它们带来一点食物。由于浅水的食物时断时续,它们饥一顿饱一顿,很难长大。但是遇到枯水期,一连几星期潮水涨不到它们的水洼,它们也会不辞劳苦爬向大海,最终,长成一只盘子大的小蟹。

这种寄居蟹给了布迪兹很大触动,他决定不再救济索里曼人。就在他做出这个决定时,恰好收到了摩洛哥王室授予他勋章的来函。

这则故事最后,在"对穷人施以经常性的物质救济,只能给他们永久的贫穷"处,标记有加重线。

在"经典语录"中,我屡见当前经济领域一个最时髦的词"执行力",并有注释:领导的执行能力,是用各种方法调动人的创造积极性,提升人的综合素质和专业化素质,充满激情地深入到自己的企业当中去。

笔者一定读过美国资深学者拉里·博西迪和拉姆·查兰的《执行:如何完成任务的学问》,这本风靡全球,主题是关于如何实现目标的书,中文版2003年1月推出。

之后,在记事本里题名"2003工作"的文字中,我又看见了有关"执行力"的词句:

完成发展目标,必然加大任务的执行力度。战略的错误必然导致失败,但正确的战略目标也不能完全保证企业成功，这时执行力成为成败最关键的因素，只有执行力才是直接对结果产生作用的力量。执行不力实际是末梢神经麻痹，这一问题在我们的团场和企业或多或少都存在……

在一步步的执行中，垦区的经营性贷款已经从过去的8000万元以上，大幅降到了960万元——企业的造血机能一天天强大了。

在这里，没有彰显“政绩”的建筑，也就难见惯常的虚张声势。

在这里，一片云中飞絮，一阵山里来风，权力追逐金钱的欲望就被撕扯得没了踪影。

这里，秋日的伊犁河清澈得让你惊喜。收割过的麦茬地一派金黄，高高的杨树和白桦用金色的叶片把山冈沟壑装扮得华贵辉煌，把浆果给了人的黑加仑藤蔓也已回到了大地的怀抱。

云淡天高，大地的呼吸那样地舒缓。

大漠的精灵

美国考察卫星从太空发现，在中国古尔班通古特大沙漠腹地，有一条黑苍苍的阴影。联合国环境规划署派治沙专家前来考察，原来这是一条人工培植的封沙育草带，其中生长最多的是梭梭……

站在这生与死的分界线上，他真正感受到了大自然的残酷……

他伫立在沙丘上，放眼沙涛滚滚的大漠，才真正感受到了大自然的残酷。

从报纸上，从大学教科书里，他知道人类赖以生存的这个星球，有许多个国家正遭受着沙漠的威胁。在北非撒哈拉，印度西部塔尔；在我国东北、华北、西北，在塔克拉玛干、古尔班通古特……人类不得不向沙漠宣战：沙漠啊，还我绿洲！

但是，在来到这里之前，他真没有想到，那焦黄的沙涛竟然如此贪婪残酷——他脚下一块500亩曾种植过玉米、收获过棉花的条田就要被它无情地吞噬了。

人们把这儿叫作沙洲半岛。从石河子北上100公里，进入古尔班通古特沙漠70公里，就到了沙洲半岛——三面环沙的石河子垦区一五〇团。展开新疆维吾尔自治区地图，可以看到它南连绿洲，以半岛形状伸入古尔班通古特沙漠之中。在满眼黄色中，半岛翠绿的边缘分外醒目。

历史上，这里叫作西古城。据清末成书的《新疆图志·土壤志》记载，早在1762年，清代军民就两度在这里屯垦。亘古荒原上建起了以西古城为中心的绿洲，展现了充满神奇色彩的丝绸之路的繁华。但是，贪得无厌的沙漠窒息了绿洲，掩埋了繁华，又狂虐地把仅有一圈土围子的古城废墟抛掷在历史画卷上。

从那以后，过了几乎200年，人们又重新回到这里，引来天山雪水，在万古荒原上建起了绿洲新城，和沙魔展开了极具韧性的拉锯战。

沙洲半岛最北端，一条由白杨、梭梭组成的蜿蜒22公里长的防风固沙林带倔强地植根在生与死的分界线上。南侧，良田千顷，绿波闪闪；北侧，沙梁逶迤，黄涛起伏。

现在，他站在了"两军"对垒的最前沿，沙化威胁着生活在古尔班通古特边缘的绿洲人。这威胁来自沙漠的顽劣，也来自人类本身：大量砍伐植被，任意拓荒垦田……生态平衡严重破坏，环境迅速恶化，不少农田已经或正在被沙漠夺走。

他登上了一座小沙丘，任大漠八面来风吹拂着发烫的脸颊。一双在清瘦的面容衬托下显得更大的眼睛，透过镜片，闪烁着昂奋的光。事业就要从这里开始。在这里，恢复了被破坏的生态平衡，找到了治服沙漠的第一手资料……

"晋晋。"好一会，他才把投向茫茫沙海的目光收了回来，转向身后不远处的一位姑娘。

"来了。"姑娘离开了一丛嫩绿的梭梭苗，跑到他身边。稚气未脱的脸上，一双眼睛亮晶晶地望着他。

他要说什么呢？什么也不要说，一切都在眼神中了。恢复高考制度后，八一农学院林学系第一届毕业生，瘦高瘦高的张纯和他的同班同学——有着一双露珠般晶亮眼睛的未婚妻刘晋，到新疆林业科学院报到的第二天，就来到这位于沙洲半岛最北端的新疆防护林体系科研推广基地。

“哗啦啦，哗啦啦。”一蓬蓬从层层黄沙中执拗地探出小脑袋的梭梭苗不停地招着手。顽强的小生命用它绿茵茵的语言，向他们炫耀着生命力的顽强，诉说着只有他们才懂的心里话。

梭梭孕育几朵不起眼的小花，主根要深深扎入地下十几米

一切都平凡而又不平凡。播种、观测、取样记录……沿着一条条黄沙铺就的小道，从住地到各个观测点，再从各个观测点回到只有3栋房子的住地。

但一切又都不那么简单。观测一个点来回少说有3公里。大漠里到处都有路，又都不是路。风，就像一个喜欢恶作剧的无赖，在这儿旋一个坑，在那儿堆一条垄。骑不成车子。日复一日，月复一月，靠的就是两条腿。脚在沙窝子里一走一陷，走一步退半步，不知不觉汗水就把衣服紧紧地裹在身上了。用不了一会，没有一点遮掩的阳光又把它烘烤得焦干。汗渍结成的白碱像一片片盔甲，磨着、咬着人的皮肤。

“现在到游泳池，我能泡上一天。”刘晋晒黑了，她扯着张纯的衣服一步一步往前挪着。

这里没有水洗澡。年降雨量不到100毫米，蒸发量却高达2000毫米，水太宝贵了。冬天化雪吃，夏天吃涝坝水。如果连着半个月渠道断流，就是不放茶叶不能喝的涝坝水也要节省着用。

一天，刘晋端着一碗水跑过来：“张纯，你看，我碗里有两个小蝌蚪。”看着她的天真劲，他忍不住笑了。涝坝水是死水，尼龙过滤网上的小蝌蚪活蹦乱跳。这黑色的小生命跑到开水锅里是常有的事，这时候，它给人的感觉糟透了。

夏天还算好过，有瓜。西瓜泡馍，吃了饭也算喝了水，一举两得。最难熬的是春天，没一点菜吃，中午是大酱蘸葱，下午是葱蘸大酱。

“张纯，我真咽不下去！”

“晋晋！”他看着她。

他比她大3岁。不要小看了这3岁，他因此搭上了“上山下乡”的末班车。扶犁荷锄，起粪浇水，盘腿坐在老乡的炕头上甜滋滋地嚼着苞米面窝头。虽然，带着幼稚色彩的热情、理想没有结出本来应该结出的果实，但是，那一段不能忘怀的岁月在他人生的旅途上闪现出不同寻常的光彩！

她没有这样一段经历。她是幸运儿，高中一毕业就进了大学。她喜欢在数学的迷宫里寻找乐趣，她酷爱冰场的洁白、球场的激烈。她热情、纯洁，就像她那双亮晶晶的眼睛。

“老刘的胃不好，也吃这个。吃吧，明天我们还要取土样呢！”张纯低下头，咬一口大葱，就一口馍，狠狠地吞咽着。

“插队那阵，你要是和我在一块就好了，吃的全是发霉的苞米面窝头。你不啃，就饿着。就是咱们这基地，前年连葱还吃不上。老刘他们……”

提起老刘，刘晋的眼睛亮了。

基地的两位领导都姓刘。一个叫刘光宗，内蒙古林学院1964届毕业生，44岁。一个叫刘钰华，北京林学院1961届毕业生，47岁。

刘光宗不仅有胃病，还有心脏病。但是，每年他都要撑着病体来基地，谁也劝不住。基地要打一口井，他三天三夜没有离开工地。第三天，井出水了，他也躺倒在了工地上。拖拉机把他拉回住地，整整两天一口饭咽不下去，还直呕吐。转到乌鲁木齐治疗了一个多月，病刚减轻就出院了。单位领导不同意他再返基地。他却瞒着所里，瞒着亲人悄悄地搭车回来了。事后给妻子赔不是时，他却说了这么一句话："你没看那片梭梭林子，看了，你就不会嚷嚷了。"

刘钰华家里的困难更多。上有77岁的老母亲，下有十几岁的儿子，他一年有8个月在外边，心里只想着梭梭，顾不上过问家里的事。贤惠的妻子默默地承受着家庭的重担。1982年，她终于倒在人生旅程的中途，过早地离开了他。老刘安排完后事，又匆匆回到基地。采种，取样分析……宿舍里的煤油灯又夜夜亮到两点钟，写科研报告，翻译引进技术资料……似乎一切都和以前一样。然而，基地不多的十几个人还是发现，他们的老刘回来后，常常一动不动地凝视着远方。中年丧妻啊！何况还有70多岁高龄的老母亲，尚未成人的娇儿。

就在这看起来极平凡的工作中，他们实实在在地实现着自己所追求的。

从乌鲁木齐返回基地时，刘光宗带给刘晋一株美人蕉，她把它栽在驻地门前的花坛里。每天晚饭后，她都要给它浇点水。

"这美人蕉已经扎根了。"一天吃晚饭时，老刘看着花对刘晋说。

"你怎么知道?"刘晋亮晶晶的眸子里尽是笑意。

"你看那花，红得火一样，根不扎下去开不出这么美丽的花。梭梭的花小得很，不仔细看简直发现不了。可是在贫瘠干旱的沙漠里，就是孕育那么一朵不起眼的小花，它的主根也要深深扎入地下十几米!"

"真的?"刘晋睁大了眼睛。她从教科书上还没有看见过这样的记载。

老刘仅仅就梭梭的生物特性说的这段话，刘晋却由此想了很多很多……

大漠悄悄地把夕阳拥在自己宽阔的怀抱里，整个瀚海浮光跃金。刘晋独自朝披着暗红色晚礼服的梭梭林走去。

“晋晋，”张纯赶了上来，“怎么了？”

“没怎么。想转转。”她转过身，“老刘昨天告诉我，梭梭的主根有十几米长，最长的有30米。多不容易啊！”

“在学校，同学们常说代沟。最近我也在想，如果说有代沟的话，我们在‘文革’中长大的这些人就是跨在沟两沿的一代。传统的、现代的，新的、旧的……我越来越觉得，不管怎么说，老刘他们的精神，是该接过来。不仅仅是吃苦耐劳，信念，毅力……”

她不认为他的这段话是说教，特别是随着她对刘光宗、刘钰华的了解日渐增多后。

“晋晋！”他看着她。

“嗯。”她看着他。

内心丰富、深沉的情感，似乎只能用眼睛交流。就这样，他们久久地凝视着。

一天又一天，一年又一年，在平凡而又实在的工作中，他们寻找到了一个又一个在干旱地区治沙造林的具体可行的技术措施。冬季降雪只要在10厘米以上，雪墙就足以使梭梭种子发芽，抢在化雪之前人工植播梭梭，绿化效果好，经济效益高。利用夏季洪水期农田余水浇灌一次，当年的梭梭苗就可以长到五六十厘米。搞径流沟导流，降一次10毫米的雨蓄积的水，就能保证梭梭生长下去。水啊，水！沙漠中，有了水才有生命。围绕着水，他们在现实条件下总结出来的技术措施，已经收到了可观的效果。除了试验基地所在的沙洲半岛外，一四八团、一四九团、下野地、沙门子等地的绿色植被覆盖面迅速扩展着，古尔班通古特沙漠边已经基本建成了一道绿色长城。风沙在绿色长城的抵御下退缩了。1984年小麦成熟季节，沙洲半岛遇到了多年不见的干热风，但是，他们的小麦单产却破了历史最高纪录，亩产达到400多斤。

“你怕吗？”“有你在就不怕。真的。”

古尔班通古特的风是个喜怒无常的妖魔。5月是它逞威发狂的季节。

5月15日，张纯和刘晋到离基地一公里远的对比点取土样。去的时候，天蓝蓝的没一丝云彩，沙黄黄的没一点杂质，远远望去，整个天宇、大地，就像一个挂着月白色幕布、铺着淡黄色地毯的舞台。

一个土样还没取完，一片云悄悄地压了过来。风陡然而起，旋起的黄色沙柱，在天地间冲撞、撕扯。一道道沙流像浊水中无数蛟龙，把大地上存在的一切，肆意地裹挟而去。人在滚滚而来的沙流中不过是一粒沙子、一块卵石。霎时间，沙柱又拉成一张巨大的黄色沙网，铺天盖地卷过来。天是灰黄的，地是灰黄的，人像被罩在一个灰黄色的令人窒息的大容器里，呼吸都很困难。刘晋感到一阵阵恶心。张纯拉着她躲在一个小沙丘的后面，她紧紧抓住了张纯的胳膊，靠在他胸前。

靠着张纯那并不宽厚的胸脯，刘晋心里实落了，平稳了。

刘晋记得，是去年7月吧，搞小气候观测。两小时测定、记录一次。一人一个点，同时进行，一分也不能错。沙漠腹地的7月，气温在40摄氏度以上，地面温度高达七八十摄氏度。整个沙漠就像一口烧红了的铁锅，看不见的火苗燃烧着，升腾着，炙烤着。忽然，她觉着鼻子一热，黏稠的液体流了下来。她强忍着观测、记录完第一组数据，她的小手绢已经被殷红的鲜血浸透了。头一阵阵眩晕，脚下像踩着棉花，她有点怕了，想喊张纯，可是嗓子眼里像有团火。她吃力地爬上观测梯，向着张纯那个观测点张望。远远地，她看见了他高高扬起的手，她的心平稳了。她把小手绢扯成条，塞在鼻孔里，用带来的水喷了喷头，止住了血。她坚持到记录完观测到的最后一个数据。

现在,她就在他的胸前。彼此能听见对方的心跳。

“晋晋,”他把嘴贴近她的耳朵,“一个小时了,我们慢慢走吧。要不老刘他们该着急了。”

“嗯。”她的头在他的胸脯上点了两下。

风,从四面八方堵截着他们的去路。跌倒在沙包前,滚落到沙坑里,哪里是走啊,是跌跌撞撞地爬。连揉一揉被风沙迷住的眼睛都腾不出手来。怎么走了两个小时,驻地的影子还看不见!昏黄的沙幕中,大大小小的沙丘,高高低低的沙垄,都似曾相识。迷路了!

“糟糕,没带指南针!”他的心紧了一下。照这样转下去,他们有可能被风沙卷入无人知晓的沙海深处!前不久,报纸还报道了一个牧羊人在大风中迷失方向,险些丧生的消息。

“风停了再走就好了。今天取土样不该让她来。”他心里真有点急了。这时,刘晋的手用力握了一下他的手,好像她听见了他有点异样的心跳。他埋下头去,刘晋的嘴唇贴近了他的耳朵:“喘口气再走吧,别着急。”

他看不见那双晶亮的眼睛,但却从有力的一握里,从她的耳语中得到了力量。相互给予、得到,谁说得清有多少!

那次,也是取土样。他们每半个月要搞一次土壤干湿度对比观测。

取土样对于他们来说,不是件容易的事。20厘米,40厘米,60厘米……直至从一米深处取出不同的土样,靠的就是一把10磅大锤和一根根直径5厘米的取土管。一个工作季节要砸坏好几根取土管。谁能想到,那成千上万个对比数据,就是这样一锤一锤砸出来的。我们国家当时还很穷,我们还没有最先进的科研设备。取得同样的成果,我们的科学工作者,要比国外同行多花成倍的时间、心血和体力！然而也正因如此，他们才憋足了成倍的志气！

张纯的虎口震裂了，刘晋掏出雪白的手绢，轻轻地缠在他的手上。殷红的血迹，像一朵朵殷红的梅花，在雪白的手绢上留下了洗不掉的纪念。

风，没有一点停下来的意思。张纯根据这个季节常有的风向，辨认着他们所处的方位，紧紧地扯着刘晋顶着风，一步步朝前挪。不知又摔了多少跟头，爬了多久时间，他们忽然感到风好像渐渐弱了。风沙的狂叫声中出现了受阻后发出的无可奈何的尖叫。

啊，果真是梭梭！它们手挽着手，肩并着肩，抗击着风暴凌厉的攻势，迎接着自己的主人。

"梭梭！我的梭梭林！"

刘晋紧跑几步，扑倒在一丛梭梭树旁，把它紧紧地搂在怀里。泪水一下子涌了出来，顺着脸上出现的两道小沟槽，落在和她一样披着满身沙尘的梭梭树上。

短短一公里多的路，他们走了4个小时！终于又看见了梭梭，看见了生命！

"晋晋，你怕不怕？"他扶起她。

"有你在就不怕。真的。"

他相信，那一沟沟梭梭，那一组组数据，那一篇篇论文，都是在爱的相互给予中产生的。刘晋第一次冒险不就是为了他吗？

好不容易盼来了一场暴雨。搞径流试验，雨不停就要进行。如果不及时，蒸发、渗漏数据就不准了。可就在这天，他看着看着书，躺在床上睡着了。白天太累了，正赶上月中取土样，几个点取下来，10磅的铁锤抡起、砸下上千次。骤然而起的雷声也没有把他惊醒。推开门，刘晋就看见了掉在床前的英语课本。只一瞬间，她又轻轻掩上门，急步回到自己宿舍，换上雨鞋，提上马灯，拿上仪器，悄悄地隐没在雨柱织成的黑网里。那条弯弯曲曲的沙铺小道她是熟悉的，可是“咔嚓嚓”的雷声却让她的头皮一紧一紧。一道闪电掠过，黑森森的沙丘像一群叫不出名的怪物，忽大忽小地动了起来。她有点怕，便把马灯的火苗拧大点，脚步声有意踏响点。渐渐地，她不怕了，心里还涌起了甜甜的自豪感。

等张纯紧跑慢跑赶到观测点时，雨已经停了，刘晋刚从径流沟里站起来。

“你怎么又来了？我不怕。你看，有梭梭陪着我呢！”她把一蓬被雨水冲洗得晶莹碧透的梭梭苗拢了拢，“全好了，数据都在这。想不到这大沙漠里的雨还挺大呢。”灯影里，她淋成绺儿的头发向下滴着水，亮晶晶的一双眼里溢着笑。

“晋晋，我们结婚那天，新房里一定要有两棵小梭梭。它们就是证婚人。同意吗？”他禁不住在她的额头上吻了一下。散发着他双唇湿热的一吻啊，她永远记住了……

他俯下身去，带着古尔班通古特沙尘的脸紧紧地贴在了妈妈的脸上……

1984年2月20日。太阳像怕北国迟去的严寒似的，战战兢兢地刚露头又急急忙忙地缩进云里。

一辆风尘仆仆的解放牌卡车从沙洲半岛最北端出发，奔驰在通往乌鲁木齐的石子路上。车子跑得不慢，可坐在车里的张纯却不时抬起手腕看表。他着急。他担心躺在医院病床上的妈妈等不及了。昨天下午连着来了3个长途电话，他有一种不祥的预感。

妈妈去年8月6日切除了脑瘤，从那以后就卧床不起。今年一入2月，妈妈的病情日渐危重了。

2月,基地要雪播梭梭种子。刘总他们都到精河指导飞机播种试验去了,只有张纯熟悉基地的整体规划和地号。这项试验要抢时间,雪一化就搞不成了。一误就是一年。作为家中长子的张纯,最清楚妈妈一生的辛苦。他舍不得妈妈,又难丢下梭梭,他和刘晋在病房小声嘀咕着。妈妈都听见了。她早已不能说话,费力地抬起手,指了指门。

“妈。”张纯蹲到妈妈的床前。妈妈看着他点了点头。他明白,妈妈是让他回基地。这时,他的喉头发噎,真想哭。

做儿子的没有满足妈妈唯一的也是最后的一桩心愿。从刘晋第一次进张家的门,妈妈就喜欢上了这个热情单纯的姑娘。毕业那年,张纯26岁,刘晋23岁,到了成家的年龄了。妈不知催了多少次,可是他们考虑到刚工作,业务生疏,想等两年再说。

“我们先把结婚证领了吧!”第三天,他们把两张红色的结婚证书拿给妈妈看时,又把推迟婚期的理由轻轻地讲给妈妈听。老人家把手放在胸口上,笑着点了点头。不管什么时候,妈妈总是那样理解儿子。

他终于站在了妈妈的病床前。爸爸在,姐姐在,弟弟在。

“妈!”他俯下身去,把带着古尔班通古特沙尘的脸紧紧地贴在妈妈的脸上。大滴大滴的泪珠滚落在妈妈皱纹套着皱纹的脸上。

妈妈终于又睁开了眼!

“妈,是我,是纯纯。”

“妈,是我,是晋晋。”

微弱的充满了爱的生命余光缓缓地扫过他们,眼,慢慢地合上了,永远地合上了!

梭梭啊梭梭，你这大漠的精灵

他们播下的梭梭都长到七八十厘米了。在焦黄焦黄的沙海中，郁郁葱葱的梭梭林像一片绿色的云。

1984年6月5日，在纪念世界环境日时，联合国环境规划署执行主任穆斯塔法·卡迈勒·托尔巴宣告："全世界每年有600万公顷的土地变成了沙漠。同时，还有2100万公顷的土地寸草不生。全球有3.5亿公顷的土地有完全沙漠化的危险。全世界有8.5亿人有生命之虞。"

可是，在中国西部的古尔班通古特沙漠的最北端，短短几年时间三四千亩的沙海又披上了绿装，被风沙夺走了的土地又被夺了回来。一个由梭梭、红柳、沙枣、白杨组成的多层次防护林网已初步形成。绿色的浪涛已向沙漠挺进了500米，最深处已有1000米。这个数字还不算惊人，但是它却向人类展示了征服沙漠的希望。这个深入沙漠腹地的科研推广基地，不仅为我国干旱地区防治沙化提供了一整套成功的经验和具体技术措施，也引起了国际社会的广泛关注。美国、日本、澳大利亚、印度、埃及、科威特等国的沙漠地质专家、生态学家、生物学家，纷纷前来考察。他们为中国治理沙漠取得的成就感到惊奇、信服。联合国环境规划署筹备的亚洲、非洲地区八国治沙学习班，委托我国农业部门在沙洲半岛举办。沙洲半岛的治沙经验飞向了世界。

在这一片充满希望的绿色中，洒有两位青年大学生的汗水；在那一丛丛翠绿的梭梭苗里，孕育着他们爱情的果实；在向沙漠一寸一寸挺进的征途上，拓印着当代大学生的理想。

梭梭啊梭梭，你这大漠的精灵！你染绿了沙漠，沙漠也留住了你！

长　子

泽依达里河在塔克拉玛干沙漠西南缘交汇叶尔羌河。两河伸展柔韧的手臂,在这里围出了一方约有160平方公里、形似胡杨条状叶片的冲积扇。

脱胎于昆仑山、巡游了南疆大地的叶尔羌河,到了这里已如游丝穿行胡杨林间。细流水湾,沙洲堆岸,午后秋阳里,胡杨叶片点点洒金,微风中叮当作响。

溯流而上,穿越胡杨林,眼见大片红枣园。放眼望去,难望断!青黄相间的枝叶已遮不住阳光里灿红的果实。

望景生情。“缘溪行,忘路之远近。忽逢桃花林……”陶渊明的吟诵在耳边。穿行胡杨林,忽逢红枣林。“欲穷其林”,愈行愈深。待到“豁然开朗”处,只见一处处的白墙红瓦错落有致,绿草环绕花木扶疏的院落。宽阔的街道路灯时尚。仿佛又闻陶潜先生的吟诵:“方宅十余亩,草屋八九间。榆柳荫后檐,桃李罗堂前。”真乃世外桃源。归隐陇上的陶渊明,用神来之笔营造了一个让人恍若身临其境的世外桃源。我身在其中的,却是实实在在的沙海小镇“河东新村”,番号为“四十八”的兵团农场。

20世纪60年代,这里还没有人家。面对暗藏杀机的塔克拉玛干沙漠,莽莽昆仑的杰作叶尔羌河不是退避三舍绕道而行,就是野性大发洪水泛滥,只把蛮荒死亡留给了无奈的时光。

天然胡杨林环抱着的花园小区，一栋两层小楼前，两位老人正在修剪院落里的梨树。楼前小院里种有梨树，还有苹果树，枣树枝头惹眼的果实还没采收。

果树不埋能过冬呀？

咱这儿的果树不用埋，梨、苹果、枣都不用埋，直立着就过冬了。

看上去十分健朗的老人却已八十有五。手脚麻利的老太太也八十出头了。老人叫陈切信，祖籍山东宁津，渤海军区教导旅的老兵，跟着张仲瀚炮火硝烟从山东一路到了新疆。1966年组建兵团农三师，从刚已建设得有了点眉目的新城石河子又翻越天山到了塔克拉玛干沙漠边。如今，胡杨在大漠深处扎根了。陈切信老人说："我们是胡杨人家。"老人家三女一子四世同堂，老两口跟大闺女春兰住一起。

"春兰两口子2007年包种了40亩枣树，元月17日一场大雪，4万块的枣树苗差不多全军覆没，那可是嫁接好的树苗子啊！女儿女婿一下子被打趴下了。我给他们说，胜败乃兵家常事，败阵不输士气。借了10多万，挺过了那一年，前年拿上钱了，还了账。去年拿了18万，今年差不多有20万，买了这房……"

老人家一阵朗朗笑声，枣树枝头坠落了熟透的果实。话说到梨树、枣树，老人家告诉我，离休前在园林队干连长，老人感叹："四十八团这份家业来得不易啊！"话到这儿，老人家说到了两个人，说起这俩人，老人家竖起了大拇指："那可是好人，懂树的能人。"

在这里，只要说到树，说到梨说到枣，话里话外都要提到陈切信老人说的"懂树的能人"。

1966年深秋，沙漠边的胡杨人家来了一个人，一个福建人。这个人从兵团农学院园林系来到了沙漠里的胡杨林深处。6年前，从南京林学院毕业后，他离别六朝古都一路西行到了兵团农学院所在的小城石河子。从海边的莆田到了江边的金陵，从天山北边的沙漠古尔班通古特到了天山南边的沙漠塔克拉玛干。胡杨林深处日出日落，五六年过去了，这个围着树绕过来绕过去的人说自己已是胡杨人家。胡杨深处的男女老少也都知道他喜欢胡杨，爱树。

又几年。胡杨林外，春天已经悄悄启程。林中滩地却还春寒料峭。棉田麦垄，农工筹划播种麦子棉花。从塔克拉玛干卷过的沙尘，把地皮抽得干枯龟裂。皲裂的双手、皲裂的脸皮、皲裂的嘴唇，农工一脸茫然无奈。他们种小麦种棉花，棉花亩产20来斤，麦子亩产不过百斤。遇上一场扬沙的干热风，这点收成也没有。“以粮为纲”，还得种，一年年地种。一年年风扫沙埋，流动的沙丘，每年以5～10米的速度威逼吞噬着人赖以存活的土地。

爱树，也会种树的人，在泥坯土屋房前房后、在田边地头种胡杨种灰杨，他种的树郁郁葱葱，风景这边独好。他说，生活在沙漠边，树就是生命，只有树能让人在沙漠边站起来。他还说，有了树就有了家园，就有了根基。没树，人就得断子绝孙。他的话，让胡杨人家一惊，也让胡杨人家耳目一新。这个一口浓重闽南音调的人，叫林易。林易来这儿，是胡杨人家的幸运，幸运在这人懂树更爱树，从南国水乡到了中国最大的沙漠塔克拉玛干紧邻的胡杨林深处，林易又何尝不是塞翁失马焉知非福——福分不浅，痴爱树木的心灵有了多么辽阔的天地啊！“愿南行千里，不北挪半砖”的俗话，不是真理。

先是一片片次生胡杨林抚育更新，再是胡杨嫁接新疆灰杨……20多万亩次生胡杨林古老的躯干挺拔起新疆灰杨秀美的身姿，一株挨着一株，手挽手，肩并肩，组成生态卫士方阵，耸立风沙前沿。毗邻塔克拉玛干沙漠的胡杨人家，20多年没遭受过沙暴的侵袭了，奇迹，却也平凡。星星之绿已绿野燎原，当然就没有了沙暴。

胡杨人家说:“老林生来就是种树的命,你瞧,他的姓就是双木成林嘛！老林做梦都搂着树呢!”

流落沙漠边的南国儿郎是有梦的啊!

春节,林易横穿中国回福建老家陪伴年迈的父母过团圆年。大年初二,林易拜别父母离家去了风寒路远的安徽。一个星期后,他背着一捆梨树条,从安徽砀山启程回新疆。火车汽车跋涉苦,西行万里云和月。春风吹萌南疆大地,砀山的梨树条不负苦心追梦人,春阳里舒枝展叶。

花开五季,塔克拉玛干沙漠边有了个大、肉厚、皮薄、汁多的砀山酥梨。又10年,胡杨林深处有了上千亩梨园。10年又10年,怀着梦想的胡杨人家,车拉肩挑,躬耕田园,以原始的劳作和汗水,圆着一个个绿色的梦想——

新疆农作物品种审定委员会命名以砀山梨母本选育的优良株系贡梨为“新梨5号——贡梨”。年年丰收的贡梨已是胡杨人家的支柱产业,也是北京钓鱼台国宾馆无可替代的国宴珍品。胡杨人家还获得了首届中国农业博览会银奖,第二届中国农业博览会上他们又获得了金奖。眼看着春风里繁花满树,秋色中硕果累累,一年年的,林易老矣,年届八旬了。沧桑易老天难老。成千上万的葱茏林木,春光里又奏响了青春的旋律。

春光里,沿着叶尔羌水流又走来一个爱树的人。这位王姓后生爱树如命的基因源自创业的父辈对绿色的追求。真有意思,他的名比前辈林易的姓还多了两棵树——木森,又一个绿色的梦。他圆的梦是枣。

起先,引种枣树还是因为毗邻塔克拉玛干这个大沙漠,枣树耐旱,是胡杨的好兄弟。叶尔羌河蜿蜒胡杨林间,一片片枣园缘叶尔羌河而蜿蜒,红枣林胡杨林携手并肩,英雄树屹立沙漠前。生态改善,生产发展,了得啊,皮棉单产350斤！还有了预想不到的收获,就像到了这儿的砀山梨,红枣的品质也远远优于原产地。

枣可是咱黄河水喂养的儿子，黄河水流到哪儿枣树的根脉就繁衍到哪儿。还在20世纪50年代第一个春天，张仲瀚将军就把家乡沧州的金丝小枣引种到塔里木河上下游。中华枣绵延不绝的根脉伸展到南疆大地，根须伸入叶尔羌河冲积的肥田沃土，就找到了乳汁丰沛的奶娘，灿烂阳光催生的颗颗果实漂亮健壮如儿郎。各是各的个头，红里透亮的色泽，蜜甜筋道的果肉，这就叫得天独厚。

得天独厚的胡杨人家又因以“四棵树”为名的后生而幸运，幸运在于后生爱树，懂树，还手中有权——一团之长。

世风流变，舌尖上的中国追求健康、养生，追求食品安全，《本草纲目》中红枣“润心肺、止咳、补五脏、治虚损；除肠胃气癖”，《黄帝内经》中红枣具有“益气养肾、补血养颜、补肝降压、安神壮阳、治虚劳损之功效”广为人知时，胡杨人家的红枣产业已经完成了从零星种植到规模化生产，从原枣生产到精深加工，品牌培育三级跳。后生“四棵树”主政，压缩粮棉种植面积，总产不降反升，单产高了。腾出的地种红枣，从1万亩种到2万亩，又种到5万亩。

国人热捧新疆枣，捧的是产地的阳光普照，雪水灌溉。恍若隔世的胡杨人家这才知道，他们的桃花源，他们叶尔羌古河道上的枣园，竟然正处于被称为“果树黄金种植带”的纬度区！

这真是上苍的恩赐！

“四棵树”说：“老天爷是公道的啊，它把风沙给了俺们，也把河水给了俺们，它还给了俺们金贵的阳光。却不能只靠老天，从来就没有神仙皇帝，所有的一切全靠我们自己。”枣树的根须一截儿一截儿伸入叶尔羌河滋养的田野，胡杨人家把梦想藏进了红枣，变成了蜜枣核。主政的后生“四棵树”在红枣产业化过程中，时尚地提出了“品牌战略”，建成了南疆地区规模最大的现代化生态养猪场，千吨优质猪肉投放市场时，也有千吨有机肥保证“绿色、有机、生态、循环产业”发展，成就枣中名品。“四棵树”说：“‘庄稼一枝花，全靠肥当家’是父辈留给俺们的传家宝。在种植枣树之前，从猪场到惠民沼气厂用有机肥生产的清洁能源已经方便了胡杨人家。”

老天爷是公道的。汗水智慧、日月四季一股脑儿地全交给了蜜枣核，好梦不负真情，梦还他们枣林一年一圈年轮，还他们满园果香。他们听见了枣树抽条长高的声响，看见了枣树开花时节的笑脸。树树硕果是胡杨人家心血的结晶。

时代的春风吹醒了市场辽阔的天空，胡杨林外的世界真精彩。亮相精彩世界，得有一枝独秀的鲜招。从胡杨林飞出的鸟儿，胡杨一样坚守3000年不死的纯真信念，如汛期的叶尔羌河样涌动汩汩激情。这只鸟儿有一个颇具王者风范的名——“四木王”。胡杨人家的叔爷大娘嘻嘻哈哈地逗后生：“你这是把自个儿的四棵树都给了枣呀……”鸟儿不问人间事，它披着“绿色有机认证食品”“中国第七届国际农产品交易会金奖”“中国第八届国际农产品交易会金奖”的五彩锦衣，南下北上，亮翅长天。

鸟儿“四木王”振翅蓝天。以四树为名的后生也去了更广阔的天地。秋风送爽的一天，又一个比他更年轻的后生走进了胡杨林。年轻后生祖籍山东文登，他落生在与这片胡杨林一水之隔的另一片胡杨林，又一个军垦第二代，新疆娃。从青年排长到一连之长，从一个团到另一个团，走马上任四十八团也已年届不惑了。

年轻后生告诉我，前任打下的基础好，自己的任务是“承前启后”。言说“承前不易，启后难”时，有两个词留给我的印象深刻：品牌、利益。年轻后生说,“无名,天地之始;有名,万物之母”,这是老子的话。因为是名牌,知名度和信任度就高。名牌就是信用,众目睽睽之下,经年累月、始终如一的名副其实,谈何容易!现如今,名不副实,虚名盛行,甚或欺世盗名等,已对中国社会生活产生较大负面影响。就拿我们的枣来说,修枝整形,配方施肥,节水灌溉,防治病虫害……一个环节不到位红枣品质就没有保证,这只是技术层面。部分枣农眼光短浅,见利忘义,如果没有制度监管,红枣产业就可能毁于一旦,比如膨大剂。制度管理只是手段,怎样才能从人格道德层面杜绝劣行?又如何能使我们每一个职工都能把一棵枣树,把我们的“四木王”当成自己的生命去爱护?利益是永恒的。辛苦了一年,棉农、枣农,谁不想多拿几个钱?产品收购价公平不公平?合理不合理?团场和龙头企业的关系,和农工的关系,利益的平衡点又在哪儿?利益分配公平合理,不仅关系职工的生产、生活,关系农场、龙头企业的持续发展,更关系我们这个大家庭的稳定、和谐,是正能量聚集的基础。

“我的前任,就是你说的‘四棵树’,他是我的榜样,是兄长。他有一番话说得好,很诗意的。他说,团长,团长,不就是一个家里的老大吗?这个大家庭的每一个成员,和胡杨林里的胡杨一样,都一年一圈地圆着绿色的梦,我们是林子里排在最前边、个头最高的那棵,风沙来了,首当其冲。团长,老大,长子长兄,你不担当谁担当?”

长子。长子……

把长子和一个农场联系在一起,我是在位处天山之北古尔班通古特沙漠边缘一个地名为“宿星滩”的农场第一次听到。那次,我去拍摄一部电视片,春末夏初的清晨,露珠晶莹,白杨林夹峙的麦田,泛着绿色的水波,绿染晨光。驱车农田深处,捕捉带露水的太阳。

摩托声响，由远及近。红色摩托，红色头盔，白手套。绿色麦田在晨光的映衬下，好鲜亮！

农场电视差转台的小伙告诉我，“鲜亮”是他们的团长。上山下乡年月，我曾在宿星滩接受再教育10年，对这里不陌生。因为拓荒老一代绝不会有的“鲜亮”，我由感性而理性地视“鲜亮”为“时代色彩”，我和“鲜亮”就在这一天长谈不倦。这个祖籍山东，农场生农场长的第二代，讲农场的棉花丰产，道路通连队，自来水入户，农工收入增加……这些个农场的日子时，扯出了一个让我为之心动的词——“长子”。他说：“一个农场就跟一个家庭一样，团长就是家里的大儿子。柴米油盐，今天的日子咋过，明天又有什么打算，得让父母过得舒心，要领着兄弟姐妹长出息……”当时，他说得我心头阵阵涌动。

这之后不久，我在天山之南秋里塔格山下吾瓦的农场又见识了一位“长子”的风采。当时，他是这个农场五连的连长。我是在秋收时节的棉田边认识这个小连长的。

棉田边的胡杨树披着四季最美的金黄。红“凯斯”，绿“迪尔”，游弋霜重花浓的银海。专程追踪机采棉，6岁开始低头弯腰拾棉花，心底埋有一个结：中国农人机械采棉的梦何时能圆？南疆机采棉试采第一年。机车调度，棉田配套，棉箱周转，环环紧扣，一个环节脱扣，停机误工，导致成本加大，效率低，直接影响试采结果的准确性。对棉农而言，就是多掏钱少拿钱。不停地有人找小连长问问题，讨主意，年轻的连长一一应对。蓝天白云，金树银棉，红“凯斯”，绿“迪尔”，运筹棉田的连长，决战战场的将军样指挥若定，成竹在胸，这一幕，给我留下了一幅难忘的写真，我就是这样结识了在吾瓦长大的连长小尤。

“可不敢小瞧农场的连长。一个连队，老少上千口子，老人们哪一个不是你的长辈？不是你爹娘样的亲人？中国人，‘孝’字为先。一个连爹娘都不孝敬的人，敢挺腰直背拍腔子吗？连长光知道种棉花稻子麦子不行，你还得知道上千口子的柴米油盐酱醋茶，知道如何调解家长里短，化解邻里纠纷。你得会当家，穷家难当你也得担当，富日子好过你还得未雨绸缪。”

地头上，小尤连长一手大馒头一手青萝卜条，边吃边给我念叨着一连之长难念的经。

后来，在草原菊盛开的巴依木扎，我又一次感悟到兵团农场第二代的长子情结。

这个巴尔鲁克山下的农场，让我心动的一景也与树有关。先是林荫大道引我进入了感动地带。树干一米以下齐齐涂刷防虫防牛羊的白灰。妄说山里，一马平川的地界也久违了如此风景。白灰的上端，还缠裹着一圈白色塑料薄膜，这是为了防治俗名“吊死鬼”的害虫。“吊死鬼”有爬到树梢交尾繁殖的习性，缠上光滑的塑料，它就上不去了。措施很简单，20世纪50年代已普遍采用。防虫护林效果的关键是人对技术措施的执行水平，成由勤俭。

目光能及的河滩沟坎，地头田边，到处是一片一片鱼鳞状排列的树坑，树跟地走，草随林行。让我感动的，不是“一年一万亩，十年十万亩”“家家户户有新林”“新栽杨柳十万亩，添得千户百万元”的蓝图，是变蓝图为现实的坚韧——10年！是一年实实在在一万亩新绿的踏实。比起不惜祸国殃民出“政绩”的急功近利，这承继传统的追求实在让人心动。

“成由勤俭”的坚持，令人感动的风景，都与巴依木扎当家人的追求不可分。这个当家的第二代又是山东籍。这次脚踏西陲边关山地草原，是去寻一尊传说是西征巾帼樊梨花的草原石像。我们行走山地草原，漫话历史，言说家事。英俊挺拔的小伙子告诉我，中苏冷战年月，他的父母从海洋环抱的家乡来到中国最西部的大山里成边守土，他就出生在冬雪厚厚、夏草长长的山地草原。说到农场一年年的日子时，他的语速慢了下来："穷家难当啊……团长呀，就像一个家里的老大，再沉的担子你也得挑啊……"

我难忘那一刻他远望群山的神情。是啊，长大成人的第二代，接过了一个大家庭的担子，就不仅仅是父母的儿子了。过后我还知道了，这个农场是由哈萨克、蒙古、锡伯、汉、满、维吾尔、裕固、回……多民族组成的大家庭。

草原美景如画，却也山高水寒。种不了小麦，只能种大麦；种不了棉花，土豆却长得好。我去的第三天，当家的小张就轻装简从上路了，去中国种土豆的地方，寻访改变土豆品种退化的途径。行前的那个夜晚，他说到土豆时的一句话我记下了："控制了种子的人，就控制了世界。"说完又笑着补充说："这可不是我的原创。"

长子情结，是让人心动的亲情，是胸襟无疆的爱，是当仁不让的责任。

夕阳从胡杨枝头掉了下来。望见炊烟从一家一户的烟囱里升起，袅袅炊烟淡淡的，有一股果香。同行者告诉我，天然气、沼气早已进家入户，或许是习惯了烧柴，也可能是传统日子留下的节俭习惯，果园里修剪的枝条舍不下，烟火里就有了果香。嗯，飘飘炊烟牵扯着的，才是农家的光阴岁月。再辛劳忙活的日子，一把灶火烧起来，也就让人气定神闲了。

我住的招待所，面临河东新村一条宽阔的大道。这条柏油路面宽阔，路灯别致新颖。沿着这条路一直走，就看到了叶尔羌河粼粼波光的河面。河岸胡杨林环抱着的园林小区里，认识了农业技术推广站的小龙，1977年出生胡杨人家的龙淼。龙淼，名儿好呀！龙入水而威，且是三水聚汇。"三水"让我想到"四木"，这胡杨人家的文化品位……

“名儿是爷爷起的。”龙森祖籍河南项城，龙家是项城大户人家，龙家少爷是个读书人。读书人成了教书人，学生大多又进了黄埔军校，叱咤抗日战场者众。

奶奶追随爷爷也到了新疆。胡杨成林，儿子成人。成人的儿子娶了饥荒年月跟着爹娘从河北沧州逃荒到此地的女子。河南项城龙家就这样在中国最大的沙漠边繁衍开来。龙森入学发蒙这年，72岁的爷爷终于平反昭雪，叶落归根回了项城。这一年，龙森的父亲升任前进水库党委书记。龙森对我说，在他和父亲心里，项城只是一个概念，一个符号，而这里，胡杨林，才是故乡。爷爷舍不下项城，他舍不下胡杨。

金秋的风拂过河面，掠过林梢，滋养收获的季节。

孟夏草木长，
绕屋树扶疏。
众鸟欣有托，
吾亦爱吾庐。
…………

归隐自然、独善其身的陶渊明，可道出了胡杨人家对家园的依恋？

100棵白杨的记忆

一场秋雨，天空明亮得像海蓝宝石样纯净。阳光穿过白杨林，一片黄叶离开枝条，翩翩落下，阳光里波动着金色的光泽。

“铁儿，你看，好美……”轮椅上的老人说。手推轮椅的儿子回应：“是很美，妈。”

这是由100棵新疆白杨长成的林子。

“它们比你年长一岁，要记住，”老人说，“铁儿，你不是问妈为什么年年国庆节来这片林子吗？”老人费力地转过头看了看儿子，“你哪里晓得哟，我和你爸的风花雪月……”老人有些羞涩地笑了。

秋天的阳光里，老人的脸颊和她栽种的杨树一样，皱纹深深浅浅，老年斑重叠着。这里藏有多少岁月沧桑啊！只有眯缝着的眼睛还能捕捉到穿越时光隧道的光束，扯出些以往岁月的激情和浪漫。

一个甲子前的事了……

一大早，她和他就来到园艺场，一个挖树坑，一个栽树。他们早就说好了，种100棵新疆杨，比做什么都有意义。

她甩了一下小辫子，把一株树苗放进他挖好的坑里。他说：“这100棵杨树比咱们的孩子都年长。”

她笑了：“这么久了，没发现你还有点幽默。”

100棵杨树的生日,1959年10月1日。

千里姻缘树为媒。

1956年,喜爱树木花草的兵团司令员陶峙岳将军给石河子送了几十棵松树,栽种在石河子宾馆的大花池里。她一看,那是生长在天山雪线下面阴坡的雪岭云杉,好漂亮!只有三四十厘米高的云杉苗可娇贵呢,需要半阴半阳、土壤疏松湿润、空气湿度大的生态环境才能成活。古尔班通古特沙漠南缘干旱半干旱的石河子,怎样留住天山娇客雪岭云杉呢?

哎呀,给它们造个"小气候"吧!小辫子甩过来甩过去的她喊来园林队的小伙子们,围着雪岭云杉种了100多棵海棠苗,800多棵杨树、柳树、槭树苗,相依相偎的小树苗营造出一个"小气候"。

不知是谁有意无意把一株海棠苗种得紧挨着一棵雪岭云杉。第二年春风吹绿大野时,小树苗一下子蹿高了差不多一拃长!她围着大花池细细看,海棠新抽的枝条已经搭上了雪岭云杉。这时,园林队叫赵铁民的小伙子突然出现在靠近海棠的云杉跟前。小伙子说:"王技术员你看,海棠牵手云杉了。"她没抬头,心里已经知道就是这个赵铁民有意把这株海棠种得紧靠着云杉。

她记起了到园林队第二年,春天种树时的一件事……

队里一个湖北青年砍了一棵小树做铁锹把,她气得把小伙子好一顿训斥。

小伙子不服气:"我年年种树,种了这么多树,砍个锹把还值得你发这么大火?"

"说得好轻松!10年栽树,10年才能长成一棵树!你砍的这棵已经长了3年,好容易哟!你咋不砍你的腿杆杆……"说着红了眼圈,弄得小伙子直搔头。

这时,有个年轻人走向苗圃。不一会儿扛来一棵用草绳捆住根土的新疆杨,将树身已被砍去做锹把留下的树根挖出,种下扛来的新疆杨。

这个身高一米八、名叫赵铁民的帅小伙儿，就这样走进了石河子园林队第一个大学生王效英的心里。

日后，丁香树下赵铁民向她表白时，道出了那天行为的动机："你一个小女子，把树看得比命重，谁要动了树，比伤你的神经还要敏感。春灌我接早班，来到林子只见你一个人。你说夜班的浇水工人病了，但50多亩新栽的林子已经浇好了，我一问才知道，这是你干的，我是真佩服！我也是把树当人看，树是我们一生的情缘……"

自此之后，这个男人的生活就以这个女人为轴心。小辫——他喜欢叫她小辫，两条鲫鱼尾巴样甩来甩去的小辫是她给他的第一印象，多么青春活泼！小辫的任性，他也一往情深地喜欢。

有一个美丽的传说
精美的石头会唱歌
…………
只要你把它埋在心中啊
天长那个地久不会失落

有了儿子，这个大男人喂奶、洗尿布，白天夜里不厌其烦地大包大揽，为他心中的园林专家解除后顾之忧。她过意不去，说："真是难为你了。"他乐呵呵地说："我喜欢。你对国家贡献大，这些小事我来做。"

篮球场已经难得一见赵铁民投三分球起跳的矫健身影了，回锅肉、皮牙子羊肉馅的包子、韭菜鸡蛋馅的饺子……烹饪水平倒是见长。

那时候，大学生可是兵团的宝贝。兵团司令员陶峙岳、政治委员张仲瀚对他们每一个都了如指掌。石河子新城第一份园林生态建设规划《石河子城市园林绿化系统规划图》是王效英基于实践梳理基础上的创新。张仲瀚签批："按照规划，加速绿化。"这是石河子新城生态建设"万目皆张"的"壹引其纲"。

园林队面临的最大困难是适宜本地栽种的树木种源极为稀少，必须先把种源基地——苗圃搞起来。队员们跑伊犁，走南疆，远行陕西、河北、辽宁、吉林、黑龙江。1957年秋到1960年秋连着跑了4年，在黑龙江收获最大。东北气候条件和新疆相近，适宜石河子栽种的树种，队员们全部手提肩背，拼命挤上火车。小辫弯腰背起麻包，身高不到一米六的人就被麻包埋住了。

苗圃试种，选育，一个品种起码要3~5年。松、柏、枫、槭、银杏、夏橡、白桦……石河子林木品种品系已有200多个。东北油松、丁香、樟子松早已走入行道林，三九隆冬石河子大街小巷雪中有绿。从春到秋，花香果香。

赵铁民心里欢喜，石河子生态绿化，他的小辫成竹在胸。

揣上张仲瀚政委给农垦部的亲笔信，小辫千里单骑走东北锦州引种耐寒苹果种苗。采收了两万棵种苗装上火车，匆匆赶往北京联系飞新疆的空运货机。没想到赶上了东北发洪水，锦州—沈阳段铁路被冲断了。小辫担心两万棵苹果种苗的安全，急得团团转。突然间想到张政委的信，便硬闯农垦部部长王震将军办公室。一听是兵团的，将军开门请进。见姑娘两眼含泪，将军笑说："莫要急，办法总是有的，我叫人陪你去办空运。"将军还帮小辫安排了免费搭乘航空包机飞回锦州押车。

终于完成了任务。她一路风尘，进了家门。

赵铁民递上一碗水泼蛋："你这个小女子好厉害，逢山开路遇河搭桥啊！"两个水泼蛋，一句暖心话，辛苦劳顿烟消云散。

1961年夏，石河子遭受百年不遇的大旱，大树小树的叶子眼看着黄了焦了，苗圃上百个品种品系的种苗的叶子也卷了。看着让人揪心。

只要有水，我们什么奇迹不能创造啊！有水就有粮，有水就有棉。团长们围住也来要水的王效英："你跑来凑什么热闹，你吃木头还是吃粮食！"

小辫委屈得跑回家号啕大哭。

"你的眼泪救不了树苗。"赵铁民一句话止住了小辫的哭声。泪一抹，闯兵团。走进兵团司令部大门，撞上了兵团副参谋长王根僧："救救我的树苗子吧……"一开口泪流满面。果然是心诚石头也开花，小辫对树的一腔深情让人感动，赢得张仲瀚政委的支持："宁可旱死三亩农田，也不能旱死一棵树。"这让园林队的小伙子们激动万分，小辫领着他们连续苦干了10多个昼夜，吃住在林地，没跑一垄水，没漏浇一棵树。

扦插移植这些树苗时，真比哺育他们的铁儿还上心，捧在手心怕摔着，含在嘴里怕化了。一步步走过它们的生命，她能感知这方土地的觉醒和愿望。石河子宾馆大花池的雪岭云杉已长成参天大树，和海棠、杨柳、槭树等成就了一处湿润多彩的小小树王国。园林队的各种树木种苗已能满足石河子的生态绿化工程需要，还能支援天山南北各地，优质种苗远销西北五省区。

小城的树，两米株距，单行排列，10万公里长，可以绕地球两圈半。绿，已成为石河子的城市象征。

小辫的如火激情、似水柔情，自然而然地融入新疆钻天杨伟岸的身躯，化作油松的松果、丁香的花瓣……久而久之，她成了松针上的一滴露珠，钻天杨树梢的一只小鸟……

赵铁民很欢喜，他的小辫果然成为园林绿化专家了。

只有小辫知道，所有这一切都是这个男人日复一日、默默无闻、不辞辛劳于柴米油盐间的支撑。

又一次披着月光推门进家。没有笑声，不见一屋暖心的明亮，破天荒！凉锅冷灶。

她的铁民病倒了。赵铁民对他的小辫说："对不住啊……"

她走进厨房悄悄抹去眼泪，这个男人呀，都这个样了，想着的还是……

医生说，老赵怕是站不起来了。

怎么说她也不信。几个医院跑下来，不得不面对现实。成家后几乎没有进过厨房的她，煲汤煮粥，蒸花卷包饺子，准备一日三餐，照顾铁民洗脸洗脚，按时吃药。陀螺一样转个不停，累并快乐着。

直到一天，喜欢了她一辈子，疼了她一辈子的那个男人先她而去……家空了，天也空了……

她不接受这个现实。她去他们的白杨林，到了这儿就不感到孤寂了。100棵顶天立地的白杨是他，也是她，他们相伴永远！100个生命的经脉年轮，啥记不住啊！

天麻麻亮，她已经在飞机场边一块荒地上走了几趟，把用白石灰画出的方块不太显眼的线又加粗了些。塞外暮春还留些凉意的晨风，吹拂着白了不少的短发。她掏出手绢擦了擦额头的汗，暗自叹道："老了，真是老了。不就10多里路么，退回20年，算个啥子么，可是现在……"天大亮。一路巡看植树质量，一路和人打招呼。年年春秋两季植树造林，谁没听过"王老太"的四川腔？

"王处长，今年种多少？"

"30万株。要得吧？"

"要得要得……今年油松上街了？"

"上街了。今年先在南一路搞个2000米，明年子北一路子午路，林木常青。花卉、灌木也配套上街。"

四季有绿，多少年的梦想啊！石河子已如陶峙岳、张仲瀚一代创业者所愿，绿波荡漾。只是西伯利亚的朔风扫过绿洲，小城就太过萧条了。如今，破解这一难题总算是开了个头。

春天的阳光晒在身上很舒服。大部分单位的树都栽得差不多了。王效英和园林队几个老伙计坐在地头休息。擦擦手，拿出早晨出门时带的面包，园林队引种班班长王永富顺手把水壶递给她。

看着刚移栽到路中花廊的油松树苗，她突然问王永富："从东北引进油松是1960年吧？"她想起蓬头垢面回到家，铁民递到她手上的那碗水泼蛋……

又到金风送爽时，她倒在了一棵新移栽的丁香树下……中风了，坐了轮椅。

铁儿发现，刚说过的话妈妈就忘了。妈妈茫然地望向窗外，突然就说："你爸来了……"医生告诉铁儿："你母亲得了渐进性老年痴呆症。"

妈妈的话越来越少。窗外黄叶像翩翩起舞的蝴蝶，轻轻飘落。妈妈的眼睛一直追着铁儿，铁儿明白妈妈的心思，俯下身，耳朵贴近妈妈的嘴唇。果然是要去杨树林。

到了长有100棵白杨的林子，已经病了两年多的妈妈好像又回到了得病之前。她望向儿子，说："夏天（铁儿知道妈妈说的是1950年的夏天），玫瑰红样的云很奇怪，能牵来黎明。成都北校场一大片军车，好大一片！我躲躲闪闪穿过人群，爬上车。车开了，才巴巴地朝南望，两眼流泪。爹妈还不知道女儿要远走了，18岁的生日还没过呀……"

妈妈的声音细得像蚊子哼哼，可铁儿听得清。

"来石河子报到时，小伙子们大眼瞪小眼，都不说话，你爸也在里边。最后，队长说，我们队里没有女的，没有地方给我住。让我先住伙房凑合一夜。伙房一个切菜揉面的案子，最多有一米长；一个灶台，灶台上有两口大锅。让我睡灶台，8月的天，怎么睡？不睡。

“以后好些了，有你爸疼我了，我们有了这片林子。种这片林子那天，你爸说，它们比我们的儿子年长一岁！好幽默哟！”

说到这儿，妈妈看向铁儿，笑了。

噙着泪水的铁儿俯下身抱住了妈妈。

这100棵新疆钻天杨，是爸爸妈妈一生最美好的记忆，也是这座边陲小城绿色传奇的扉页。

雪夜光明路

想一想，我对乌鲁木齐的记忆已有半个多世纪的库存。最早留在记忆中的是一条街，我记住的这条街叫“扬子江路”。那时，乌鲁木齐还叫“迪化”。迪化城红山脚下的榆树林子郁郁葱葱。我总是蹬在小板凳上，两手趴在小窗的窗沿，眼睁睁地望着西坠的太阳，盼着妈妈回家的身影。扬子江路离大邮局不远的一间泥坯小房是我家。那时，母亲在新疆军区被服厂上班。

这样的光景不久，部队又一路西行，去野地开荒建农场，种麦子、种棉花。我跟着父母离开了迪化城。

从棉田麦地又走回乌鲁木齐时，扬子江路已难寻我家曾有的门牌。街面上匆匆行走的背影随同夕阳把留存记忆的岁月带入沉沉暮霭。

我最终驻足光明路。30年光阴悄无声息滑走了。光明路眼看着一天天地现代、光彩。人，三十而立。一条路走了30年，怎么着也走进了心里。我对离海洋最远、一年里烟笼尘罩半年的边城的依恋之情，系结在这条叫“光明”的路上。童年的扬子江路渐行渐远。

光明路是乌鲁木齐的门脸儿，除了现代、色彩，难得的是它的宽阔。这条东西走向，长不过一公里的街，双向六车道！除了比它年轻得多的北京路，它是乌鲁木齐最宽展的街。

街道于城池，如河流于大地，穿越沧海桑田，滋养风骨情韵。

北门城墙还在的那些个年月，光明路的地段还是郊野。天行地走，风吹尘落。有那么一天，老户们梦里醒来一样，说不清迪化城厚墩墩的城墙啥时间就彻底地不见了。城垛子风蚀人拆的日子里，一条条的街道续长着，一座座高高低低的楼房拔地而起。北门的城门楼子终于不见时，这条叫“光明”的路诞生了——它一头系着北门，一头伸展到了西大桥。相比喊了百年因桥得名的二道桥，相比很有些说道的山西巷子，相比因一眼八卦泉成了名的饮马巷子，相比风味小吃香飘远近的大兴巷子，少了点历史厚重的光明路也已一个甲子了，它过渡着边城的昨日和明天。

如今，乌鲁木齐的门脸儿装扮得十分生动，炫亮着边城的现代化。只在走进南北两侧的小巷深处，街面儿上灰不灰红不红的砖缝里依稀可辨昔时的旧事遗痕。这些巷道两旁的门扇窗棂子，大都被烟熏火燎、岁月涂抹。可不敢小瞧了这些低眉顺眼的去处，系着一方百姓的岁月呢！脸面儿上难寻的裁缝铺、镶铺和钟表师傅、修鞋匠，都在这儿掖着藏着。手工的鞋垫，虎年添孙子要买的虎头鞋，也只能在这儿买得上，更有那上海城隍庙的小笼包子、陕西岐山面皮、道口烧鸡……一声声耳熟的吆喝，哪间铺面不是“店小乾坤大，壶中日月长”！百姓的日子离得开光鲜炫目的门脸儿，离不开岁月深处的小巷，日子就是这么不紧不慢地流淌在小巷深处。

说起光明路，不能不说“光明路15号”大院。迪化城城墙围着时，光明路这处最有气势的大院还是老乡的菜园子。说起来话长了：清光绪二年(1876年)，左宗棠用兵新疆，收复失地，“赶大营”的天津杨柳青人肩挑货郎担一路随军到了新疆。左宗棠用兵得胜，赶走了盘踞新疆多年的入侵者阿古柏，失地收复了，军队就地屯田戍边，“赶大营”的杨柳青人家底厚实些的，在迪化城里落了户，承继祖业开店经商。大十字辐射东西南北4条街的大小商铺，大都是天津杨柳青人当掌柜，经营京津货品。一时间，迪化城有“小杨柳青”之称，更多杨柳青商贩散布新疆各地，有“三千货郎满天山”之说。弃商从农的杨柳青商贩留在了天山南北。当年，经营小西门外菜园子的几乎全是杨柳青人。这一处田园，紧靠乌鲁木齐河，水丰地沃，杨柳青的大白菜、灯笼辣椒、韭菜、韭黄、线条黄瓜、红心萝卜，长得比老家的还好，西红柿、包包菜、长茄子、土豆也引了来。光明路15号大院的地面儿是杨柳青人李国瑞经营的“李家菜园子”，当时兵团的掌门人张仲瀚拍板，6万元人民币买下了这处园子。

人因地名，地以人传，“李家菜园子”因与张仲瀚有了关联而注定有一番为历史记载的造化。

张仲瀚在光明路15号大院一幢小楼居住。小楼二层一间窗朝东的办公室也是他的卧室，一直住到1966年12月的一天。这幢坐西朝东的苏式建筑，是番号“中国人民解放军新疆军区生产建设兵团”的铁骑劲旅运筹帷幄号令三军的中军帐。

张仲瀚出生在河北献县崔尔庄，与清代名士纪晓岚是同乡。崔尔庄地处献县城东。献县得天独厚，滹沱河、滏阳河在此交汇为子牙河，东流入海。河流两岸平畴千里，物阜人丰。献县历史悠久，汉设河间国，景帝之子刘德被封为河间王。刘德崇儒学，“修学好古，实事求是”，谥号“献”，后世谓“河间献王”。历史上，崔尔庄名声响：

上有天堂，

下有苏杭，

数了北京就数崔尔庄。

崔尔庄哟崔尔庄，

九门九洞九关厢，

十字街头跑开马，

南关园子立道场，

…………

清代，崔尔庄聚居着五大旺族，五大旺族中纪姓、张姓两族声名最为显赫。近年，因一部接一部的清宫电视剧，国人耳熟能详的风流才子纪晓岚，雍正二年（1724年）出生在崔尔庄纪氏家族。到清光绪年间，张姓科举入仕的子弟比纪姓子弟还有名声。辛亥革命推翻清王朝4年后，张氏家族又添一男丁。族人很难想到这个名为“仲瀚”的男孩，日后会成为名扬中华的一代儒将。

张仲瀚在崔尔庄入塾发蒙，10岁进北平读完中学。自1915年农历一月九日张家文少爷出生，到1933年张仲瀚加入中国共产党的18年间，中国发生了多少惊天动地关系国家民族命运的大事！七七事变，民族危亡，张仲瀚举抗日义旗组建“河北抗日民军”，自此开始了他的戎马生涯。七七事变后，国共合作全民抗日，张司令的抗日民军投身贺龙的八路军一二〇师，整编为三五九旅七一九团，跟随王震铁马冰河，远播英名。

20世纪50年代，张仲瀚在光明路15号办公。百业待举的岁月，一支支令箭从小楼发出，中国六分之一疆域的战略蓝图成为现实：天山南北一处处荒原变成了绿洲，一只铁钉都要进口的新疆有了钢铁厂，天山雪岭通了公路……在祖国缺粮的饥荒岁月，在边关告急的危难时刻，百万大军撑起共和国的脊梁。那一代人对小楼，对小楼彻夜的灯光，不仅有权力的敬畏，更多的是人格的崇敬和由此而生的情感。讲起这些时，失去光泽的双眼会骤然生辉，他们为能在张仲瀚领导下工作过倍感幸运，自豪地回忆讲述他的往事轶闻。

5月里一个傍晚，路过大院西侧的杨树下，不经意间听一位老人对三五同行者说："这个人呀，没有他不懂的，生物工程，时髦吧？他那个时候就知道！要在我们学院开生物工程系！我们没有不佩服他的！哎呀！那个胆识、眼光、气度，谁个敢比哟！如今哪……"听老人说，放慢了脚步。不用打问，老人说的是张仲瀚，这是他们那一代人的记忆。刻骨铭心的记忆是情感。时日久了，情感升华为一种境界，让人肃然起敬，心驰神往。

宽阔的光明路，行道树也惹眼。早先是杨树。老人们说，每到飞花季节杨絮铺雪，光明路朦朦胧胧迷在雾里了。"晴西湖不如雨西湖，雨西湖不如雾西湖"，咱这少雨的边城杨絮起雾也迷离。现在，街上的杨树不见了，只在15号大院里还见得到，季节里，飘飞的杨絮牵扯着过去的日子走了过来。替换杨树的白蜡、山楂也比别的街巷的树木长得生机成势。说是"我们的传统"。这个"传统"说的是张仲瀚爱树。光明路的杨树，大院里的杨树、泡桐、白蜡都是张仲瀚领着老兵们栽种的。张仲瀚爱树的传说多了，他尤爱枣树。他告诉老兵，他是吃华北平原的金丝小枣长大的，枣是能活人的木本粮食。枣是中国种，黄河水流到哪儿枣长到哪儿。天山横亘中部，把新疆分为南北两部分，习惯称天山以南为南疆，天山以北为北疆，北疆种不了枣，枣怕冻，南疆能种枣。20世纪50年代，张仲瀚就把崔尔庄的金丝小枣引种到南疆长满罗布麻、铃铛刺的荒地上。如今，南疆已是中国最有前景的红枣种植基地。

光明路15号浓荫如盖的泡桐、榆、柳、杨……记录着大院的年轮。每到春夏，草长虫鸣，好去处。大院西侧的巷子叫"果树巷"，树干斑驳，却不失春华秋实的季节。

逝水流年。伴着树木的年轮，光明路"15号"如今长到"196号"了。时光掩去了多少曾经的辉煌鲜活？又衍生出多少失落和无奈？大院里的人越来越多，车越坐越好，树也就越见越少了，树要给人腾地儿。先遭殃的是杨树，飞花迷眼是杀伐它的理由。接着是榆树，“李家菜园子”的老榆树啊，饥荒年月活了人命的榆钱儿啊，人忘了它的恩德。树亲人，树心里人是会走动的树。人却没把树当成站立的人。不单是树，两层小楼也保不住，小楼的地面上要盖大楼。跟着张将军从河北、从山东、从山西一路到了新疆的老兵恋着小楼。在他们心里，小楼已是神圣的象征。他们递话，上书：你盖再大的楼，你也不敢动我们的小楼！如果没有当年枪林弹雨，没有“二牛抬杠”开荒种田……能有今天吗？再说了，不看僧面看佛面，一张张褶皱叠着褶皱的老脸还在嘛！老人们活得天真了，现实跟前情面苍白得一点血色也看不见。人世间，今天给昨天让位哪里见？一夜间小楼不见了，两年里大楼建成了。光明路又多了一景。光明路也少了一页历史：这一支劲旅在激情燃烧的年代最有华彩的一点留存被彻底抹去了……光明路体积最大的楼落座15号～196号，大院的日子却未见丰厚，楼高了，树少了，反倒空落落的，见了浅薄。

雪夜漫步。千禧又10年，最后一场春雪，多年不见这么好的雪了！穿越时空的天外来客拥吻街灯的光影，点染着光明路的远景近观，飘飘忽忽，朦朦胧胧，平添了几分温情和幻觉，也洇染开人的记忆……

光明路长不过一公里，读懂它却并不容易。

果树巷斜出的枝条坠出了弧度。院里簇聚的泡桐纹丝不动，入土的根深了，自然就宠辱不惊。闲看庭前人来人往，漫随天外雪飘雪落。

清明，去晓园。

晓园坐落在石河子子午路上，临街一幢坐西朝东的两层小楼，身架、门脸儿都不起眼，楼后却见山石亭廊，小桥流水，三两点花红，五六处绿染，这一处6

亩许的所在就是1995年始有的“晓园”了。

照壁勒铭“晓园记”：

以石城之建与三十年题名事为兹城兹地之牵，睹物思人，独怀早已作古之张仲瀚先生，愿此园之造应有追怀与迎宾之致意。

“三十年题名事”，说的是当年小楼落成，张仲瀚亲笔题匾“团结客舍”。团结客舍是子午路第一楼，也是石河子第一处迎宾揖客的驿馆。

“石城之建”的内容展开来是一部“石河子史”。初来石河子的人会惊叹它的森森林木，浓荫覆盖；会惊叹它条条街道都宽阔；会为它的阳刚大气感叹不已。更应感叹的是，时光走过了60年，石河子的城市建设还没有超脱当年的规划蓝图，没有因前人的短见而挖挖填填，修修补补。

“石城之建”系指“睹物思人”，“独怀”一代儒将张仲瀚高瞻远瞩、奠基新城的雄才大略。张仲瀚是新城的总设计师——他以第九军政治委员、第二十二兵团政治部主任身份兼任石河子城建指挥部政治委员，组织实施新城建设。“绿色方格网”林路规划出自张仲瀚之手。

开基始祖的创建堪称绝世传奇，借助几根麻绳、3支枪架托平一碗清水，规划出了新城的中轴线——子午路。第二十二兵团司令部，外形酷似“东方红”拖拉机的两层半红砖建筑，老兵就地脱坯烧窑，起墙叠瓦，成就了石河子第一楼——“寡妇楼”，老兵们叫开的俗名。那时候，拖拉机是老兵的“梦中情人”，石河子第一楼造型设计的灵感源于此。当年，部队清一色光头，梦里找媳妇的老兵戏称第一楼“寡妇楼”。现在，第一楼已是浓缩屯垦戍边历史进程的军垦博物馆了。

“寡妇楼”后，数团结客舍的名气大。

“团结客舍”典出唐代诗人王维的七绝《送元二使安西》：

渭城朝雨浥轻尘，
客舍青青柳色新。
劝君更尽一杯酒，
西出阳关无故人。

盛唐烜赫，疆域辽阔。安西都护府、北庭都护府辖统西域，丝绸之路通达欧亚。商旅往来，军戍出归，渭水南岸的渭城迎来送往，《送元二使安西》后有乐人谱曲，又名《渭城曲》。

阳关，位在玉门关之阳而名。西出，东入，其中滋味不一样。老百姓有顺口溜：“一出玉门关，两眼泪不干；向前看戈壁滩，向后看鬼门关。”

威震西域的班超在《求代还疏》中奏请天子：“臣不敢望到酒泉郡，但愿生入玉门关。”可怜征战一生的老将军班超，祈望能活着进入玉门关就“皇恩浩荡”了，读来让人心生悲凉。

黄沙漫漫，长路迢迢，关里关外两重天，古人征战几人回？一部《全唐诗》，边塞诗独成一景，送别诗委实可观。细雨蒙蒙，杨柳依依，十里长亭又短亭，不知上演了多少回：“仁兄，再干一杯吧，出了阳关，就没有老朋友陪你喝一杯了……”

《渭城曲》谱入乐府，末句“西出阳关无故人”叠唱反复，成为流传久远的送别曲。

一代儒将张仲瀚取典赋新。想见团结客舍落成那天，塞外边城不是雨后放晴，一定是晨露泽润，望着让人眼前一亮的白墙红瓦，将军提笔落墨，苍劲敦厚的颜体“团结客舍”一挥而就，前辈风流！多上口的名儿啊！古时驿站，今日客舍。南来北往客，东去西行人。冬日里暖暖情怀，旷野上亮亮烛光，此情长忆，春花秋月——西出阳关有故人。

团结客舍落成时，将军大气磅礴、雄视千古的七言绝句《感怀》正流传军中：

大军十万出天山，
且守边关且屯田。
塞上风光无限好，
何须争入玉门关。

诗言志。拳拳心。殷殷情。

将军过世整整30年了，可将军心声犹在耳边。

清风明月，吾携晓园，心祭将军——还有他那个时代。

胡杨花儿开

南疆春来早。

暖意融融的春风悄无声息掠过南疆大地，塔里木河两岸茸茸一层绿就浅草远看了。杏树、苹果树干焦焦的枝条上花骨朵星星点点，枣树打苞要晚些日子。没等上几天，阔叶榆、复叶槭、杨树、柳树一个比着一个忙不迭地给阿拉尔披上了绿波荡漾的新衣衫，醒目养眼！

细看，阿拉尔的绿有层次。碧绿是阔叶榆、复叶槭掀起的光波；灰绿是新疆杨、馒头柳的铺陈；一树一树婆娑起舞的嫩绿，是阿拉尔最钟情的胡杨涌动的风景，绿得真是水灵！邻家有女初长成的小模样，可亲可近，让你禁不住感叹："年轻真好！青春真美！"

绿波托出的片片红云，是红叶海棠一柄柄树冠撑出的。正值花季，紫红色的叶片撞上了太阳投射的光束，像燃烧的火苗一样。驻足端详，它是怎样从一颗种子或是一株小苗有了今日挺拔的身姿？又经历了多少风吹沙打、霜寒冰冻，才有了今日明净多彩的天地？红叶海棠花期虽说只有10多天，如火的红叶却是春夏秋不败的一景。秋冬交替时，一树树小红果艳了阿拉尔的天，亮了人的眼，还给各路光临的鸟儿留下足够的甜蜜。这些小精灵们可聪明呢，专拣熟透了的享用。一声声答谢的鸣唱婉转悠然，却难见歌者的身影。

暮春、深秋，塔克拉玛干每每借助骤然而起的暴风卷沙扬尘，太阳瞬间失去了光泽，天地昏暗，只有挺直腰身撑起蓬勃青纱的林木给人可以依靠的安全感。只要置身其中，就有这种切身感受。

阿拉尔的地理存在决定了人和树的关系只有“亲情”可以诠释。

沿着阿拉尔蛛网式的行道林一路走下去。滨河公园、文化广场……赏心悦目休闲小憩的好去处还真不少。春寒料峭，乍暖还寒，河边湿地已感悟到了春风悄然破冰的力量，紫油油的苇锥子顶破冰封的河泥，接受春日暖阳的爱抚。夏天，行走在遮阳伞样的绿荫下，徜徉在花草簇拥的锦绣中，眼前彩蝶翩跹，小蜜蜂飞得好甜蜜。听大河滔滔西去，送夕阳落霞晚归。

环城大道纵向横向交会处，辟有一名为“青年林”的去处。青年林保留了富有时代记忆的野生胡杨、新疆钻天杨、沙枣，移植、新栽有国槐、苹果树、梨树，林果错落有致。散布其间的山石恋恋风尘，河畔野地随处可见的草花来了这里，清新宜人。走近青年林，耳边就有了《送你一束沙枣花》的旋律：

坐上大卡车
戴着大红花
远方的青年人
塔里木来安家
来吧来吧，年轻的朋友
亲爱的同志们
我们热情地欢迎你
送你一束沙枣花
…………

当年大都市的10万上海知识青年告别黄浦江，来到满目苍凉的边陲远地，塔里木河给了他们多少精神慰藉啊……登高远眺，阳光下的塔里木河波光粼粼，大水东流，芳华不再。

每一座城市都有自己独一份的人文地理。

阿拉尔是一方福地，三水交汇，一河穿城。

三水溯源——叶尔羌河、和田河，“河出昆仑东北隅”；阿克苏河，“源出天山汗腾格里冰川”。

如此说来，塔里木河可谓出身名门，血脉尊贵：莽莽昆仑，万山之祖，众神栖居之地；巍巍天山，天赐之山。

塔里木河呀

故乡的河

你用乳汁把我养育

母亲河

塔里木河以血脉之乳哺育南疆大地，以博大的母性情怀滋养多元一体文化。福地阿拉尔近水楼台先得月。行道树，其实该称作“行道林”，几十米甚至几百米宽的城市森林是阿拉尔最动人的风景。一座城市的行道林、环城防护林，主栽树种是胡杨，我只在阿拉尔见过。阿拉尔有多少胡杨树呢？没人说得清。想来，塔里木河流过多少滩地，就会有多少胡杨。

“咱阿拉尔环城防护林，延绵几十上百公里啊！景观大道哪条不是几百米宽。”

“说阿拉尔的绿化，不要再用什么‘生态指数’‘森林覆盖率’这些干巴巴的数字了，太阳照亮塔里木河，推开家里的窗扇子，树的枝枝叶叶和阳光一起涌进来，探头探脑地给你打招呼：‘早上好！早上好！’人就住在林子里……”

随着阿拉尔市城市管理局园林处处长程乐文漫步“枝枝相覆盖，叶叶相交通”的林子，听他一棵树一片林如数家珍、幽默风趣地介绍，哪棵树看上去都那样有情有义。这让我想到“杏林”一词，“杏林”典出建安三神医之一董奉。名医董奉治病救人不取分文，只让病愈者在他居所的山坡沟野栽种杏树，重病痊愈者栽种5株，轻者植一株。天长日久，10万株杏树郁然成林，覆盖了荒山野岭。后世遂以“杏林高手”“誉满杏林”称颂医者美德高尚、医术高明。

乐文说，从老家落户阿拉尔，起先就是谋生糊口，从老家走新疆前还拉着8000块的债，咋还上？走新疆，讨口饭吃。老婆家有亲戚在一师，他们就一路奔西到了阿拉尔。

在塔里木河右岸连队落了户，栽下几棵胡杨苗，种了几棵新疆钻天杨，盖了一溜土坯房。树扎了根，人安了心。西出阳关闯荡新疆拖家带口的河南汉子程乐文眼里心里，胡杨树下的土坯泥屋，让他告别了一路向西的漂泊。

乐文告诉我，在沙漠边种棵树跟在老家种可不一样。别说种棵树，野地里看见一棵树，就跟遇上了一个熟人一样，亲！你想想，一眼望出去沙包沙梁子，眼里突然有了一棵树，难耐的孤寂顿时没了，紧紧抱住这棵树就跟抱住了亲人一样，能不泪湿衣襟吗？

与沙为邻，树就是咱的亲人哪！

乐文种了10年果园。园子四周种胡杨、种白杨、种沙拐枣、种兔儿条……多层绿色屏障对峙阻挡塔克拉玛干的沙尘暴。北侧，黄沙漫漫大有吞没绿洲果园之势；南侧，绿浪滔滔欲轻锁黄沙于绿浪之中。一年又一年，胡杨、白杨顶着寒露萌芽，披着沙尘开花，不露声色一点一点向沙海挺进。浇水、施肥、修剪……林业、园艺是学问也是技术。“种了10年园子，真没敢歇一天，你是和生命打交道，果树坐果就跟老婆怀了娃，侍弄果木真比养娃难，娃饿了疼了哭，果树不会哭，你得观察，摸清它的脾性。”秋天的阳光里，园子里一树一树果子，娃娃红扑扑的小脸蛋样儿，红得灿亮动人。10年辛劳，乐文迈进了林学专业的门槛，学得一手园艺技术，也有了原始积累。他告诉我：“1996年一年净落了十六七万！老家欠人的8000块早还了。”

果园种得正红火，2002年民选连长，农工兄弟一心跟着乐文发家致富，自流来疆、种园子的程乐文一夜之间成了连长！这在以往想都不敢想。连长正干得风生水起时，阿拉尔奔着“绿水青山”的大目标，在“建设园林城市”的背景下，园林处应运而生。在塔里木河右岸摸爬滚打20年——10年的果园实践积累园艺技术，先后就读塔里木农垦大学园林系、园艺系进行专业提升；10年连长日积月累的管理经验——阿拉尔市党组织几番“伯乐相马”，园林处首任处长程乐文走马上任。

2002年设立的阿拉尔市，只有些连队农田防护林常见的榆树、杨树，不多的几棵法桐。选择引种、移植适合阿拉尔生长的优质树木好办，招不到人是难题。园林处，见天打交道的不是泥，就是水……求助母校，招专业对口的实习生，在工作中积极引导，耐心培养，最终有10多个青年学生留了下来，这是阿拉尔市园林处的坚实基础。队伍拉起来了，种树！先干起来再说。从挖第一个树坑开始，质量必须达到要求，没有二话。园林处成立前，树木成活率不到50%。首任处长在植树工地找到了原因：成活率取决于水。南疆土壤盐碱重，很容易板结成不透水的胶板层。胶板层薄，挖掘机作业可以将其破碎，胶板层太厚就要换掉。以往新植林浇水很随意，不探究竟，看上去树种了水灌了，其实新栽的树苗一口水也没喝上。

果园、农田20年的摸索积累终于有了厚积薄发的契机和舞台。园林处成立后，当年栽种的法桐，成活率达90%以上。

一棵树一片林，程乐文眼里有形心中有数。从整地、育苗到绿树成荫，他丝毫不懈地记挂着。一棵棵小树苗，栽种在干旱寒冷的沙漠边，树坑挖深了不行，气息不通畅，苗子活不了；浅了也不行，怕被春秋的风沙卷走了，怕被隆冬酷寒冻伤了。挖好树坑，小树苗放进去，埋两锹土，再轻轻往上提一下，让树苗的根须舒展开，然后再埋土。根须扎进土里就跟孩子拱进娘的怀里，一排排树一片片林就这样亲近了大地母亲。先是一棵一棵树，后是一路一路树，再后是一片一片林。小青年说得形象，钱塘潮一样，先是一个白点，转眼间点成线，线成面，一波接一波，一层叠一层，绿潮尽染阿拉尔。然后是远高近低、远密近疏、疏密有致的行道树。林间马鞭草、鼠尾草、芍药、月季、万寿菊……色彩斑斓，花团锦簇。

园林处组建的第四个年头，年轻的阿拉尔市拿到了“国家园林城市”荣誉。这一年，程乐文成为阿拉尔市副市长。

乐文说，这些年，阿拉尔的树一年比一年种得多了，农场的树也一年比一年种得多了，风沙眼见着一年比一年少了、小了。黄沙土路看不见了，都种了树、种了草，满眼绿，看不够。阿拉尔风水好啊，种啥成啥。老辈人讲风水，不就是地里庄稼遂了人意，年年好收成，族上人丁兴旺。来新疆30多年了，半辈子了，和阿拉尔亲呀，夏邑老家梦里见了，还都是些小时候的事。

“在家时我爹给我说，只有庄稼地不屈咱庄稼人。你下一分力，就有一份收成，不白流汗。花草树木有眼有心，你懂了树的心思，树就懂了你的心思。”乐文说这番话时，胡杨一串串摇曳枝头的紫红色菱荚花序，在春阳里怒放。

我眼前的这位夏邑同乡，在祖国边陲远地活成了一棵胡杨，根脉穿越黄河哺育的中原大地，穿越戈壁沙漠，绵延数千里，扎根塔里木河滋养的阿拉尔，繁衍生息，与这片辽远的土地不再分离。

“咱有缘，都喜见胡杨。”阿拉尔人对胡杨太有感情，阿拉尔选市树，胡杨早在老百姓心里了。入了秋，那才叫大景观，一边绿，一边黄。霜降后，一棵一棵黄金树，一片金黄！

阿拉尔的美，不是“小桥流水人家”“采菊东篱下，悠然见南山”的阴柔怡然，而是“大漠孤烟直，长河落日圆”的铁骨侠胆，是“相逢意气为君饮，系马高楼垂柳边”的青春豪气。

“阿拉尔还有一个人，和咱一样，喜见胡杨。盯住胡杨一干也是20多年啊！塔农大的‘胡杨公主’。”

“你来这些天，街头没见杨花柳絮吧？胡杨上街，满足了市民百姓的心愿，阿拉尔有了自己的一景……”这之前我已经知道，胡杨作为阿拉尔的景观树，和“胡杨公主”团队的研究成果分不开。

有一种说法，塔里木农垦大学是阿拉尔的世外桃源。

“胡杨公主”已在沙漠边的世外桃源修炼了20多年。

塔农大的校园林木掩映、花草葳蕤，春天蜂舞蝶狂，秋月果香弥漫。外地朋友走进校门，开口第一句话几乎都是：“你们塔农大这么漂亮啊！真没想到！”每次，“胡杨公主”都会心泉涌动，湿了自小被奥斯曼草滋养的长长睫毛。

夜幕降临，校园高高低低的灯光在天幕交错，似天上星星落于胡杨枝头，与枝头上摇头晃脑的小苹果嬉戏一处。

——这是一座座殿堂的智慧之光。

智慧之光让我想起一位将军。作家周立波描写过这位将军——“像八路军所有的身经百战的将军们一样，他有一双好眼睛，在原野里看得非常远”。

将军者何人？开国上将王震也。解放战争三大战役的硝烟还未散尽，将军已经高屋建瓴地看到了历史的巨大转折，“我们的部队，要从打仗转入经济建设，我们有了新的使命，这个使命就是学习建设祖国的科学技术本领”。

解放西安的炮声还在耳边回响，将军铁马风尘踏上了前往武功凤岗的路，为新中国建设招贤纳才。挥手间，西北农学院百余名热血学子投军西行。

兰州解放第十天，将军统领的一兵团就组建了“第一兵团新疆经济研究所”和“第一兵团财经学校”。

1949年8月1日，解放陇南重镇天水的隆隆炮声吹响了挺进新疆的号角，奉司令员王震指令，“第一兵团卫生学校筹建委员会”在陇海路天水西站挂牌，就地招收青年学生参军入学。9月25日，中国人民解放军第一兵团卫生学校600余师生在兰州市女子中学礼堂举行开学典礼。10月16日，第一兵团卫生学校奉命挺进新疆——这是石河子医学院的前身。

1952年8月1日，八一农学院在迪化老满城新疆军区第二步兵学校礼堂举行开学典礼，穿越抗日战争、解放战争枪林弹雨的近千名指战员背着行囊步入大学校门。王震将军在致辞中提出八一农学院的办学方针：理论联系实际，教学结合生产。1958年10月15日，塔里木河上游，地名阿拉尔的一处草滩上，正举行塔里木农垦大学开学典礼，370多名部队选送的劳动模范、生产能手走进只有5间土坯平房、6间地窝子、几顶帐篷的大学。来自五湖四海的教授、讲师，既无重点学科经费，也无专家补贴，更没有藏书丰富的图书馆和具备起码科研条件的实验室。塔里木农垦大学最大的一份家业是500亩试验田。学人们躬耕田间，授课树下，殚精竭虑，教书育人。

运筹帷幄，呕心沥血；筚路蓝缕，以启山林；桃李不言，下自成蹊。

六七十年间，八一农学院——新疆农业大学、塔里木农垦大学——塔里木大学,走出了数以万计“下得去,留得住,用得上,干得好,靠得住”的现代农业专业人才,走进天山南北的农场、农村、草原、牧场。新疆农业发展的科技含量高于全国水平,新疆兵团以优质棉生产为标志的现代化大农业对中国农业发展至今仍起着示范作用。

当我仰望闪耀着智慧之光的一座座圣殿时,心中就会想起将军“在原野里看得非常远的好眼睛”。

这所离沙漠最近的大学,军人基因处处留痕。指战员学长们栽种的胡杨、新疆杨是学校也是这座城市根深蒂固的记忆;一片又一片春光里花香流溢,秋阳下硕果挂满枝头的海棠、苹果、香梨……水墨画一样留白校园,一处又一处世外桃源是学子们探索智慧星空的望远镜,也是阿拉尔——绿色岛屿的造化之链。

仲夏夜,微雨轻风,胡杨树下,沧桑树干擅开了往昔之水。如果一座城不幸失去了所有过往岁月的承载,它也就失去了藏身其中的无以计数的未来。而只要这座城塑造的大学还在,就能为其提供有效延续的空间。大学传承历史和文明,繁育文化土壤,引领创设城市未来,水到渠成自然而然地成为城市最有魅力的风景。一所优秀的大学是这座城的文化地标。

幸哉阿拉尔!天赋一水城脉动,学园立城智慧成。

胡杨花先于叶,8月果实成熟,蒴果三裂,白絮如雪。小小的种子脱胎母体后,借助自身冠毛,像蒲公英一样撑开毛茸茸的小伞,乘风飞翔,寻找安全岛。远离沙漠的人开口就是“胡杨3000年不死,死后3000年不倒,倒地3000年不朽”,他们又哪里知道,生存在沙漠有多难,为什么胡杨又叫沙漠英雄树。一粒胡杨种子,最多只有芝麻粒的十分之一。适者生存,因为小且轻,它的冠毛才能带着它飞翔。一旦寻找到安全岛,赶紧收伞降落。一落地,冠毛就覆盖住种子，紧贴湿气氤氲的地皮，保护种子尽快萌芽。只要12小时，胡杨种子就会萌芽生根，48小时后小小两片子叶已伸得平平展展。如果一个月里遇不到湿地和雨水，这粒种子就夭折了。塔克拉玛干是极端干旱区，优胜劣汰，物竞天择，我们胡杨的生命力有多顽强！它不向命运低头，进化出多种繁衍生存途径，深入地下40米的根脉只要触及地下水，胡杨就会冲破层层阻力，萌蘖新芽，长干抽条，直到长成参天大树。

“胡杨公主”给我简要科普胡杨知识，她告诉我，侍弄胡杨苗比照顾宝宝还操心。苗圃是胡杨苗的摇床，先是娇滴滴地抽出两片叶子，就像宝宝长出了乳牙，可以喝米粥了，小小的叶片在阳光抚照下进行光合作用，眼看着一天天抽条长身子。秋风渐凉，胡杨苗身躯也有“胡杨公主”的大拇指那么粗了，开枝散叶，像扇着膀子扯着嗓子刚打鸣的小公鸡一样显摆。它们哪里会想到，离开摇床扎根田间地头开始由苗成林的过程将经历怎样的风霜刀剑……

胡杨，南疆处处可见。行走沙漠戈壁、人迹罕至的穷乡僻壤，只要远远望见一两株身姿可能不是那么挺拔，却傲然倔强的胡杨树，心底就油然涌动近乡情切的归属感。走近胡杨树下，溪水不舍昼夜，鸡鸣犬吠，袅袅炊烟，“儿童牧鹅鸭，妇女治桑麻”——南疆村落惯常的画面。

“您去看‘睡胡杨’了吗？”“胡杨公主”说，“一定要去看看。那些沉睡千年的胡杨只要遇到水，就会萌蘖新枝条，枯木逢春。”

真是胡杨古国！

虎踞龙盘，卧狮奔马，剑指苍天，鹿鸣旷野……无声无息，触目惊心！

——一眼望不穿的“睡胡杨”！

睡胡杨谷位于和田河和克里雅古河道交汇地域。由于和田河改道，克里雅河断流，千年胡杨渐渐干枯。

在阿拉尔，说到胡杨，都会说起“睡胡杨”，却没一人口吐“死”字。似乎不是有意避讳，在阿拉尔人的潜意识里，情同手足的胡杨只是睡了，哪怕千年不醒，他们也坚信总有一天沉睡的胡杨会突然间梦醒花开。我想，这也是他们把胡杨谷叫“睡胡杨”的缘由吧。

睡胡杨是生与死——阡陌相连的绿洲与进去出不来的死亡之海塔克拉玛干的分水岭，这得有多大的修行才有如此王者风范！

可千万别小瞧塔克拉玛干的能量，有意无意间可能就触动了人类一族的前世今生。

斯文·赫定和楼兰古城，斯坦因和尼雅古城……2004年春天，阿拉尔两名青年农工在荒漠打柴时，无意间发现了昆岗古墓群。据此，阿拉尔地域人类活动的历史，至少上溯2000年。

在新疆，找到一座古城遗址，就找回了一段历史。

睡胡杨见证了塔里木河流域曾经的繁华，农耕发达，商旅云集；也目睹了西域三十六国的消亡。

千年守望，只待东风化雨春暖花开。行走在睡胡杨谷，分明能感受到脚下交叠有先人的足迹，背负光阴，风雨中历经沧桑。

问胡杨：能告诉我昆岗—阿拉尔千年丝路传奇吗？

一方水土养一方人。胡杨和我们一样，也是没有选择，它的老家就在这里，祖祖辈辈一代又一代。睡胡杨那是祖奶奶太奶奶辈的了。

“我出生在塔克拉玛干沙海边的古城策勒，因为家门口两棵大树，小时候的记忆生动起来。在塔农大上学时，试验田一粒小小的胡杨种子，长出了两片叶子，长成了一棵小树，我明白自己要做什么了。学现在一句时髦的话：我有了我的诗和远方。”

“胡杨公主”的父母1952年从老家湖南参军进疆，部队转业扎根策勒县。塔克拉玛干沙漠南缘的策勒，是汉唐时期繁盛一时的历史名城，丹丹乌里克古城、达玛沟佛寺遗址举世闻名。留存于“胡杨公主”记忆深处的画面是树，院门前很高很大的树。那时候风吹沙从天亮到天黑。妈妈对她说：“大树的枝叶像伞一样保护着我们家。”小姑娘从小小一块窗玻璃望出去，眨巴着水汪汪的眼睛感谢大树保护了她们家。穿上妈妈手缝的裙子时，一棵树上的果实熟成了紫红色。又酸又甜的果实染红了她和姐姐的嘴唇。还有一棵树，叶子长着长着，有的变成了长的，有的长成了圆的。长大了些，小姑娘知道一棵大树是桑树，甜甜的紫色果实是桑葚子，有两种树叶的大树叫梧桐。在小姑娘心里，一棵桑树，一棵梧桐，跟爸爸妈妈姐姐一样，是她最亲的人。

转眼，桑树、梧桐又高了，小姑娘也长成了大姑娘。大姑娘填报高考志愿，专业选了林学。跨进塔里木农垦大学校门，知道了妈妈、策勒老乡叫的梧桐，学名胡杨。姑娘学术目标明确：救助她自小的亲人——关系塔里木生态前景的濒危植物胡杨，建立胡杨遗传多样性资源保护种苗基地。

在塔里木盆地，生态主体的守护神是胡杨。像南疆这样的极端干旱区，哪怕你是盖世英雄，单枪匹马也打不了天下。胡杨的伴生植物甘草、三叶草先扒住地面，说来就旋而骤起的风不能轻易卷起沙土。红柳、铃铛刺、滚龙草这些灌木是第二方阵，能有效减弱风速。灌木后面是梭梭、沙枣、胡杨、白杨……乔木群落。恢复、保护原始胡杨林课题研究，是一项系统生态保护工程。面对步步紧逼的塔克拉玛干沙漠，首要工作是发掘胡杨遗传多样性资源保护，探索胡杨伴生植物群落，建设兵来将挡，水来土掩的主体方阵。

“我们阿拉尔垦区生态防护林工程已经融入国家三北防护林体系，形成了

‘产学研’三位一体。”“胡杨公主”手指一片嫩绿，“我们和程市长他们合作，胡杨上街。雄株，屹立景观大道，伟岸挺拔的大丈夫样；雌株，去了风沙一线，生儿育女，成就绿水青山……”

古人十年磨一剑。今人二十载心无旁骛，耐得寂寞，甘于清贫，泥水里去，风沙中行，情系胡杨，植播绿荫。

“这可能是胡杨家族给我的遗传基因吧，我时常暗想，我和胡杨应该是上辈子的缘分未了，又相约今世……”

在阿拉尔，说起胡杨就会说到胡杨谷，也会说到“胡杨公主”，她的姓名“李志军”几乎没人称呼。

人生是一本书，一棵树也是一本书。岁月隐秘，情感跌宕，都在一圈圈深深浅浅的年轮里。

读一座城，其实是熟知一群人。开发塔里木的维吾尔族向导巴吾东老人，爷爷做过瑞典探险家的向导。塔里木农垦大学的校址，原先是巴吾东家的羊圈。

说着说着70年啦，弹指一挥间。

70年前，突然有那么一天，呼啦啦徒步走来一群红六军团起家的军人。那些个弃锄扛枪、投笔从戎、穿越枪林弹雨的军人，西出阳关，八千里路云和月，走到了天山脚下，走进沙漠深处的阿拉尔，履行共和国的神圣使命。扛枪磨出老茧的手又握紧了垦荒造田的坎土曼，塔里木河和灿烂阳光成全着军人的创造，垦荒当年，稻米、玉米、棉花、萝卜、白菜……种啥啥丰收！“花篮的花儿香”就这么从南泥湾唱到了阿拉尔——

一唱70年！

风过原野，拱卫阿拉尔的万亩良田绿波潮涌。油绿的棉田是阿拉尔最热烈的精灵，它们绿染大地浓得化不开！细细看，你能捕捉到万绿丛中的红、粉、黄、白……七彩棉花。秋风驾临，连天绿波就幻化白叠为帐、霜花愈浓的“白银王国”——

世界长绒棉产区有“埃及尼罗河，中国塔里木”的说道，阿拉尔垦区已是国家的优质棉种植基地。

能与浓绿的棉田较劲的只有绿得水汪汪的稻田。阿拉尔也是闻名遐迩的稻米之乡。

土地沙化，沙进人退，是全球面临的一大难题。近20年，全球每年土地沙化面积都在增加。在这样一个大背景下，位于世界第二大流动沙漠塔克拉玛干最前沿的阿拉尔垦区，植被覆盖面积却增加了100多倍，沙尘暴天数和强度递减了近一半。

种树啊种树。春天种树，秋天种树，年年种树，生态与人的欲望、利益冲突时，宁肯少播些棉花，也要恢复塔里木河下游的水流。眼见干枯的胡杨又萌生嫩绿的枝条，“胡杨公主”、程乐文一众双眼盈泪如波光粼粼的台特马湖。

70年啊！胡杨活成了人心里的神，人活成了树的神！

梧桐树高凤凰来。

“用中国最好的棉花生产中国最好的毛巾”——在阿拉尔开发区林木铺绿的背景下，洁丽雅阿拉尔工业园这标语醒目动人。

浙江洁丽雅、台湾飞龙、山东金鲁、河南新豫、四川美丰、陕西杨凌博迪森、安徽华茂……知名企业不嫌山高水远落户阿拉尔。

阿拉尔，中华人民共和国版图上又一熠熠生辉的星座，缀连着一方方绿洲，焕发出勃勃生机，成为当地经济起飞的平台，一方百姓幸福和谐的家园。

大千世界，风情万种。每一座城都有自己的姿容格调，阿拉尔，清水芙蓉。

当年,巴吾东告诉垦荒先遣队员:“我房子有的地方叫‘阿拉尔’……”

阿拉尔——塔克拉玛干茫茫瀚海中的一屿绿色小岛,被维吾尔族兄弟叫得诗意盎然。青春洋溢的巴吾东指着胡杨树说:“托克托克,最美丽的树!”

“慢点走,停下来等等灵魂。”离开阿拉尔的清晨,回望时,目光又撞上了那一树情人的胡杨花……

石头河子

"林中有许多路。这些路多半断绝在人迹不到之处。这些路叫作林中路。每条路各行其是,但都在同一林中。常常看来一条路和另一条路一样,然而只不过看来如此而已。"

读帕慕克的《伊斯坦布尔:一座城市的记忆》,却读到了海德格尔的这段话。帕慕克的林中路,遍布着帝国遗迹,他走得忧伤。

一个人与一座城的依存,有气息相投,却也脱不开宿命约定。

沈从文林中路的源头在湘西山中的凤凰城。

爱尔兰的约翰·班维尔漫步异域他国布拉格的林中小路,体味着他与布拉格沉沉的共鸣感。

那个年迈的巴尔扎克,或勇往直前或曲径通幽,穿行巴黎布满欲望、奢华、驳杂纷呈的林中路,斩获着法兰西的历史风情画卷……

漫步石河子林中小径,想着栖居的小城石河子,首先就想到了老街。

老　街

1956年暑期,父亲领我从垦荒驻地小李庄到石河子,是我第一次走在这座城市的街道上。

当时的这条街在我的印象中是很热闹的,有飘着麦香的馕铺,有火星四溅的铁匠铺，操锤的维吾尔族小伙子笑眯眯的，掌钳的老头一定是他的父亲。

最清晰的记忆还是这条街上的商店，推开两扇绿色的门，再没有比这里更繁华的去处了！高高的柜台上，大玻璃罐装满了糖果。父亲给我买了一只小小的跳跳鸡，麻黄的身子，绿尾巴，上满发条，它一跳一跳地往前蹦。这只漂亮的小鸡成为我童年最亲近的朋友。

紧挨着老街的路北芦苇连天，苇荡中不时有水鸟振翅。这一处那一处往外涌着泉水，有一株老榆树下的泉水最旺。树下小毛驴在饮水。苇湖边有一片一片的庄稼地。

这条街，就是石河子最负盛名的老街。

老街在石河子西北方向，人们管这一带叫“泉水地”。天山融雪渗流地下，千曲百回，在冲积扇的这一处涌出了地面，这可能是老街被称为老街的天赐恩泽。

父亲还在老街给我买了一个馕。老街有一个馕铺，还有鞋铺、衣服铺、铁匠铺、一家车马店。

我对馕的喜好，可能就是从石河子老街这家馕铺开始的。

“石河子”原是湖名。《新疆图志·土壤志》记：

绥来县治西有苇湖、草湖五处，即：铃铛湖、花树林子、石河子、马厂湖、张家尾河，纵横共约六七十里。

由湖名而得地名。乾隆四十三年（1778年），清王朝设绥来县，石河子在绥来县内。

时至今日，在民间百姓中普遍流传的说法是，“石河子”的由来和遍布大小河道、苇湖浅滩，随处可见的鹅卵石有关。那些石河子人不以为意的鹅卵石，无论从数量之众还是从外观鬼斧神工的圆润说，都足够让来到石河子的外地人叹为观止。

光绪十年(1884年)，新疆建省。绥来县置东、南、西、北四乡，领属四十三庄。西乡领属有石河子庄。

清末民初，西去东归的行旅商客踩出的百米长街，已经很有些模样了。街道两边铺面挤着铺面，有杂货店、车马店、铁匠铺、粉坊、芝麻作坊，也有饭馆。有商会代为处理街面的民事纠纷。这就是石河子最早的一条街——

老街。

它是石河子作为城出现的历史源头。

老街东北角有关帝庙、娘娘庙、财神庙、山神土地庙。

老街西又30里，乌兰乌苏驿，绥来县境12个驿站最西边的一个。乌兰乌苏驿因乌兰乌苏河得名。乌兰乌苏驿有店家30余户。驿南半里许，设玛纳斯右营守备营卡。

老街是幸运的。没过几年，历史就把一个千载难逢的好机会给了老街，使它一夜成名。

这一天暮色时分，一行军人走进卡德尔的车马店。刚从战火余烬中走出来的小店很简陋，一围干打垒的院墙，一排土坯泥屋，泥屋对面是投宿客人喂马的马棚。只能住这儿。1945年三区民族军进驻老街后，车马店只剩卡德尔这一家了。

卡德尔怎么也不会想到，走进他店里的军人，主宰着石河子今生来世的命运。

这一夜，卡德尔车马店的灯火是老街最亮的。新疆军区第一副司令员王震、二十二兵团司令员陶峙岳、二十二兵团参谋长陶晋初、九军政治委员张仲瀚……戎马一生的将军灯下围坐，面前的长条桌上摊开着石河子及附近地区地形图。

土屋里蚊虫扑面，卡德尔点燃蒿草驱赶蚊虫。

两天来，这支由将军和专家组成的队伍穿行在玛纳斯河流域荒原。有路乘车，无路骑马，古榆挡道，毒蛇拦路，弃车舍马，将军们一人一根红柳棍，“打草惊蛇”，牵马前行。

夜深了。卡德尔告诉将军，房顶凉快，又没有蚊虫。王震将军第一个登上了屋顶。果然，月明风清，平展展的屋顶，可比又闷又热又有蚊虫侵扰的泥屋内舒坦多了！

将军们却没有睡意……

榆树枝头的小鸟牵来第一线晨曦，王震将军挥动手臂：“我们就在这里开基立业，建一座新城留给后人！”

无论于将军，还是未来的新城，这个夜晚的星辰，卡德尔的车马店，老街，都将定格在历史记忆深处——

1950年7月28日，是“石河子”的诞辰。

老街，就像一株古榆的根脉，石河子的城市蓝图从这儿展开。

历史等待了太久，它巨大的创造力一直在等待一个喷薄欲出的契机。那个激情的年月，无论将军士兵，不管男人女人，都被一种十分高昂的情绪所鼓动：戈壁滩上建花园。他们超乎极限的创造令后人仰视。

谁又能相信，几根麻绳辅助，3支枪架托平一碗水，测出这座城市的中轴线——子午路。

子午路，引领石河子进入一个新的纪元——

而后有了东一路、东二路……有了西一路、西二路……有了环城路，有了后来的迎宾大道，也有了越来越多的人，在他们称作“第二故乡”的大街小巷走过了人生四季。

石河子有一尊远近闻名的雕塑——军垦第一犁。

入土的犁铧，坚毅的神情，几近匍匐的身躯拉动了荒原的历史。石河子成长在犁铧掀动的波涛里。

父辈们拉动犁铧、测子午路时，我家住石河子正北的小李庄，从泉水地还要往下走。那时，入冬就得穿厚毡筒。拉着爬犁去结冰的河里打冰，去野地里拉柴。吃的水是冰化的，最耐烧的柴是梭梭。谁家门口的柴垛高，冰垛大，谁说话的声气就高。那时候崇拜英雄，谁都想冲在头里当英雄。

那时的冬天真冷，雪真厚。越往里走雪越厚，梭梭林越密，梭梭越大。往爬犁上装梭梭，跟大人们砌砖一样，横着一层，竖着一层，这样装得多，不散架。这样的野地里，天空和雪地接在了一起，明晃晃的就像童话世界。

老街是石河子的源头，也是我的历史。它凹凸不平的泥地上留有我童年的痕迹。只要我还有记忆，这一片景致就不会消失。

凤凰城

我居住的石河子，常让我驻足在流淌的时光中，思想着另一座也是屯垦背景下军人起家的兵城，追寻一个悠远的传奇——

与石河子一河之隔的玛纳斯。

西域屯田始于西汉。中国历史上，远见卓识的政治家，雄心建树的政权，无不把屯垦戍边作为治国安邦的国策。三国鼎立，对峙吴蜀时，曹操在北方兴水利辟屯田。他总结说：“夫定国之术，在于强兵足食。秦人以急农兼天下，孝武以屯田定西域,此先代之良式也。”

左宗棠对屯垦戍边亦有精辟论述:“历代之论边防,莫不以开屯为首务。或办于用兵之时,以省转馈,或办之事定之后,以规划久远。”

西域屯垦是一首古韵长歌。

踏着战争的鼓点,西域屯田随中央政权的强弱而时盛时衰,2000多年的屯垦史却没有因王朝更迭脉断流绝。

玛纳斯河流域屯田始于1000多年前的清海屯田。

玛纳斯城东北四五里,有一处当地人叫“破城子”的古城遗址。遗址南北长约620米,东西长约510米,出土过砖刻、柱石、石臼、石磨、碗、罐、缸。

清海屯田是始于西汉的戎马文化的继续,“驻军即屯田”,军事是目的,屯田只是辅助补给,虽盛极一时,却因为“兵屯”没能实现农耕文化层面的进化,奈何不了准噶尔盆地游牧文明的根基。790年,吐蕃30万大军横扫玛纳斯河流域,随着唐军败退撤离,清海屯田废弃,存在不过百年。

康熙三十五年(1696年)起,清王朝开始用兵新疆,先后平定天山北麓西蒙古准噶尔叛乱和南疆大小和卓叛乱。这次用兵历经三朝,长达60余年,直到乾隆二十四年(1759年)才结束。这次用兵的一个成果,就是使玛纳斯河流域1000多年前的屯田得以复兴。

乾隆四十一年(1776年),清政府实施“裁撤军屯,改为民屯”。用今天的话说就是“屯垦军队就地转业,铸剑为犁,耕田种地”。这一具有划时代意义的决策,使玛纳斯河流域的游牧地逐渐诞生哺育农耕文明的片片绿洲。

清廷裁军屯变民屯这一年,玛纳斯建城。《清实录》记:“乾隆四十一年四月,乌鲁木齐都统索诺木策凌署陕甘总督毕沅会奏,玛纳斯屯兵,经索诺木策凌奏准,改驻眷兵(携带家属的兵丁),并移驻内地副将等官,查此项衙属兵房,急需建造。现与毕沅机商飞檄巴里坤镇，在沙州等营挑选堪任工作兵一千，并选干练千把总等官管领，即日前往，以资兴作。”建城两年后的10月10日，玛纳斯设县治。因沿袭乾隆二十八年（1763年）建绥来堡之由，钦定县名“绥来”。

绥来县东70里至深沟接呼图壁，南140里至甘沟山接焉耆府，西220里至双石垒接库尔喀拉乌苏厅，北190里至镇西营接阿尔泰山。南有天山屏障，西隔玛纳斯河，有“迪化西大门”之称，自古以来为兵家必争之地。

绥来建有南北两城。南，绥宁城，驻屯兵。北，康吉城，设县衙住百姓。清光绪十年（1884年）打通了绥宁、康吉两城城墙，两城间修筑了靖远关，两城相连，宛若一只展翅飞翔的凤凰。

绥宁城、康吉城南北对应，相连绵延数里的边墙，好似平展的凤翅，城西二里达格大高高的土台，土台上的雷祖庙，是高昂的凤冠，城东靖远楼装点了凤尾。

途经绥来时，视野开阔的谢彬显然也闻知了这个说法，他在《新疆游记》中记云：“绥来县西行过漠河渠桥一里达格大旁大阜高三丈许，谚谓绥来为凤凰形，达格大其首，南北两城其翼，靖远楼其尾。”

谢彬，号晓钟，湖南衡阳人。留学日本，回国后先后在北洋政府财政部、民国陆海空军抚恤委员会任职。1916年，谢彬受北洋政府财政部委派，来新疆调查财政。1917年4月27日抵达玛纳斯。

有一流传至今的民谣：

绥来县城凤凰形，
一条大路出北门，
中城街道商号多，

东关西关车马店，

三个学校五座庙，

南城北城是军营。

龙、凤是中华文明的图腾。绥来县“凤凰城”的流传，也是源远流长的凤文化在西域大地的绵延，“凤……出于东方君子之国，翱翔四海之外，过昆仑，饮砥柱，濯羽弱水，莫宿风穴，见则天下大安宁”。

喜欢沈从文小说的读者，知道湘西一隅也有一座凤凰城。凤凰古城是沈从文先生的出生地，也架构着先生小说中的文化背景、社会场景。银川的别号也谓“凤凰”。冠以“凤凰”的城池，怎么不是躲在大山深处，就是坐落黄土高坡大漠戈壁？

太阳腾跃博格达雪峰的每一个黎明，凤凰就沐浴在金色的祥云中，玛纳斯的百姓一直相信凤凰城能带给他们吉祥、富足。

谢彬在《新疆游记》中也记有玛纳斯河流域和凤凰城给他的印象：

沿途地味膏腴，渠道纵横……麦地铺青，草花在里……商务在中城与东关一带，商店三四百家，天津最多。本地唯史培元称最。史有资百余万，擅富名于天山北路，家畜牛马骆驼以千计……商务在伊犁、迪化之间称繁盛，菽麦、果瓜、金玉、膏油、皮革、鹿茸之属，皆其产也。东贾秦、晋、陇、蜀；北贾科(今蒙古国的科布多市)、塔、殷庶为奇台亚。

谢彬言玛纳斯繁盛“殷庶为奇台亚”，与当地民间流传“金奇台，银绥来”互为佐证。

谢彬之后11年，瑞典人斯文·赫定到过玛纳斯河流域。这位欧洲人笔下的玛纳斯绿洲荡漾着田园风光：

10月3日清晨5点，新的一天旅行又开始了……辽阔的原野上，东一片稻田，西一片高粱。汽车跨沟渠，过小桥，涉河水，商队、农民、牧马人不停地向后逝去。安集海村也被我们抛在了车后，这是一个较大的村庄，村里有几座摇摇欲坠的小桥。在三道河子村的巴扎上，我们到一家餐馆进餐，这里是马车老板、赶驴车的人、流浪汉和其他旅客经常光顾的地方……午饭后继续前进，在枝叶繁茂的小树林中，透过枝叶，可以看到农田、小村和废弃了的土屋，一队队驮着羊毛的骆驼商队，看上去好像是一幅画……

玛纳斯建城初衷，意在战时攻防之必需。随着人口汇聚，供需互动，买卖店铺也就应运而生，街道随之渐成，城市也便在有血有肉地孕育了。

溯源寻根，玛纳斯河流域为数不少的村庄是由当年的屯营演化而来，世居农户的祖上，大多是历代屯丁的后世子孙。在这些村落和村民中，屯田遗迹遗风依稀可见。

20世纪80年代末，我在寻访凤凰城岁月留痕的过程中发现，石河子城建史竟然和凤凰城建城背景、城建过程如出一辙——裁军屯转民屯；屯驻军人始建；随着绿洲屯垦经济的发展水涨船高。

清代屯垦，在玛纳斯河流域留下了一座凤凰城，留下了包家店、乌兰乌苏、三道河子、安集海、骆驼驿……十几个繁华的集镇。36万亩绿洲良田坐落着近百个村庄。

其实，玛纳斯河流域农耕文明史，也就是屯垦发展史。

继康熙三十五年(1696年)清王朝用兵新疆,光绪二年(1876年)陕甘总督左宗棠衔命西征,驱逐已盘踞新疆10年之久的浩罕国阿古柏侵略势力,收复失地。

清朝军队在新疆各族人民的支持下,维护了国家统一,领土完整,巩固促进了新疆屯垦经济的发展。这一点,在玛纳斯河流域表现得尤为突出。

还在进军途中,左宗棠即令清军前锋金顺,拨付民团首领赵兴体、吕天芳统领的振武营白银万两,购置农具种子,开荒屯田,为西征清军筹措军粮。

同治九年(1870年)十月初阿古柏攻占玛纳斯县城。赵兴体、吕天芳自发组织起来抗击侵略者,他们在玛纳斯河流域芳草湖、大拐一带开荒屯田,在莫索湾筑西营城,坚持抗战,配合左宗棠西征大军歼灭入侵者。

赵皇上,
王丞相,
诸葛先生是易苍,
吕粮官办后方,
党阁老守在营门上,
内驻八员赛虎将。

这是一首在玛纳斯河流域流传了百年的民谣。“赵皇上”是赵兴体,“吕粮官”是吕天芳。

衔命西征的左大帅却不知赵兴体、吕天芳是地道的“军流苗裔”,他们的祖辈,大多数是清乾隆年间玛纳斯河流域的驻屯将士和流放的犯人。史载,1758年乾隆帝命陕甘总督黄廷桂“于内地绿旗兵内,挑选七千名,调往乌鲁木齐等处。其农器即于肃州办,交兵丁带往”。黄廷桂奉旨从河西走廊13县的驻军中挑选了7000名绿旗兵,遣调新疆。赵兴体、吕天芳的祖父从甘肃镇番(民勤)移驻绥来县屯田。赵兴体“脾气耿直,性格刚强,好弄棍舞棒”,吕天芳“学文习武,颇具侠胆”,很有些祖上遗风。面对入侵者,军人“守土保边”的爱国情怀、英雄主义焕发得无比灿烂。

剿灭阿古柏,平定战乱,光绪十年(1884年)新疆建省。左宗棠西征大军就地安置屯田戍边。湘军大部在乾德县(今乌鲁木齐米东区)三道坝,蜀、皖、豫、陕、甘各军散布北疆各地,落户玛纳斯河流域的最多,赵兴体的振武营在绥来县北五岔驻屯。

玛纳斯河流域的屯田规模不断扩大,农业发展,市井繁荣,成为天山北坡最富庶的地方。

踏着战争的鼓点,金戈铁马驮着历史文明前行。

1944年秋,伊犁、塔城、阿勒泰爆发“三区革命”。

一年后,民族军基本控制了三区,只有精河、乌苏少数几个县城还是国民党军队驻守。日本投降的1945年秋,三区民族军向国民党驻军发动新一轮攻势。

捐献了“绥来一号”“绥来二号”“绥来三号”3架飞机支援抗战的绥来各界民众,在举国同庆抗战胜利的日子里,又面临战争的刀光剑影。民族军攻占精河、乌苏后,继续东进。兵败如山倒,乌苏失守第五天,溃败的国民党部队,逃难的老百姓,已蜂拥绥来。

退守绥来的国民党部队烧毁玛纳斯河大桥,意欲凭借玛纳斯河洪水阻挡民族军继续东进,并沿玛纳斯河东岸构筑工事。县城西门外、兰州湾子一带的苹果园尽数砍伐。

一路东进的民族军到达玛纳斯河西岸后，也停止了进攻，安营扎寨，构筑工事。

1945年9月13日，张治中将军受蒋介石委派飞抵迪化，经苏联驻迪化代总领事叶谢也夫斡旋，张治中将军一行与三区代表坐在了谈判桌前。经过8个多月的艰辛努力，终于在1946年6月6日签署了《和平条款》。

风雨飘摇中，绥来走进了1949年。

1949年9月25日，国民党新疆警备总司令陶峙岳将军率部通电起义。国民党驻绥来整编二二七旅少将旅长朱鸣刚同时通电起义。9月26日，新疆省政府主席包尔汉通电宣布和平起义。绥来县县长史秉直致电新疆省政府，响应和平起义。

绥来县城响起了久违的锣鼓声。

石河子老街也响起了久违的锣鼓声。

1949年12月3日，中国人民解放军第六军十七师五十一团进驻绥来县城。

1954年2月1日，“绥来县”更名为“玛纳斯县”。

一座城与一个人

从312国道或乌鲁木齐—奎屯高速公路驶入石河子迎宾大道就进入中国最西端的开发区——石河子经济技术开发区。

“康师傅”主厂房的报时钟抢先进入视野。接着——雄峰、华芳、雨润、伊利、旺旺、娃哈哈、燕京……

——每一个初次来石河子的人，都会奇怪：中国的大品牌怎么都在石河子落户了，这里有什么大便宜？

接着，又奇怪石河子的路怎么这么宽啊！宽阔得让人觉得有点奢侈。

迎宾大道宽，城区的子午路宽，东一路宽，西一路也宽，条条街道都宽阔。

随着街道往前延伸的林带也宽阔，那已经不好叫行道树，是浓荫密布的行道林了。

又发现，正东正西正南正北的街道，横平竖直“井”字格的行道林，怎么看都像军人的方阵，处处透着兵的挺拔。哪怕初次做客石河子，你也是迷不了路的。

石河子的街道、林带，彰显着这座城市的大气、阳刚。

更让人称奇称叹的是，定位街道、林带，定位城市的规划蓝图，出自半个世纪前。至今，石河子的发展、建设，都没有逾越蓝图超前的格局。石河子见不到因为前人的短见而修修补补、挖挖填填的劳民伤财。

石河子怎么就这么运气呢！

这与一个人有关，这个人就是石河子怀念的张仲瀚。张仲瀚出身官宦人家，饱读诗书，又经新文化运动洗礼，有胆有识，被誉为一代儒将。张仲瀚有权，他以第二十二兵团政治部主任兼第九军政治委员的身份走马上任。

一个人能遇上有见识又有权的领导是他的运气，一个地方有这样的官是百姓的福气。投笔从戎抗日救国的张仲瀚偏还喜欢有所作为，这一来，石河子可不就大福大运了！

“绿色方格网”林路规划出自张仲瀚。

规划新城，陶峙岳将军邀请设计过南京外交部大楼、上海南京大戏院的留美硕士赵深工程师，王震司令员邀请了苏联城市规划专家。苏联专家参照莫斯科城的特点，以城区中心点为轴心，路网呈车轮辐射状展开。赵深的设计，城区中心地段呈“井”字，外围呈放射状，意为新城如朝阳初升。

张仲瀚认为两个方案都不成熟。他的修改意见关键有两点：放射状路网不符合中国老百姓传统习惯，分不清东西南北，容易对时间、方向产生错觉。还是正南正北好，房朝南阳光充足，也继承了中国建筑文化传统。房屋四周栽树种果，再有林荫大道、绿地花坛，城市就在绿色网格包围中了。整体规划没有经济发展和屯垦事业发展的长远战略眼光，工业用地留备不足，主干道宽度不够，市区路网也太小家子气。这里不搞小农经济，石河子将是现代农业、现代工业的神经中枢、生产基地。

在石河子城建部队排以上干部大会上，张仲瀚提出了石河子城市规划修改意见。

在当时的社会、政治背景下，即便是身居高位的张仲瀚也是要冒风险的。那个年月，谁会去碰苏联老大哥的权威。

张仲瀚说服了王震，说服了陶峙岳，也说服了苏联专家。他说："百年修屋，千年筑城，我们可不要因为自己没有眼光让后人骂祖宗。"

石河子城市建设一期规划林网建设是硬指标：312国道石河子段防护林长20千米、宽20米，城区东防护林和城区西防护林长7千米、宽127米，城区长160千米、宽20米的道路林网引种松、柏、大叶白蜡、小叶白蜡、红丁香、白丁香、白柳、山楂……最高限度扩大城市绿化面积。

陶峙岳司令员亲笔撰写了《护林公约》。

这是一种建筑精神：城市是市民的城市。尊重老百姓的传统习惯，城市也就有了独具个性的文化品位。

这是一种人生态度：沙漠戈壁是生存背景，也是生活内容的一部分。面对沙漠，绿色浪漫是气度、胸襟、信念，小城因此有了绿色基因。

一个人的心灵扩展了一座城的境界。

在石河子，有关"绿"有关"树"的故事很多。石河子一五〇团第一任团长汪凤元给我讲过这样一件事：那是20世纪50年代创业之初，古尔班通古特沙漠南缘的这片土地最缺的是水，吃水要南去百里外拉运。汪凤元和最早进去的几个战士，种了10棵白杨。为了种活这10棵白杨，战士们把百里之外拉来的甜水都给了小树苗，自己喝土井里含有芒硝的苦水。10棵小树扎根了，10个如小树样年轻的战士喝苦水喝得尿血。

汪凤元前辈给我讲述这个故事时，10棵白杨扎根的地方已有了一道蜿蜒百里的绿色长城，护卫着辛勤耕耘的绿洲和石河子新城。

石河子关于“花”的故事也很多。入夏，石河子满城月季花香。相传，月季最早是陶峙岳将军从兰州引种的。

石河子家家朝南的窗外都焊有一个养花的铁架，花开时节，俨然一幅幅色彩斑斓的壁挂。9月，盆栽石榴、葡萄熟了，不在多少，只为体验秋天的收获。

半个世纪后，越来越多的人注意到了沙漠边的这座小城，它被绿树环绕花团簇拥。联合国给它“人类居住环境改善良好范例城市”的荣誉。张仲瀚在石河子主持兴建棉纺厂、毛纺厂、织染厂、糖厂、面粉厂、柴油机厂……这些冠以“八一”的现代工业，创造了新疆现代工业史的许多第一，奠定了石河子成为西北最大的轻纺工业基地的坚实基础。

张仲瀚在石河子倡导大办教育，他率队上北京去上海招贤纳士，创建了农学院、医学院。20世纪50年代，石河子就汇聚了一批优秀的农学家、医学家。今天的石河子大学因为当年奠定的基础而跻身全国重点大学之列。

教育推动着科技的发展，从20世纪50年代领先全国的玛纳斯河流域灌溉系统，到新世纪全国面积最大的节水滴灌示范区；从20世纪50年代第一块棉田试种成功，到80年代被称为“白色革命”的地膜栽培，到近年棉花大面积机械采收……中国农业发展的每一个历史阶段，石河子都以自己的科技水准示范、先导于全国。

张仲瀚所做的这一切，只有一个词能准确概括——开放。有了张仲瀚在石河子领先而为开创的这样一个背景和传统，迎宾大道所见的蔚为大观就不足为奇了。

大境界

每天清晨第一眼望见的就是天赐之山。好天气里，他近在眼前，银冠闪闪。

新疆人心里，天山是父亲，是神灵。

这条山脉，还有一个不能等闲视之的作用，这就是引导草原牧民流入绿洲，并且使之转变为农民的作用。

在准噶尔盆地，天山这个伟大的作用借助玛纳斯河而有了结果。

玛纳斯河跳出天山中部的依连哈比尔尕冰川，先一路穿山越涧，汇百水成一河，从肯斯瓦特脱离天山的约束后，裹挟着数以亿计、朴素中透着高贵的鹅卵石，冲向天山北麓的大小河床，一番缠绵后，义无反顾地再次聚合，恣意纵情地巡游辽阔的准噶尔盆地。直到精疲力竭，巡游者才归宿玛纳斯湖。

它巡游出了数百公里的冲积扇，巡游出了古尔班通古特沙漠的梭梭林、红柳林，巡游出了“中亚游牧文明的摇篮”，又巡游出了培育农耕文明的片片绿洲，巡游出了凤凰城，又巡游出了石河子。

“玛纳斯”，蒙古语。《西域水道记》云：“‘玛纳’意巡逻也，‘斯’谓其人，滨河有巡逻者是名焉。”

玛纳斯河又称“龙骨河”，《新疆图志·水道志》记：“玛纳斯河北流入绥来境，名曰‘龙骨河’。”

玛纳斯河还是一条金玉之水。

“绥来西南百二十里之龙骨河,即金沟也,产粉片、豆瓣、石炭诸金。天山北路采金之役,亦自玛纳斯始。”

诸如此类记载,屡见于各史籍。

产金,还藏玉。《西域水道记》:“玉色黝碧,有文采,璞大者重数十斤”。乾隆年间,玛纳斯官营绿玉厂的矿点有10多处。

玛纳斯河因此有了“金版玉底”的名声。收藏在中国工艺美术馆重达一吨的碧玉《聚珍图》,玉料出自玛纳斯河“玉底”,扬州玉器大师顾永俊汇乐山大佛、大足石刻、龙门石窟、云冈石窟于一石,赵朴初题“妙聚他山”。

当然,风流倜傥的“巡逻者”最大的造化,还是携手天山成就的绿洲文明。

追索“屯垦文明”的足迹时,绥来县境的几处村落引起我的关注:兰州湾、广东地、凉州户、肃州户、山丹户……

当年,绥来县治顺应屯民意愿,允许各自选择聚居区域,并按原籍命名新村。如此,玛纳斯河就襟风揽月地把中国那么多地儿的乡土拢在了它的领地。

随着一处处村庄扎根玛纳斯河绿洲,绥来县有了同乡会馆。

最早的陕西会馆建于光绪十九年(1893年),距今已逾百年。之后,湖南会馆修建。再之后,四川人在东关建四川会馆。河南人在西街建中州会馆。山西人建山西会馆。甘肃武威、永昌、镇番、古浪、平番(永登)五县在北城建五凉会馆。天津人在东门建天津理门公所。

会馆建筑大多如庙宇。进门是戏台,雕梁画栋的大殿居中,两侧是配殿。

各会馆供奉着自己先祖先宗的神位。陕西会馆供奉文王周公,山西会馆供奉武圣关羽,四川会馆供奉文昌帝君,五凉会馆供奉伏羲太昊……会馆门款、大殿亦按供奉的神位题名:山西会馆亦称关帝庙,四川会馆也叫文昌宫,五凉会馆大殿称太昊殿……

1983年，在湖南会馆“定湘王爷庙”遗址出土《创修定湘王行宫记》石碑。碑文记：会馆建于光绪二十一年(1895年)，屯驻玛纳斯河流域的湘军将士，思念故乡，便为湖南善化县的城隍定湘王在此地修建一座行宫，请他老人家常来此，佑护背井离乡的湖湘子弟。

各会馆每年定期举行祭祀活动，俗称“过会”。陕西会馆农历二月初二过会，山西会馆农历五月十三过会，凉州会馆农历九月初九过会，湖南会馆农历六月初六过会……

最热闹莫过于过会期间“演戏酬神”，会馆演出各自的地方戏曲，四乡的百姓赶会看戏，一派“百花齐放，百家争鸣”的盛景。

这是“乡恋情结”为动因的文化回归，有强大而持久的生命力，伴随“屯垦文化”的发展而特质日显。它不是简单的移植，它是中国多元文化在玛纳斯河绿洲的成功嫁接，成熟着“英雄主义驻其间、爱国情怀涵四海”的西部精神。

昨天的凤凰城，今天的石河子，一左一右，扯着玛纳斯河的衣襟，一路走来。

纳日月光华，得山水灵性，石河子的成长是跨越、速成的。它没有鲁迅笔下千年鲁镇的小桥流水乌篷船，没有喀什的高台民居古巷深院。如要一比，它的成长总让人联想起上海浦东机场、北京鸟巢的钢构件——

骨架俊朗，血肉尚不丰满。

没有时光的积淀，却也少了宗法的陈规。正因为底蕴不丰，才那么急切地兼收并蓄，海纳百川。

和石河子建设一样，我们这一代人最需要营养的年月，赶上了反右派闹饥荒。没想到我却因祸得福：我的语文老师是新疆日报社戴帽下放的副总编辑于正武先生，我的数学老师李素贞也是被划了右派的教授，教我物理的张庆然老师是大学没毕业走西口讨活命的流民……那些个日子，饥饿又充实，墨水瓶做的煤油灯下，贪婪地读雨果，读杰克·伦敦，读高尔基，读得最多的是苏联文学。就在那些个日子里，于正武先生在我的心田播种文学的种子；李素贞老师数学公式举一反三的推导，让我明白不管学什么，要知其然还要知其所以然，才能逢山开路，遇河搭桥；张庆然先生关于石墨、金刚石只因分子排列不同而一个软如泥一个比钢硬的讲述，被我30年后移植于对团队组合的剖析。

正值吸纳力最强的青春少年，我和我的城市接受着中国最好的教育，先生们授业解惑让我明白，要用自己的眼睛看世界，用自己的心灵感悟世界，而不是照本宣科。

那些个年月，不问你从哪里来，不管你操一口何地方言，你来到这里很快就会找到适宜你移植的所在，好像这一处生态早就在等着你落地生根。1959年至1961年的三年困难时期，石河子敞开胸怀，来者不拒。他们带着各自的乡土气息、文化个性充实着石河子，那时候农场也有了京剧团、豫剧团、秦剧团……自然界，冷气流和暖气流交汇的地方必然是云聚成雨，海洋里寒流暖流汇流的地方鱼类繁多。正是黄河两岸大江南北兼收并蓄相互化育，石河子才有了蓬勃如朝阳的活力。

有“将帅诗人”之称的陈毅元帅巡访石河子，指点江山，慷慨高歌——

戈壁惊开新世界，
天山常涌大波涛。

落户石河子名声最响者，当数诗人艾青。

我到过许多地方
数这个城市最年轻
它是这样漂亮
令人一见倾心
不是瀚海蜃楼
不是蓬莱仙境
它的一草一木
都由血汗凝成
…………

这是艾青给石河子的诗。

反右派，诗人落难了。在王震将军过问下，右派艾青来到石河子。

来到石河子，写了《烧荒》《泉水》《槐树》《帐篷》《年轻的城》《垦荒者之歌》……写了长篇散文《绿洲笔记》。艾青说过："我们创造着，生活着；生活着，创造着，生活与创造是我们生命的两个轮子。"在石河子，右派艾青的两个轮子又转起来了。

石河子的厚爱留下了艾青的人生片段。

艾青留给石河子《年轻的城》，还留下了一帧名片——艾青诗歌馆。清华大学建筑设计研究院设计，坐落石河子文化广场旁，占地10亩，绿树环绕，芳草铺径，芍药迎春，秋菊送月。

诗人的爱，还滋养出一方诗的园地：《绿风》。

诗人是敏感的，他捕捉着小城的气息：

你说它是城市
却有田园风光
你说它是乡村
却有许多工厂
…………

这就是石河子。在迈步现代文明的进程中,她是多么希望能留住历史的风景。不惜改动一条街道的规划,也要留住一棵老榆树。她就像鬓发飘飘的老人,见证了这片疆土的百年沧桑,见证着新城的成长。每在春风化雨时,飘落的榆钱就把历史的传承留给大地。

石河子还留住了她的第一幢楼房。如今,小城第一楼——中国人民解放军第二十二兵团司令部已是浓缩这支部队生平的军垦博物馆。

博物馆藏有构筑第一楼的墙砖。墙砖是军民就地取土就地砌窑烧制的,它比今天的砖厚,每块砖体上都烧制有“ZZ”印记。“ZZ”不是英文字母,也不是汉语拼音的声母,“ZZ”是“中国人民解放军第二十二兵团”的缩写。它虽不是秦砖汉瓦,半个多世纪的风雨也已渐渐把它打磨成了文物。没有古迹的石河子,留下了她悠久历史的第一笔。

第一楼浅灰色的砖缝里,也书写有小城的历史。尊重历史,就拥有了历史,这也是一种境界。

乡关何处

就如邻居家的玩伴,我看着石河子的变化,她看着我一天天长大。我在这里生儿育女,又在这里送慈母远行。

我和她，相看两不厌。

为她哪怕是一点变化，我也会兴奋不已。媒体报道她荣膺“联合国人居环境改善良好范例奖”那年，我正出差在外，这个消息竟然一下子驱散了人在旅途的劳顿和孤寂。心里也明白，这个荣誉里，有对我们爷孙三代在沙漠边半个多世纪作为的肯定、鼓励。如果扣除印象分、情感分，她南比不了珠海，北赶不上威海。

高兴她的获取，也遗憾她的丢失。老街喷涌的泉水，泉水边的树丛、毛驴，泉水滋养的苇荡，早已不见了踪影。随着城市扩建、改造，老街也消失了。为了留住老街，许多人奔走呼吁。没有权力依靠的声音，就似从旷野吹过的风，一丝儿响动也没有。不知卡德尔的子孙都去了哪里，伟岸如父亲的杨树林也早不见了。没有杨花柳絮的春天，失去了春天的勃兴和萌发，而萌发和勃兴才是春之为春的真谛。三伏盛夏也难见玛纳斯河激情的水流，甚至连一滴眼泪也寻不见，裸露的石滩河床已化入茫茫戈壁。

我牵肠挂肚的石头河，此时，在西部的烈日炎炎下，呈现着潜流下它作为石头本该有的坚硬和沉默，绵延千里，似静还流……

我相信大千世界物事一理，就说说“金奇台，银绥来”的流传。

自古，奇台因好吃、筋道的红皮麦子传名，绥来以香、糯、润的白米香稻留芳。品质上乘，主要得益于生长周期长。奇台的红皮麦子是冬麦，厚厚的雪层下，生命潜能积蓄了整整一个冬，又经春的孕育，夏的生长，你说，它能不筋道、不好吃吗？绥来的稻米也是一年一季。新疆的瓜果甜，也是因为生长周期长。

我不屑“日新月异”这个词的形容，它总给人一种“闹山的麻雀没四两肉”的轻浮。我们真该潜心学学新疆大地的孕育了：厚积薄发。

每一座城市的发展，都有最适合自己的尺度，不同的历史阶段，发展尺度也不同，如何在永恒的变化中保存自己的人性尺度？

有些时候，我感受她远远地离开着我，这让我伤悲。不是因为春夏之交的沙尘暴，不是因为太漫长的冰雪冬季，是一种父子间不理解的委屈，是长大出门的游子于家，远行千里也扯不断对家的牵挂。

我曾有多次机会远走他乡。一次次下决心，一次次重复着相同的思念，那种深入骨髓的情感弥漫开来，手足无措时……回家。暮色苍茫中终于见了那一缕让你心跳不止的炊烟，那就是故乡，就是家。

一踏上这片家的土地，就神定心安——我想，这怕就是一个人与一座城的宿命。

2007年11月4日，一声啼哭告诉我们添了一个侄孙女。给孩子报户口时，侄女没听奶奶的话，她在籍贯一栏里给女儿填写了“新疆石河子市”，而不是奶奶说的“河南柘城县王金梅大队李本寺村”——那是奶奶爷爷的老家。我支持侄女。这个河南的老家离她太遥远，离她的女儿更遥远得缥缈。她心里，留有童年影子、少年足迹的石河子才是老家。

自1950年7月28日那个月夜起，这个婴孩已是石河子第四代“军流苗裔”。

她的太爷爷已在这里的黄土下安家。

可克达拉之约

沿天山北坡一路西行，走过冰蓝色的赛里木湖，就进入了伊犁河谷的门户果子沟。

传说，果子沟为成吉思汗西征大军铁蹄踏凿。与其说果子沟是西进伊犁的第一道关隘，不如说是青山叠翠山花烂漫的一路风景。

穿越果子沟，就是诞生了那首已传唱一个甲子、经久不衰的著名歌曲《草原之夜》的可克达拉草原。

美丽的夜色多沉静
草原上只留下我的琴声
想给远方的姑娘写封信
可惜没有邮递员来传情
…………

源自天山汗腾格里冰峰的伊犁河，一路扯绿牵花，逶迤缠绵，漫过昭苏高原，油菜花扯出春的裙衫，金灿灿暖了天地；穿行特克斯山谷，桃花红了山坡，杏花白了河谷；流经可克达拉时，已是河面宽阔，波平浪静，一派大境天成的气象。

一条河流就是一部历史。

这颗蔚蓝色星球上的哪一条河流，不是孕育生命哺育文明的老保姆？幼发拉底河、底格里斯河，孕育了辉煌灿烂的两河文明、波斯文明；恒河哺育出古印度文明；印第安土著眼中"月亮的眼泪"——尼罗河，滋养了古埃及文明。如果没有黄河、长江，古老的华夏文明的根基源头又在哪儿？

还记得《静静的顿河》卷首的古歌吗？

"你呀，光荣的静静的顿河，敬爱的父亲！"

包括察合台在内，成吉思汗的后裔对流水的崇拜一直持续了很久很久，直到今天。

逐水草而居，草原民族的生存写照。古往今来，农耕文明又何尝不是溯河而生？

伊犁河，一部多元地域的宏阔长卷。

那时候，可真是"威猛啊，我的国"！

成吉思汗横扫欧亚大陆，两河文明的源头波斯湾成为成吉思汗之孙旭烈兀的封地伊儿汗国；辽阔的俄罗斯大地也只是成吉思汗长子术赤的封地金帐汗国，蒙古铁蹄雷霆万钧震撼莫斯科城，沙皇君臣惊呼：没有人知道他们是哪个部落！不知道他们从哪里来！只有上帝知道他们是什么人！

天山南北成为成吉思汗次子察合台的封地察合台汗国。行走西域大地你会发现，那些重要的地理名称，大多以蒙古语命名。喀纳斯，传说是大汗叫出的"美丽湖泊"。环绕高山湖泊的草原是成吉思汗的军马场，蒙古铁蹄就是从这里开始，凿通伊犁河谷，横扫欧亚大平原。养马人的后裔，图瓦人至今还在喀纳斯游牧四季。阿尔泰山，蒙古语的意思为"金山"。赛里木湖畔，北天山与阿拉套山环绕逐渐展开喇叭状的谷地平原博尔塔拉——“青色的草原”。

成吉思汗的铁蹄已深深锲入天山铺开的大地深处，锲入西征大军驰骋过的大地山川。虽然，历史的日月星辰已走得太远太远，大地的记载却历久弥新，随一年一度春草萌生而鲜活如初。

定都伊犁河谷阿力麻里的察合台汗国，几乎囊括了中亚最重要的农牧区：塔里木盆地周缘绿洲，锡尔河、阿姆河富饶的河中平原，中亚最辽阔的草原，巴尔喀什湖以东以南草原，准噶尔盆地……

此后数百年间，草原丝绸之路的亚欧枢纽阿力麻里逐渐成为中亚政治、经济、文化中心。“中亚第一城”“中亚乐园”“金苹果”，声名远播。

不错，“阿里马”是“苹果”的意思，“土人呼果为阿里马，盖多果实，以是名其城”（《长春真人西游记》），阿力麻里，苹果树下的都城。

野生苹果已经有2000多万年的历史，由于天山山脉独特的地理构架，分布在我国新疆和哈萨克斯坦的野苹果，躲过了第四纪冰川期，是宝贵的苹果基因库。

上苍厚爱伊犁河谷。地处高纬度西风带的伊犁河谷，南、北、东三面环山，只向西敞开了胸襟，等待着大西洋暖湿气流的拥吻。因此造就了有“西域湿岛”之称的世外桃源。

面对浩瀚的古尔班通古特沙漠，“湿岛”这一形象真是浪漫得让人浮想联翩！远望，汗腾格里巍峨的雪峰犹如熠熠生辉的王冠！

“你知不知道……”多年前，好友乔隆巴特告诉我，可克达拉意为“绿色的原野”，伊犁河谷最美的草原。

“乔隆巴特爷爷的爷爷的爷爷，跟上渥巴锡大汗，从俄罗斯的伏尔加河来呢……沿伊犁河走呢，一走就走到了尼勒克……”乔隆巴特的妻子努尔珠玛，因牛奶马奶牛肉羊肉，胖得一笑俩酒窝就掉进肉里了，“他嘛，王爷的种子留下的…… ”

哎呀，长长的伊犁河
你是我们的母亲
你丰沛的乳汁
哺育辽阔大地
你不倦的水流
…………

得天独厚的“湿岛”实实在在成就了一方沉甸甸的历史文明。

历史上，伊犁河谷最是繁盛还数乾隆年间。

格登山一役定新疆，天山南北结束了长达百年战乱割据。乾隆御笔《平定准噶尔勒铭格登山之碑》，盘龙碑额，正面勒石“皇清”，背面“万古”，满、汉、蒙、藏四通文字勒石铭文平定准噶尔部叛乱经过，平叛战绩。

乾隆二十七年（1762年）设“总统伊犁等处将军”，伊犁河北岸筑惠远城置将军府。“惠远”，有“皇恩浩荡，惠及远方”之意，颂圣之词。

伊犁将军为新疆最高军政长官，统辖疆域远抵巴尔喀什湖以东以南。

乾隆统一新疆后近一个世纪，除1765年乌什起义，新疆境内没有发生大的动荡，农牧经济有了发展空间。水土光热资源得天独厚的伊犁河谷，地广粮丰的屯田点就有八九十处之多，“村落连属，烟火相望。巷陌间羊马成群，皮角毡褐之所出，商贾辐辏”，每年运入伊犁的茶叶就有几十万斤。伊犁河两岸陆续新建宁远、绥定、惠宁、塔勒奇、瞻德、广仁、拱宸、熙春城，与惠远合称“伊犁九城”。人口逾10万，是当时中国最大的城市集群之一。

阳春三月。惠远古城农家屋后园子，苹果树萌叶打苞。

钟鼓楼飞檐斗拱，画栋雕梁；将军府石狮威武，古树参天，历史从岁月深处款款走来。贯通东西南北的景仁、说泽、宣闿、来安四门，让你想见有“小北京”之称的惠远城“牛羊十万鞭驱至，三月城西路不开”的繁盛。

踏春惠远古城，一定会想到两个人。

这时节，湖南湘阴柳庄已然柳丝如织，桃红点染。那位喊出“伊犁我之疆索，尺寸不可让人”，驱逐阿古柏，收复伊犁的千古儒将左宗棠；坐镇哈密，谈判桌前与沙俄唇枪舌剑的曾纪泽。恍若穿越时光隧道，踱步柳庄，遥望天山……

还有一位，虎门焚烟震古烁今的林则徐。道光二十二年（1842年）林则徐被流放伊犁。

伊犁建有林则徐纪念馆，林则徐率领百姓修筑湟渠的群雕，令人高山仰止，肃然起敬。湟渠，至今仍惠泽伊宁县、霍城县一方百姓。当地百姓也把湟渠叫“林公渠”。

年近六旬的林则徐，以“罪臣”之身踏勘南疆垦地，“烽车遍八城”，行程两万里，得垦地近70万亩。西域屯田史前所未有的壮举，功垂千古。

“天下才子半流人”。黑龙江宁古塔，新疆伊犁，是最为有名的流放地。山高水远，常年冰封，罕有人迹的边陲不毛之地，是皇上震怒的重罚。于流放者，高天阔地没有屋顶的囚牢充满生机，荒山野岭间寄寓家国情怀，冰天雪地里释放智慧能量。

林则徐前后，乾隆进士，最早关注人口膨胀对一个国家的危害，有警世之作《治平篇》，留诗5500首的洪亮吉，在伊犁河谷获得人生第二春，咏唱天山的名句“地脉至此断，天山已包天”，石破天惊，气贯长虹，再无出其右者。乾隆进士，32岁官居国史馆纂修的祁韵士，遣戍伊犁后，踏遍伊犁方圆，穷查细考典籍，“信今而证古”，完成了西北史地系列著作。流放伊犁的湖南学政徐松，行程万里，踏遍天山南北，呕心沥血，为后世留存资料翔实、图文并茂的鸿篇巨制《西域水道记》。徐松的《西域水道记》《新疆识略》与祁韵士的《西域释地》《伊犁总统事略》奠基了中国西北史地学研究，享誉史地学界。

话说到这儿，就不能不提起一代封疆大吏、接手保宁的伊犁将军松筠。如果没有手握权杖的伊犁将军支持，一个戴罪谴谪的流放犯，即使再有才智，也难想其情何堪，更不会有什么建树。客观说，识才、惜才、用才的松筠成全了我国西北史地学的开创者祁韵士和徐松。为官一地，造福一方，不仅指施政、经济有所成就，同时在文化层面有惠及后世的建树，才是真名吏。终清一代，松筠的这一建树在诸多伊犁将军中绝无仅有。

自1762年首任伊犁将军明瑞走马上任，至辛亥革命，计有60人次赴任伊犁将军。新疆百多年无大事，与几十位伊犁将军的努力分不开。这些赴边地的封疆大吏，素质人品、治边方略、能力水平虽说高低不一，但守土护边的家国情怀一脉相承。像松筠一样有所作为的好官居多。松筠两度任伊犁将军，在任10多年间，兴修水利，借鉴锡伯营屯垦经验，开满营旗屯之先河，为新疆的经济发展、边防巩固做出了重大贡献。松筠前任保宁也是先后两次任伊犁将军，保宁主政伊犁面临的最大问题是如何有效解决伊犁驻军生活给养，乾隆二十八年（1763年）始，大批驻军移民，仅满营驻兵就达4000人。保宁最大的贡献是在任期间，增开兵屯，大力发展屯田基地，稳定军心，发展当地经济。首任伊犁将军明瑞是乾隆年间治疆重臣。万事开头难，自锡伯营屯垦肇始，明瑞不断改进兵屯、民屯举措，携眷屯驻即从明瑞治疆始，不仅为后任奠定了经济基础，更是提供了成熟的经验。任职伊犁将军时间最长者，当数伊勒图，先后四任，长达15年。总结以往兵屯利弊，伊勒图加强驻防兵营携眷移驻，发展屯垦的力度。同时，开政府资助中原地区农民迁移到新疆发展屯垦先河，稳定了屯垦队伍，实现驻防将士粮食自给。乾隆五十年（1785年）七月，伊勒图卒于伊犁将军任上，鞠躬尽瘁，死而后已。

足迹遍布天山南北，躬身新疆30多年，排除偏见，支持林则徐大兴屯政的布彦泰，国人耳熟能详。布彦泰走马上任时，正值第一次鸦片战争中国割地赔款，清王朝逐步走向衰落。新疆每年200余万两白银的协饷失去保障，加之内地民众不断涌入，新疆人口快速增长，布彦泰替朝廷分忧，为百姓着想，大兴屯政，携手林则徐在新疆掀起又一波屯垦高潮。

夕阳晚照里最后一抹亮色——长庚。长庚两任伊犁将军，大力倡导、支持引进现代工业文明。惠远相继引进了电灯、电话、电报……汽车穿行于惠远古城城门。地处边陲的惠远，成为吸收现代文明，促进新疆社会进步的一扇窗。

“治道无奇特，本知黎庶苦”，松筠说得好，执政为官并不复杂，民生当是第一要务，凡以百姓为念的人，百姓也会记住他。

长庚卸任伊犁将军3年后，大清王朝寿终正寝。

“千古江山，英雄无觅……风流总被雨打风吹去。斜阳草树，寻常巷陌……”

西方列强入侵相继挑起两次鸦片战争。辛亥革命后，华夏神州烽烟四起、军阀割据。日本公然发动侵略战争。

关山阻隔，孤悬塞外的新疆一叶飘萍。

1945年，第二次世界大战结束，中国人民赢得抗日战争胜利。举国欢庆之时，自伊犁引燃的“三区革命”的战火已经蔓延天山南北，生灵涂炭，田野荒芜……

百年风云，弹指一挥间。

天若有情天亦老，人间正道是沧桑。

20世纪50年代的第一个春天，伊犁河谷的轻风微雨绿了可克达拉草原时，青瓦衰草裹身的惠远古城敞开锈迹斑斑的城门，多年不见列队成阵的军人穿过城门，走向大野荒漠。

穿过抗日战争的枪林弹雨，走过解放战争的炮火硝烟，征尘未洗，一路西进，还有部队西行途中不断加入队列的青年学生、农民、牧人，扎寨安营山口风区，落脚可克达拉荒漠沼泽。

胼手胝足，焚膏继晷；匍匐大地，上下求索；不以物喜不以己悲，以天下为己任以奉献为使命；沧海桑田，凤凰涅槃——伊犁河谷，开拓者放飞梦想的地方。

等到千里雪消融
等到草原上送来春风
可克达拉改变了模样
姑娘就会来伴我的琴声
…………

一首歌与一座城的传奇开篇了。

多情的湘女子哟，飒爽英姿的山东姑娘哟……为了爱情汗腾格里不嫌远，追寻《草原之夜》的天籁之音，西出阳关，寻找那个挥洒青春汗水，一天天改变着可克达拉模样的小伙儿，相伴他情深意长的琴声——

一起扶起“二牛抬杠”的犁铧，一起拉动绷直的犁绳。最有生机的，是睫毛结着冰碴儿、鼻孔喷着热气的战士和他们的战马；最有活力的，是从地窝子飘出的炊烟，是一声声鲜亮如旭日初升的婴孩啼哭！

处女地的故事在可克达拉流传……

2018年4月12日一个温馨的春日傍晚，盯着电视画面的老人王文传泪流满面。电视画面上，海上阅兵正在进行：战舰、战机……中国海军官兵组成的海上战斗群，空中梯队……航母编队，新型核潜艇……精彩亮相。

“50多年了，心里还是舍不下海军……”那一年，风华正茂的王文传和南海舰队、东海舰队、北海舰队等5000多名战友告别蓝色海洋，来到瀚海中的可克达拉。掘穴栖身，烧荒屯田……

一头银丝的老伴递给雪染双鬓的王文传面巾纸：“城美了，俺们也老了……”

《草原之夜》婉转抒情的旋律陪伴几代人走过人生四季，草原也养精蓄锐、厚积薄发，孕育了可克达拉新城。虽说新城血肉尚不丰满，但挺拔、俊朗的骨架已初现轮廓。

王文传老人转过身，握住老伴已难以伸直的手……

有你在身旁心就不再流浪
有你的地方那里就是天堂
…………

远在阿力麻里——苹果城之前，伊犁河谷就有了“城”：眩雷。

《汉书·西域传下·乌孙国》记：张骞通西域，汉武帝封汉家宗室江都王刘建之女细君为公主，和亲乌孙，眩雷屯田、起城。

国与国或政治利益集团间，借助联姻缓和、释解冲突和战争的“和亲”，在中华文明“春耕秋收”“骑马射雕”的征伐、融合历史进程中，屡见不鲜。“昭君出塞”“文成嫁藏”，家喻户晓。

满面胡沙满鬓风，眉销残黛脸销红。
愁苦辛勤憔悴尽，如今却似画图中。
…………

这几句诗，描写的是王昭君。

卤簿山河暗，琵琶道路长。
回瞻父母国，日出在东方。

这几句诗言说出继文成公主之后嫁藏的金城公主，告别故土、双亲的离愁别绪。

海风细雨，鸥鸟斜飞，眼前幻化出碧波帆影——泉州古渡后渚港码头。“圣人以四海为家”，元世祖忽必烈送阔阔真公主登船远航，和亲遥远的伊儿汗国。

至元二十六年(1289年)，3位波斯男爵奉波斯伊儿汗国阿鲁浑之命，远行元朝求亲。伊儿汗国是忽必烈的弟弟旭烈兀的封地。已经一统天下缔造了大元皇朝的忽必烈祈望天下太平，欣然应允波斯使节的恳请，选定年方十七的阔阔真公主远嫁波斯。

三声礼炮，鼓乐齐作。一骑白马，凤冠紫袍，脚踏云靴如祥云飘落。公主身后是波斯男爵，还有金发碧眼的意大利旅行家马可·波罗和他的父亲、叔父。

马可·波罗写出了人类史上第一部西方人感知东方的著作《马可·波罗游记》，向欧洲缓缓打开了神秘的东方之窗，也记录了阔阔真公主远嫁……

阔阔真公主不负忽必烈大汗教诲，“圣人以四海为家”，辅佐夫君合赞成为万众敬仰的波斯王，公主成为聪慧、贤德的波斯王后。

丝路帆影潮依然

回眸一笑越千年

后人的历史演义，字里行间总会有意无意在渲染和亲公主的人格魅力，她们博大的胸怀、高尚的情操，如何赢得了百姓的拥戴，甚或政治谋略、手段……却罔顾历史真实。公主和亲的运途，除了其个人的智慧、能力，更多地取决于母国的实力，而非个人魅力。

吾家嫁我兮天一方，远托异国兮乌孙王。

穹庐为室兮毡为墙，以肉为食兮酪为浆。

居常土思兮心内伤，愿为黄鹄兮归故乡。

细君公主悲秋思乡之苦犹在耳边。和亲乌孙临行前，武帝赐细君琵琶：“……乃裁筝、筑为马上乐，以慰其乡国之思……”，郁郁寡欢的细君公主终还是青春早逝。

细君之前，自高祖刘邦到武帝刘彻，汉王朝先后有多位宗室之女以公主名分西出塞外和亲匈奴。细君和亲乌孙时，汉王朝对匈奴的战争已经取得了决定性胜利。远征大宛也取得了汗血马一战的胜利。但是，在乌孙王室，细君为右夫人，同时和亲乌孙的匈奴公主为左夫人。乌孙从匈奴习俗，以左为尊。从这一细节能想见，细君公主早逝还不仅仅是“肉为食”“酪为浆”的生活不适、思乡难归之苦……

细君之后，解忧公主接续远嫁乌孙，“奉献社稷”。解忧一生经历汉武帝、昭帝、宣帝三朝，在乌孙生活了半个世纪，先后下嫁两任乌孙王，生养了三男两女，活跃在西域政治舞台，巩固、强化乌孙国政偏重汉王朝，遏制匈奴再生战乱。汉宣帝甘露三年（公元前51年），对汉王朝西域战略功不可没，已是古稀之年的解忧公主终于得以叶落归根。

伊犁河哺育的可克达拉草原与黄河养育的中原大地可谓血脉相通，源远流长。

湘江边长大的蔡佩菲一身戎装，乘火车倒汽车终于走进新疆首府迪化，又幸运地走进军人创办的八一农学院接受农业专业教育。4年后，蔡佩菲走出新疆第一所农业高等院校大门，毅然决然追随同班同学汪德枢西行伊犁河谷。湖南浏阳同乡王震将军不得不收回“蔡佩菲留任新疆农科院研究员”的手令。

60年光阴，“为了爱情汗腾格里不嫌远”已羽化为传奇流传在伊犁河谷，优质玉米良种“佩菲黄”春种秋收，也已子孙繁衍，广播伊犁河谷，大面积玉米单产连创全国纪录。比翼齐飞的一双鸟儿飞啊飞，也飞累了，静悄悄魂归可克达拉草原。

和蔡佩菲一起进疆的小姐妹王惠，先结婚后恋爱。软磨硬抗拖了3年，又一季“佩菲黄”点金伊犁河谷，苹果也红了脸蛋儿，她接受了战斗英雄陈才德。组织对她说：“王惠呀，陈才德可是和王司令在战场合影的大英雄啊！他看上你，那是你的福气！”

小湘妹王惠，还真是好福气！英雄爱美人，幸福和谐，儿女双全。遗憾的是，她的才德过早地离她远行。“他倒是走得利索，丢下我守孤独……”

留给黄咏玲的记忆，美丽的夜色中月亮又圆又亮。明亮的月夜割麦子，七月流火。老家湖南娄底的镰刀小小的，月牙一样。可克达拉的镰刀可比家里的镰刀大多了！刀刃立起来有她一半高，挥动大镰刀从右往左扫过去，一片麦子顺势倒在地上。哎呀！手怎么碰到了呢……这时，那个战场上刀劈鬼子的老革命悄然来到她身边……

这之后的日子，黄咏玲想起来后怕。有了头生子，还是割麦子收苞谷。背着儿子干活，儿子睡着了，地头铺上麦秸，脱下上衣垫上，就是儿子的摇篮。中午顾不上吃饭，赶紧跑去抱儿子。妈呀！一条细长细长的青蛇盘在儿子胸口，小青蛇与睡得正香的儿子相安无事，谢天谢地谢青蛇。从此以后，黄咏玲再也不敢把儿子撂在庄稼地了。老大刚蹒跚学步，老二又迎着可克达拉的日出降生了。

一向宠她依她的老革命要她离职在家带儿子。正逢三年困难时期，国家动员女职工勤俭持家。已经是农场副政委的老革命坚决响应组织号召，从自己做起。

“你是老革命，大道理讲得好，”霸蛮的湘妹子哪里是老革命一句话就哄好的，“我参军当兵离家千里万里，可不是来给你生娃娃续香火的。你心疼儿子，那我建议，你响应国家号召，建议团党委，我们女兵主外搞生产，你们男兵年龄大了，在家带娃娃，大家比赛！新中国，男女平等……”搞得老革命哭笑不得。结果，麦子苞谷年年丰收，伊犁河谷不虚“粮仓”盛名；男娃女娃一天天长大，延续了香火，壮大了队伍。只是累了苦了家里地里陀螺似的转，一天天比打仗还紧张的女兵。

先是湘水西流，随后山东女兵、四川姑娘，湖北、河北、江苏、浙江……支边青年接踵而至，最为有名的是浦江西涌——10万余名上海知青西进新疆。

在“戈壁滩上盖花园”的历史变迁中，《草原之夜》婉转抒情的旋律与可克达拉相伴而行。

从蜗居的地窝子搬进泥坯土屋，从泥坯土屋搬进红砖排房……

在搬迁的过程中，在锅碗瓢盆起伏喧闹的交响声里，喝伊犁河水的第二代、第三代长大成人。

“姑娘来伴我的琴声”，那是革命浪漫主义！“可克达拉改变了模样”倒是一天天眼见着。多少艰辛磨难，已被岁月过滤稀释，记住的，全是些雾里看花云中望月的美好……

碧波莲花——

“接天莲叶无穷碧，映日荷花别样红。”夏日的朱雀湖，湖光潋滟。更有荷叶铺绿，芙蓉玉立，一双双飞燕越蒲草斜斜剪过，荷动絮飞，心儿也就带去了日月推开的远方……

“制芰荷以为衣兮，集芙蓉以为裳。”追随《草原之夜》的旋律西行伊犁河谷的小女兵，丰富的想象力堪比赋辞《离骚》的屈原。虽没有荷叶裁衣，也无芙蓉做裳，却不乏“窈窕淑女，君子好逑”的爱美之心。辛苦劳作一天，巧手竹针，绒线钩织衣领，一双双翩飞的黄蝴蝶粉蝴蝶舞之蹈之。这一日，彩蝶飞舞间，脖子又新添绒线编织的红围巾！冰清玉洁一点红，聚焦了多少盼望姑娘相伴琴声的眼睛，又燃起多少“可克达拉改变模样”的激情！

可克达拉，天地山川为道场的莲花。

水润新城——

一座城只要有了水，就多了几分灵性神韵。西湖之于杭州，浦江之于上海，北海之于北京，孔雀河之于库尔勒……可克达拉不仅有一支美妙的旋律一路相伴，还有伊犁河襟怀难舍，你说它幸运不幸运！

夕阳西下。地平线托起的远山近水，很快就把烈焰尽敛的太阳拉入自己的怀抱。宝蓝色天幕镶嵌的星光和人间灯火追逐着，在河面洒了一层幻境般的璀璨。

眼看着日头西斜
自然而然就想起过去的年月
和丢下我们的先人
…………

锡伯族诗人阿苏说唱着昨天，也说唱着今天。

哎呀我的可克达拉，你头顶的月光还能认出当年对你一见钟情的小湘妹吗？哎呀我的母亲河，你柔情的水流还能从银亮的发丝中分辨出当年清纯如水、娇艳如花的容颜吗？

夜幕下，一阵阵淡雅的花香随河风弥漫河谷。来过可克达拉的朋友都知道，大片大片雪青蓝的薰衣草小小穗状花序释放芳馨。别名“灵香草”的娇客来自阿尔卑斯山南麓。20世纪50年代，我国在广东、广西、河南、河北、海南岛等地广泛引种。最终，得天独厚的伊犁河谷留住了天之娇客，与地中海沿岸薰衣草生长区同一纬度，逆温层造就的“湿岛”。

薰衣草花香弥漫河谷的夜晚，自然而然就会想起有“中国薰衣草之父”誉称的上海人徐春棠和与他并肩前行的农工兄弟、维吾尔族朋友。1963年徐春棠走出上海轻工学校落脚可克达拉的第二年，从青海西宁植物园引种青海刚从法国普罗旺斯引进的薰衣草。一年年酷暑严寒，一天天摸爬滚打，往往是踏破铁鞋无觅处，得来全不费工夫。看似偶然，实则是一次次竭尽心智努力后的攻垒破壁。如今，“中国薰衣草之乡”伊犁河谷已是与法国普罗旺斯、日本北海道齐名的薰衣草种植基地。

伟大的母亲伊犁河
日月伴你缓缓流过
千百年滋养茫茫草原
留下多少英雄传说
…………

尼勒克草原走出的蒙古骑手乔隆巴特，胸腔深处淌出扯人心弦的蒙古长调。

“你知道蒙古人的长调有多长？”乔隆巴特碰了一下酒杯，“它和一个人的一生一样长。”

走出坐落在黄浦江畔的上海轻工学院，上海人徐春棠在可克达拉走完了一生，把心血和全部的爱留给了草原。雪青蓝的晶莹已融入群星，闪烁在宝蓝色的夜空。

“等着我，我爱你。”薰衣草花语回荡流淌于河谷、草原……

时代不断释放出巨大能量，回应《草原之夜》的抒情：2015年春风又绿草原时，伊犁河畔年轻的新城“可克达拉”诞生了。

新城西接霍尔果斯口岸，古老的丝绸之路枯木逢春。

1992年那个炽热的夏天，国务院批准霍尔果斯口岸开启边民互市。先觉者冒险口岸，“淘金者”搏杀戈壁。

霍尔果斯，这一清乾隆年间的尼堪卡伦演变、发展而来的口岸，在国际政治、经济、外交潮汐夹缝中飘摇了100多年。仅在改革开放40年里，经1983年恢复通关、90年代边境易货贸易、千禧年保税区建设和之后的“注册经济”，一批批来了，一拨拨走了，潮起潮落，前赴后继。如今，这一倍受冒险者青睐的乐园，正发生一轮“虚实转换”的凤凰涅槃。

穿越千载时空，萃聚天地精华，可克达拉以其伊犁河畔新城的容颜，科技先行的定位，亮相登场。

伊犁河以它的永恒不朽，为这一方生灵确立了未来的尺度。

就在2015年春风染绿可克达拉的那个季节，一位退休多年的女教师把自家小院里的17棵国槐移植到新城公共绿地。春阳里，岁月漂白了的青丝泛着银辉，别有一番韵致。“蚕吐丝的时候，没有想到会吐出一条丝绸之路。”正值芳华的她们栽下一株株白杨、山楂时，可曾想到自己种下的是一座新城的根苗？

天边有一棵大树

那是我心中的绿荫

远方有一座高山

那是你博大的胸襟

泼绿入画的湿地公园中，装扮新城的几万棵果木全是可克达拉的新市民。它们是当年拓荒的老兵和“来伴我的琴声”的姑娘，耗尽了青春的老人无偿捐赠的。

伊犁河谷落了今年入冬的第一场雪,远眺汗腾格里,又是一个童话世界。

容颜老去心还茁壮
五十年的别离
不是结局
戈壁告别荒芜
我们的芳华
在边疆扎根开花
这个冬天不太冷
别离的距离
随冰雪消融
不曾刻意寻找
不曾心怀等待

这是温暖回忆的家园
邂逅童话的地方
韶华易逝情还浓郁
五十年的重逢
不是奇迹
沧海已是桑田
我们的情怀
在边疆深情绽放
这个冬天不太冷

重逢的泪水

伴细雪纷飞

不曾刻意寻找

不曾心怀等待

这是温暖回忆的家园

邂逅童话的地方

这个冬天不太冷

…………[①]

①选自由纪实作品《西长城》中一个片段改编的电影《这个冬天不太冷》的主题曲歌词。

湖南，新疆……

蒙蒋总编祖烜先生抬爱，与《湖南日报》有一访谈。时在乙未羊年，橘子飘香秋菊盈园的重阳日。

登高望远。湘江水近，天山雪远，遂有“湘水，天山，近乎？远乎？”资深学人旭东先生笑曰：“可。”

近代以来，湖南对新疆的影响很大。

从国家层面说，每临危难关头，我国版图六分之一疆域的安危、稳定，都与湖南有关。具体说，是湘籍仁人志士英雄豪杰挽狂澜于危局。

鸦片战争后，国势衰微的清朝更是风雨飘摇，列强觊觎。

19世纪殖民浪潮中，沙俄逐步吞并中亚诸汗国，其领土直接毗连中国新疆，意欲乘机殖民新疆，进而实现向印度洋扩张殖民势力。

19世纪中叶，英国征服印度。中亚和中国新疆是日不落帝国进一步殖民扩张的战略目标。

英俄角逐日趋激烈时，中亚浩罕汗国阿古柏势力入侵新疆，1867年成立“哲德沙尔汗国”，意为“七城汗国”（喀什噶尔、和阗、阿克苏、库车、英吉沙尔、叶尔羌、乌什）。英俄都想把阿古柏政权控制为自己战略棋盘上的一个过河卒子，为各自的侵略政策服务。英国与阿古柏政权签订了《英国与喀什噶尔条约》。阿古柏政权得到英王武器支持，1870年攻占吐鲁番、迪化。

同治十年(1871年),沙俄借口阿古柏入侵,为中国“代守”,出兵侵占了伊犁。

史学家马克斯韦尔在《印度对华战争》一书中针对英俄对阿古柏的争夺评论:“他们深信阿古柏的王国将是在中亚细亚保持均势的一个永久性因素。”

北京朝廷以李鸿章为首的海防派力主加强海防,丢弃塞防,荒僻的蛮夷之地留着只是个累赘。

眼瞧着中国版图的六分之一就要被掠夺的关键时刻,湖南湘阴人、字季高、湘军首领左宗棠挺身而出,不念当年并肩击灭捻军的生死之谊,霸蛮地斥责朝廷重臣李鸿章,力排众议,最终得当朝首肯,统率三湘子弟抬棺亲征,剿灭入侵之敌阿古柏,收复了新疆。又把棺材抬到了新疆哈密,为曾纪泽在圣彼得堡的谈判增添筹码,伊犁最终回归祖国怀抱。

当年大帅屯兵哈密的大营房,现在是兵团第十三师师部所在地。

收复新疆后,左宗棠推行的一系列屯田政策,使西域屯田达到了一个空前的规模。“湖湘子弟遍天山”的诗句生动地概括了他率领西征的湘军和湘人后裔在天山南北垦田守边的情景。遍布哈密郁郁葱葱的“左公柳”,还在述说着伟人于国家、民族的建树。

收复新疆后,左宗棠的副手、新疆第一任巡抚刘锦棠接手,稳定战后新疆政局,恢复经济、民生。新疆作为中国的一个行省,始自湖湘子弟的建树。

1945年是人类历史进程中的一个节点,日本投降,第二次世界大战结束。世界人民欢庆反法西斯胜利的日子,新疆又浴战火。

关系中华民族命运的历史关口,挺身而出的又是湖南人。

先是宁乡人陶峙岳,接着是湘潭名德怀、字怀归、号石穿的彭大将军,还有浏阳人王震。

沧海横流，方显英雄本色。

说到这里，不能不说说湘人的“霸蛮”。一方水土一方人，三面环山，八百里洞庭雄阔在北的湖湘大地，“八分山水两分田”，相对隔绝，民风彪悍，崇尚勇武。据已有的史料记载，以儒学为核心的中原文化直到两宋交割年间才影响到荆楚大地。“南蛮子”寓意丰富，既有对湖南人“倔强霸蛮，不讲规矩，仗义轻生”性格层面的概括，戏文《霸王别姬》的项羽，国人熟知的典型了；也指楚湘文化“实事求是，经世致用”的价值导向。这或许可以说是自屈原有记的“楚风”“湘学”的别称。

面对危局，陶峙岳处变不惊，运筹帷幄。将军立国家民族利益为最高，置身家性命个人荣辱于度外，单刀赴会，慑服主战派，率国民党10万驻疆部队通电全国和平起义。兵不血刃，民不涂炭，新疆寸土未丢，交到了新生政权手中。

第一野战军司令员彭德怀，西北野战兵团第二纵队司令员王震，还在西进途中，已经开始谋划新疆的发展、建设。

面对天地相接的荒原，面对20万大军要吃粮活人的现实，湘人的霸蛮劲儿上来了，“将在外君命有所不受”，沿塔克拉玛干沙漠、古尔班通古特沙漠扎寨安营；部队津贴裁减，节约一顶军帽一副衣领，积少成多用于生产建设；全员参加劳动生产……“花篮的花儿香”从南泥湾唱到荒原大漠。

传奇就是现实。一句口号就可以澎湃万丈豪情，一个命令就能够掀起翻天覆地的力量。开荒生产当年，20万大军吃着自己生产的麦子玉米度过了新疆第一个酷寒的冬天。一只羊换一包“洋火”，一根铁钉也要从国外进口……这样的历史结束了。部队进疆第二年起，七道湾煤矿、红雁池电厂、七一棉纺织厂、八一钢铁厂、十月拖拉机制造厂……一个一个大型现代工业企业诞生在还握着枪杆子的军人之手。

西汉肇始的屯垦开发，20世纪中叶，"南蛮子"领军掀起了新一轮高潮。

将军要感谢新疆。地域辽阔的天地有了霸蛮们的用武之地，成全了他们成就一番大事业的英雄豪情。

辽阔是一种境界。地域本身就是一种力量。

新疆也很霸蛮。你看：天山逶迤五千里，沙海雄霸两盆地；博格达冰峰绝顶，吐鲁番盆地凹陷；绿洲蓬勃丰饶，沙漠死亡之海；山川雄奇壮美，草原辽阔妩媚——

世界上有哪一方土地能把这么多对立、极端的"中国之最""世界之最"系揽入怀……

高天阔地大境界，大山大水大造化。

一条丝绸之路贯通欧亚大陆，融汇人类文明。克孜尔千佛洞、柏孜克里克千佛洞、库木吐喇千佛洞……楼兰、尼雅、高昌、交河……历千年沧桑，悠然而激情地书写如诗如画的历史长卷。

难以逾越的文学高峰——唐诗，唐诗中最为瑰丽的奇葩——边塞诗：

青海长云暗雪山，
孤城遥望玉门关。
黄沙百战穿金甲，
不破楼兰终不还。

（王昌龄《从军行七首·其四》）

葡萄美酒夜光杯，
欲饮琵琶马上催。
醉卧沙场君莫笑，

古来征战几人回。

（王翰《凉州词二首·其一》）

五月天山雪，

无花只有寒。

笛中闻折柳，

春色未曾看。

晓战随金鼓，

宵眠抱玉鞍。

愿将腰下剑，

直为斩楼兰。

（李白《塞下曲六首·其一》）

北风卷地白草折，

胡天八月即飞雪。

忽如一夜春风来，

千树万树梨花开。

（岑参《白雪歌送武判官归京》摘句）

海畔风吹冻泥裂，

枯桐叶落树梢折。

横笛闻声不见人

红旗直上天山雪。

（陈羽《从军行》）

哪一首不是千古绝唱？哪一句不气冲霄汉？只有新疆大地能滋养出诗域的珠穆朗玛。

这就是新疆的霸蛮，这就是新疆的活力。

——新疆大地的气场如此契合楚湘文化的精髓。

从文化层面讲，湖南与新疆的关系，我的积累、记忆，个人色彩多些。由辣椒开始，对湘菜的喜好，是一位总是剃个光头戴顶绒线帽的廖阿姨发蒙。

廖阿姨比西上天山的八千湘女资格还老。她先生是随陶老将军进疆的湖湘子弟，酒（酒泉）迪（迪化）运输司令部的老兵。后来部队整编，她便随汽车运输二团落户新城石河子。

没有人叫廖阿姨的名姓，都喊她“湖南辣子”“廖辣子”。她家顿顿饭离不开辣椒，院里种的都是辣子。石河子种的尖辣子、线辣椒，还有辣味小很多的灯笼辣椒，都是“湖南辣子”廖阿姨从湖南老家引来的。

开始，廖阿姨很奇怪，她引来石河子的辣子比湖南老家的长得好，肉多，辣。后来慢慢知道，是新疆的太阳照得好，天山的雪水灌得好。

廖阿姨家倒辣椒炒腊肉的香味能穿透前后左右几排房子。怎么叫“倒辣椒”呢？廖阿姨给住在前后左右排房里的女主人传授手艺：辣椒洗净，滚水焯一下，阴半干，盐、调料均匀涂抹后，层层装坛，泥封坛口倒置——“倒辣椒”称谓的来由。滚水焯后辣椒发白，也叫“白辣椒”。腊肠、腊鱼、腊猪耳廖阿姨全会弄，只要有辣椒，就有了湘菜的品味。

没几年，行走的半径渐渐大了，眼里的映象也就多了。

哥特式廊柱的人民电影院门楣两边，棉花、麦穗、葡萄组合的浅浮雕醒目。这是张仲瀚政委画的草图，由陶峙岳将军唤来家乡的泥瓦匠人制作。

之后，工农兵影剧院的浮雕更大，也更精致，也是湖南师傅的手艺。志愿军招待所——为接待志愿军英雄事迹报告团建的一座两层小楼，位处石河子宾馆院内——木地板拼花图案，入住过的中外宾客无不流连、称赞，这是湖南木工师傅领着几个山东女兵创作而成。

石河子早期建筑但凡有文化色彩的制作，几乎全是楚湘文化的移植嫁接。

给塞外边城增色添香的月季花，第一批母本是陶老将军从兰州引进的。

“惟楚有材，于斯为盛。”播火新疆大地者，当属八千湘女，她们是荒原蒙童的恩师。

我的发蒙老师是一位文姓的湖南女兵。每天一早，玛纳斯河造就的一个大苇荡边，地名为“小李庄”的一处军营排房就传出“天、地、日、月”的吟读。换穿单衣的一天，流向苇荡的溪流上纸船明烛。脸上有几粒麻点的文老师带着我们点燃烛火，放流纸船，身穿白衣裙的文老师像个天使。在这一天，我知道了一个叫“屈原”的诗人，知道有个节日是“端午”。20多年后，在大学图书馆捧读《九歌》时，眼前又出现了这一幕。

中学时，梳着麻花辫的语文老师李曼云，也是湖南进疆的女兵。她还是我们的班主任，每到秋收季节，她领着我们拾棉花、收玉米。望不到边的棉花地啊！怎么走也走不出莫索湾深秋的棉花地。直到晚霞染红天边，染红棉花地边的秋水，李老师才领着我们排队回家。

这些个晚霞红了天边、红了秋水的日子让人难忘。触景生情时还能上口的唐诗宋词，召唤就出现的苏俄文学形象，大都是这些秋日相识、记忆的。

最难忘怀我的数学老师李素贞。李老师是从湖南一所高校流放新疆的右派，却不失“师者，传道授业解惑”的尊严、不苟。1977年高考恢复，已于“上山下乡”淹埋10数年的我能以数学几近满分的成绩抓住晚到的时机进入大学，正是我的右派恩师传给我的“童子功”。

不迎不拒，独立寒秋。左手夹一烟卷，优雅地立于她宿舍窗前的柳树下，是老师的一幅人物肖像。

1964年秋，我离开了这所沙漠边的学校。离校前，“四清”风潮已起，听闻李老师的右派身份又被扯了出来。临行告别，她依然那般优雅沉静。眉宇间侠义胆霸蛮气不让须眉。

菊黄雁归，风清月朗，念及恩师——

老师，您在哪里……

一个人抬腿迈出第一步，他一生的方向大致也就定了。

由于我的土著身份和经历，从身边的亲人、我的老师开始，湖南女兵水到渠成地一个个进入我的视野，到了我的笔端。

由长篇纪实文学作品《西上天山的女人》首开先河，拂去岁月尘封，西进新疆的女性光彩照人地回到时代舞台。

她们是前辈，是亲人。或长或短，或多或少；今天这个，明天那个；月光下，青灯前，她们就会和我扯一阵儿聊几句。

她们一天天老了，一年年少了。我也一天比一天老了……

陶老将军的侄孙女陶先运前辈对我说：“丰收啊，到了那一天，你可要送送我……”

我说，好。“湖南人的性格很霸蛮的”，最早就是她老人家对我说起的。

最后，我想记述一个我跟踪了20多年的前辈，表达对她们一代人的怀念。

这个前辈待的二十九团四连，在一个地名叫“吾瓦”的地方，位于库尔勒西百里余。1951年，前辈从长沙到了新疆，再没离开过吾瓦。前辈名叫陈淑惠。

认识陈淑惠前辈很偶然。那是一个秋天。四连离团部不远，她家路边有一片不小的胡杨林，一片金黄。

晚饭后，我常会去那里散步。结果，就遇见了陈淑惠。

她看看我，问我：“你是哪里的呀？”

听她的口音，我没有急着回她的话，问："您老是湖南进疆的女兵吧？"

她笑了："你是听我的乡音？"

我们就这样聊了起来。一路聊一路走，到了她家。

砖混结构的排房，她家在中间。面积不大，功能尚全，有客厅、卧室，厨房还是封闭的。厨房里有三角牌电饭煲，客厅有电视机、收录机。20世纪80年代，这已经是有滋有味的日子了。

老伴腰弓了。进门陈淑惠前辈就介绍："我的老头子老赵。"

落座，喝茶。话头扯开了，陈淑惠指着她的老头子说："原来没想找他，组织介绍了一个营长，个头高，人也精神，就是嫌那人大我太多。以后介绍的几个也比他条件好。挑来挑去挑花了眼，最后跟了他，一跟就是一辈子……这辈子，我也对不起他，没给他留下一儿半女……"

离家不远，老两口儿种了一块菜园子。秋深了，不怕霜的油白菜还油绿着，萝卜也青郁郁地张扬着个性，给大地带来许多生机。

老赵是离休，陈淑惠也退休了。年年秋收她还要去棉花地，腰弯不了，只能拎着个小板凳坐着拾棉花。她说，棉花地里摸爬滚打了一辈子，舍不得了。

无儿无女的陈淑惠就像秋野里一柄飘落的黄叶，走得无声无息无牵无挂。她谁也没有惊扰，连她的老头子也不烦劳。

赶往吾瓦人最后的归宿"180亩地"祭拜老人家时，她一起参军进疆的老姐妹还有她的邻居告诉我，在她家门前那片胡杨林发现她时，谁也不相信她已经离她们而去。背靠一棵胡杨树的陈淑惠神态安详如熟睡，夕阳给了林中黄叶和她一片暖色的光泽。

——她却真去了。

她们不断地说，这是一个吃了大苦的好人，是一个从不麻烦人的好人……

这个好人一辈子只抱怨过一件事：娘家人太不把她放心上了，小小年纪出家门，几十年不来一次，真是嫁出去的女儿泼出去的水呀……

她走得早了。

陈淑惠归宿“180亩地”没几年，湖南的娘家人终于记起了远嫁的女儿……

神栖之地

记得清楚，1987年9月3日，初睹你的芳容。

你不高的身姿却让我仰视，仰视着，如边陲远地的博格达、汗腾格里、莽莽昆仑！锻造出《林海雪原》《青春之歌》《野火春风斗古城》《三家巷》……一个戈壁少年眼中文学的昆仑峰巅天山雪冠——这天，他最终没有踏进这处让他神往的所在。不是没有勇气，是高天阔地的荒原赋予的孤傲和自尊。

一切的开始无非往来人生。

1986年盛夏，我陪同中国作家协会组织的一批作家走访新疆生产建设兵团。那时，亦农亦工亦兵却不着军装的兵团群体国人知之甚少。10多人的队伍里有诗人、莎士比亚十四行诗权威翻译家、人民文学出版社总编辑屠岸前辈，“现当代诗坛一个绕不过去的名字”“一棵常青的世纪之树”牛汉前辈，作家张胜友先生，文学评论家李炳银先生……自乌鲁木齐西行，穿越传说成吉思汗西征大军凿通的伊犁河谷门户果子沟，行走那拉提草原，翻越天山冰达坂直抵南疆重镇库尔勒……深水潜流青松环绕赛里木，漫坡山花探过窗口，飘飞的雪花已在车前，一日四季时间沙漏里一连翻几个筋斗实在不稀罕……这一切雄浑壮阔，大山大水熠熠千里，山根握力攀盘上旋，山巅筋骨磅礴而下，引得前辈惊叹连连。牛汉前辈自语：“整整一天，我们穿行在大山的肠子里。”兵团第四师六十五团，雪青紫的衣衫已在地平线上耸耸肩，迎向远客。原生阿尔卑斯山脉南麓的薰衣草，30余年农场职工的汗水心香，让一株株薰香籽落草为家，育养伊犁河谷，世界为乡。一个5岁大小的小女孩拿着一张一分钱长宽的白纸条去榆树下的冰棒箱换了一根冰棍。“农场发不出工资，不得不实行内部借贷。”我道出缘由。屠岸前辈红了眼圈：“兵团人为国家做出了大贡献，付出了大牺牲……”

同行一路，文学根系在新疆大地的交集攀缘，生根在小小的心田，理解终究是人生往来之始。

时光匆匆5年。耕耘于此的郭宝臣先生责编、屠岸前辈作序的《绿太阳》问世。走四方的边地男儿年已不惑，路迢迢，岁月急急又是20年。在炳银兄的引荐下，我带着《西长城》手稿走进北京朝内大街166号。

我是新疆人。部队行军途中我落生古驿站玉门，没满月母亲就抱着我追随部队继续西进。对古称“西域”、今谓“新疆”的辽阔大地我有着原生的深情，对这真实多样的西陲边地充满了探究好奇。古往今来，商贾行旅，走西口的汉子婆姨，哪一个开口不是一部人世传奇？如一粒随风而去或是借风而动的种子，上承霜气，下接地气，就那么落地生根开花结果了，就那么“湖南庄子”“河南庄子”“六户地”“十户滩”繁衍蓬勃了。西部阔大磅礴，足够宽容育养人生的博大。国家民族最高利益为己任的“兵团第一代”已渐渐退隐时间长河，他们的归宿地甚至未能有一块最简陋的墓碑……我的愿望是要让为国为民努力过的人，不再是风中尘、瀚海沙，而是被记住的有名于世的阳光大地的种子。新疆兵团成立一甲子时，我完成了《西长城》。当我把手稿交到脚印先生手上时，心中忐忑，不知我对新疆大地、对耕植其上的每一个过往人生战士的记述，能否让读者看见他们曾有的光芒。2018年，《西长城》获得第七届鲁迅文学奖，脚印先生和脚印工作室的智慧和努力不可隐去，他们让记忆之学有了开枝散叶的可能。

出版社的品格成于编辑的知识维度和职业操守、价值判断的坚守。我聆听过名编辑郭宝臣先生的文学夜话，领略过先生墨宝机锋；受教于屠岸先生。更幸甚，我得以迈进这处所在——脚印工作室，相识相友脚印先生和一众热情朝气、专业有素的青年才俊。自此，已步入花甲之年的我，文学之山却一路风景。

一个写作者，若遇上了“问道谁与争锋水灵童子”编辑，那是三生有幸！我就是一位幸运者。

2018年秋，以1962年中印边境自卫反击战为背景的书稿历时3年审读终得出版面世。只有我知道脚印工作室为此付出的智慧和辛劳。成书48万字，经两部门审阅斧砍刀削8万多字。一件扯剪成碎片的新衣，要怎样的巧手慈心才能补漏掩痕，缀连如初？感激之情无以言表。

脚印工作室所在的朝内大街166号，引领文学的精神循内而行，酒香不怕巷子深，书香只缘本根深。

人活七十古来稀。郭宝臣先生已仙逝多年；受人敬重的老革命“韦老太”韦君宜前辈已离世18载；2016年12月2日，中国作家协会第九次全国代表大会闭幕前一天，我得以拜见屠岸前辈。一年后，德高望重、94岁高龄的先生也驾鹤远行，我亦步入古稀之年。

朝内大街166号依然青春激扬。其实，166号不挺拔更不伟岸，只有4层高，早被新起建筑压成一个小矮人。它也不秀丽俊美，多年灰暗衣装，说是灰头土脸一点也不过分。但，在敬字惜纸的人眼里，那是“光之处”奥林匹斯山，是“龙脉之祖”昆仑山——众神栖居之地！

神居之地，生生不老！

幸福城

我还从没有对一个地方如此长久地惦念过，至今时不时就会想起。这个地方就是幸福城。

幸福城在塔里木盆地的阿拉尔市。去阿拉尔，就是循着塔里木河往塔克拉玛干沙漠深处走。塔里木河是南疆大地的母亲河。到了阿拉尔，塔里木河已经没有了少女怀春的浪漫和激情。她已然被太多的庄稼地、种植园牵扯得波平浪静，悲喜不惊。

成熟了太多孩子的母亲，也孕育了阿拉尔。

阿拉尔——“绿色小岛”，维吾尔族兄弟叫得亲切。

我是在一个深秋相识幸福城的。那天有风，秋风掠过，芦花荡漾成波，一片墓地浮现在金红之间。黄袍加身的胡杨环绕着墓地，苇草覆盖了一座挨一座的坟头，坟头大小不一，坟前半截枯裂的胡杨树桩，一块残破的水泥板，甚或一束苇草就是碑了。不少坟冢前，连这样的标记也没有，只有寂静和肃穆。

当地司机告诉我，阿拉尔的人都把这儿叫幸福城。

幸福城？

秋日阳光穿过黄得耀眼的胡杨叶片，把片片残红洒在苇絮装点的墓地上。沙漠边的墓地笼罩在扑朔迷离的氛围中。穿行有碑无碑的坟头前，历史就回到了你的身边。有形的生命消失了，历史是否也就中断？飘飘苇絮，带走了一个个秘密，还是远播一个个故事？紧挨着墓地的稻田一望无际，风拂浪卷，收割机在金黄的波浪间游弋，满眼的棉田已是霜重花正浓。耕作的农人让你对逝者有了一种超越生死的想象和认识的欲望。

绿色小岛春种秋收的历史满打满算也就60来年。突然有那么一天，呼啦啦徒步走来一群军人，那些个弃锄扛枪、投笔从戎赶走了日本鬼子又走过解放战争枪林弹雨的军人，西出阳关八千里路云和月，走到了天山脚下，走进了沙漠里的阿拉尔。枪机磨出茧子的手又握住了垦荒造田的坎土曼。孕育了阿拉尔的塔里木河也成全着军人，垦荒当年，军人收获的稻米、苞米一车皮一车皮往东运，解危饥饿的共和国。“花篮的花儿香”就这么从南泥湾唱到了塔克拉玛干沙漠里的阿拉尔。

军人们英雄啊！那是怎样的壮观——南眺，黄沙滔滔死亡之海；北望，绿浪翻卷欲锁苍龙。要用比战争还要坚韧的付出对峙中国最大的沙漠，生存下来实在是不容易啊。只说说树，种了一次又一次，年年种，春天种，秋天种。钻天杨好啊，个儿高，直溜，说“伟岸”才不屈了它。但是，伟岸的钻天杨抗不了盐碱。挖坑，换土，垫肥，浇水，再从头来过，换柳树、榆树、沙枣、胡杨……60年呐！60年一个甲子，一人一生只有一次，60年的每一步都是超极限的付出。极限付出损耗着阳世有限的精血，他们中少有人走过60年，一个个过早地来到这里——

幸福城，他们人生的归宿地。

一个很大的坟头下，安葬着一个叫陈泽的老战士。他的经历足可以托载起这支部队一半的历史。1942年，国民党进军缅甸抗击日寇的青年军队列中，青年陈泽英姿勃发。异国他乡九死一生，活着迎来了抗战胜利。活着的时候，陈泽有句挂在嘴边的话：“人抗不过命，活到现在，就是捡了一条命。”1948年辽沈战役，抗不过命的陈泽成了林彪四野的“解放兵”。1949年从天津卫徒步240里进军北平。北平解放，一路南下，日夜兼程两个月，跨海登陆海南岛。1955年陈泽从原广东军区转业四川。当年12月率领240个四川遣疆劳改犯人，晓行夜宿一路西行，一直走到了塔克拉玛干深处的阿拉尔，到阿拉尔正值隆冬三九。最难忘三九天露宿荒野。交接完犯人就要返回天府之国的陈泽最后却留了下来，留在三九天滴水成冰的沙漠边。日后连呼“鬼迷心窍，让老家伙们连哄带骗给截下了”。“老家伙”指的是比他早来的王震三五九旅的老兵。留下的陈泽领着他带来的犯人冰天雪地里掘地三尺，搭建栖身御寒的地窝子。

一次次捡回了一条命的陈泽故事多。20世纪三年困难时期的1959年、1960年，农场大丰收，收获的稻米、麦子往东运。种稻米、种麦子的“陈泽”们饿肚皮，饿得割不动稻子、收不了麦子。陈泽领着还能走动的战士去粮场上复打稻子、麦子，去麦地、稻田挖藏有麦粒、稻粒的老鼠洞。白天不敢吃，怕犯纪律，夜里全连开伙吃饱走人。饥荒年月陈泽又捡了一条命，一个连队的人全捡了一条命。

穿行生死之间。万物有灵，灵魂不死。一座座坟头排列有序，似乎穿行在自小熟悉的部队营区，一块水泥板，一截儿胡杨树干，一束金色的苇草，勾勒出一幅幅人生素描，也是一个个家的所在。灵魂能否穿越时光隧道？能否撞见似曾相识的目光？能否捕捉到曾经的笑意和话语？

谢玉坤，祖籍四川，1955年进疆……可以断定他是跟着陈泽前辈到的阿拉尔。

黄元充，祖籍广东，1956年进疆……一定是参军进疆的学生兵。

陈泽生前常说：“死，不怕。不就是去幸福城嘛！走得不远啊，也寂寞不了。都一搭儿进疆，一起开发塔里木，凑一堆儿喝二两，杀一盘，热闹！”

其实，遍布天山南北以部队番号称谓的农场，都有一块“幸福城”这样的墓地。与阿拉尔不同的是，这些墓地大都以农场连队序号或是条田序号称谓。孔雀河养育的二十九团，拓荒者最后的归宿地序号“18”，就叫了“十八连”或是“180亩地”。塔里木河下游三十五团的墓地，叫“十四连”。我下乡的一二七团，基地是一块序号“82”的条田，“82号地”就渐渐叫开了。这些地块都是难长庄稼的碱泡子盐疙瘩。生前，血汗把戈壁生土滋养成了长庄稼的熟地，最后只把焐不热、泡不熟的盐碱地留给了自己。

幸福城，还有这些“连”或“地”，是绿洲农场最早的历史和文化，这一方生民的根基。他们和每一条水渠，每一条林带，和亘古不变的黄沙，还有黄沙下的埋藏融为一体，化作渐行渐远丝丝缕缕的传说，留给后人苍凉又温暖的追忆，影响着大地怀抱的一切。

天山北坡沙湾，城东往南山去的途中，有一片地名为“卡子湾”的土山丘。山坳里一处墓葬，8座排列有序的坟头一致朝向东南。细看过，是兵团一四三团的农场职工，祖籍甘肃永昌。生不还乡，黄泉路上东南望。

“又一个落雪天，又一个队上的人歇息在他劳作过的土地，深深浅浅的蒿草丛里留下了又一个凝固的印记。”这是我离开兵团番号“一二七”的农场那年，目送十三队一个亡者后留下的笔记。

十三队这个亡者，祖籍四川，因为杀了一头耕牛遣疆劳动改造，刑满留场就业。他生前说：“我死了，扔在戈壁滩野狗都不吃，身上没有血了，流干了。”白茬棺木下葬时，亡者之子，一个身板硬朗的年轻人说了句“活着不平，死了不公”。这句声腔不高的话我记忆至今。

“连”与“队”之分，是阳世的意志。到了这里，就都如一羽苇絮。无论你生前权柄在握还是备受凌辱，到了这里没有了尊卑之别。时代的这一页已如逝者，渐遁大地深处余音难闻。只有大地不老，接纳每一片落叶飘零，催生每一株春芽萌动。

行走在天山南北长得没有尽头的路上，高天阔地的戈壁上突兀地就有了一片灵魂的歇息地。不近山，不傍水，连天接地，云流风走。可不敢把这些荒坡野地的坟头墓地看成乱葬岗子，细究，都有些来历、说道。

自20世纪80年代，我一直在寻一处叫“四棵树”的地方。落户伊犁尼勒克县的湘籍朋友给我讲述过他的一位乡党近乎传奇的人生。这位乡党长眠在往伊犁去的路途中，一个叫“四棵树”的地方。

在新疆，以树记名的地方不少。榆树沟，柳树泉，四棵树，三棵树。天山北坡312国道约4500公里处，倒是有一个“四棵树”，它是乌苏市辖的四棵树镇，镇政府办公楼面路而立。这座建筑，还有上了年纪的老人，都没能帮我找到四棵杨树还是四棵榆树护峙的坟头。

湘籍友人的乡党是村里的支书。彭德怀元帅上书中央的饥荒年月，这位村支书不愿浮夸虚报，眼看饥饿的乡亲一天天见少，怕断了族脉，决心冒抗命犯上之大逆，投奔远在新疆的同乡族人。同乡族人1949年以前在陶峙岳将军麾下带兵打仗，1949年以后带兵种田，老资格的团长。支书对乡亲说：“我这个共产党员不够格，饿死了人，对不住乡亲，要活命往西走，去新疆，去活命养人的伊犁。”支书领着男女老少一村2000多口子走了老祖宗左宗棠的路，走了乡党王震、陶峙岳的路，出了阳关奔伊犁。天苍野茫，地远路长，千百年奔走在迢迢西行路上的人们，谁个不知行路难啊！讨活口的村民饥寒劳顿，眼看着就要翻过山进入大山夹峙的果子沟，走过了果子沟就进入了伊犁河谷，齐腰深的麦田就要在眼里了，可背负太过沉重的村支书再也走不动了，倒下了……望不断的天涯路啊！

尼勒克县的湘籍朋友告诉我，村支书倒下前，已经说不出话，却还强撑着手指西边……乡亲们掩埋了支书，抹干泪水又西行。四株老榆原来就有，还是乡亲们为支书栽种，难以说清了。

护佑着一丘坟茔的老榆却已苍然，是东来西往跋涉旅途的行者驻足歇脚的好去处。酷暑季节，合围的树冠给汗湿了衣衫的旅人投下一方阴凉，有了似曾相识的亲近；三九天里，落了叶的枝条也能弱了风寒暖了心肠。湖湘子弟西去伊犁河谷的这一脉，四棵树是他们繁衍昭苏高原的历史源头。四棵树留有乡情，根植感念。在昭苏高原落雪的长长冬夜，在风吹草低见牛羊的云深处，他们总会沿着记忆的历史往回走，能走多远走多远。无论走多远，四棵树一定立在路当间。他们奔走在西地长途的子嗣后人，远远就能望见四棵树，望一眼就再也丢不下。四棵树下，按老家的祖制添土圆坟，祭拜先人。千里万里，四棵树如同老家族陵葱郁的松柏，是心灵深处的浓荫。

一群燕雀滑过夕阳里的胡杨林，抖落一片金红。苇絮飘飘，天国叩问。毗邻塔克拉玛干沙漠的这一方人，把魂灵的歇栖地叫“幸福城”，追求，还是祈盼？说来也是，心有不甘啊！投笔从戎，弃锄扛枪，烽火硝烟枪林弹雨，为谋求幸福；西出阳关八千里路云和月，大漠深处屯田戍边，还是谋求幸福。还没迈进幸福门槛，已走完光荣和苦难。幸福城，是追求，也是祈盼。

我走近两座相依的坟丘。原以为是一对夫妻，却是一个部队俩战友。一起求学，一起参加抗日战争，共和国开国大典的礼炮声里又一起走到了新疆，走进了阿拉尔。他们所在的部队国人不陌生，贺龙任师长的八路军一二〇师，王震任旅长的三五九旅。一路征战的战友在阿拉尔走完了各自的人生，一起归宿幸福城。

幸福城是个好去处，离天近，挨地亲，星辰相伴，行云相随。与那些据一方生者赖以活命的耕地，占一块牛羊漫坡的山林的魂灵比，他们的地儿敞亮。陈泽说得好啊，这里不寂寞。

春雪消融，最先装点幸福城的是紫悠悠的苇锥子。入了夏，稻米孕穗，棉桃挂铃，一阵风儿拂过，就听见了玉米的拔节声。金秋时节，透过胡杨越过苇荡望出去，浸润有自己心血的收获，祝福生命也充盈灵魂。

紫苇悠悠，到夏叶抽绿，再到芦花潇潇，苇，走过了一个轮回。人的生命如同春天萌动、夏天生长、秋天飘飞的芦苇，飘零大地意味着又一个轮回的开始。细看，蜡色苇秆顶着的苇絮金黄中杂染云紫，平添几分朴素、婉约。苇开始又一个轮回的季节，幸福城纯净敞亮得“风住云收天似扫”，让你放飞心灵。

感谢幸福城给我的教谕：人生在世，珍重当下。人间春色尽阅，酸甜苦辣遍尝，到了实在走不动的一天，就如苇絮悄然躺回大地的怀抱，那是永远的家园。

“在这个世界上，再也没有比这最后留下的、纪念碑式的朴素更打动人心的了。逼人的朴素禁锢住任何一种观赏的闲情，并且不容许你大声说话。”这是奥地利作家茨威格拜谒列夫·托尔斯泰陵墓时吐露的心声。

在他看来，“无人看守，无人管理，只有几株大树荫庇”的“长形的土堆”，是“世间最美的坟墓”。

我相信，如果茨威格静静地来到幸福城，他一定会说幸福城是世间最幸福的墓园。我祈祷上苍，不忘沙土下的前人，佑护沙土上还在追求幸福的生灵。“广大的慈悲，那种珍视每座坟墓和每个摇篮的正义。”